名家散文典藏

彩插版

余秋雨散文精选

余秋雨　著

长江出版传媒　长江文艺出版社

图书在版编目（CIP）数据

余秋雨散文精选 / 余秋雨著. --武汉 : 长江文艺出版社，2018.3（2020. 3 重印）
（名家散文典藏：彩插版）
ISBN 978-7-5354-9877-9

Ⅰ. ①余… Ⅱ. ①余… Ⅲ. ①散文集－中国－当代 Ⅳ. ①I267

中国版本图书馆 CIP 数据核字(2017)第 191320 号

责任编辑：陈俊帆 彭姗姗 彭秋实 施柳柳　　责任校对：毛季慧
封面设计：龙 梅　　责任印制：邱 莉 胡丽平

出版：长江出版传媒　长江文艺出版社
地址：武汉市雄楚大街 268 号　　邮编：430070
发行：长江文艺出版社
电话：027—87679360
http://www.cjlap.com
印刷：长沙鸿发印务实业有限公司

开本：640 毫米×970 毫米　1/16　印张：16.25　插页：8 页
版次：2018 年 3 月第 1 版　　2020 年 3 月第 2 次印刷
字数：194 千字

定价：39.80 元

余秋雨

一九四六年八月生，浙江人。早在“文革”灾难时期，针对以“样板戏”为旗号的文化极端主义，勇敢地潜入外文书库建立了《世界戏剧学》的宏大构架。灾难方过，及时出版，至今三十余年仍是这一领域唯一的权威教材。

二十世纪八十年代中期，被推举为当时中国内地最年轻的高校校长，并出任上海市中文专业教授评审组组长，兼艺术专业教授评审组组长。曾获“国家级突出贡献专家”“上海十大高教精英”“中国最值得尊敬的文化人物”等荣誉称号。

在担任领导职务六年之后，连续二十三次的辞职终于成功，开始孤身一人寻访中华文明被埋没的重要遗址。所写作品，往往一发表就轰传社会各界，既大力推动了文化古迹保护，又开创了“文化大散文”的一代文体，模仿者众多。

二十世纪末，冒着生命危险贴地穿越数万公里考察了巴比伦文明、克里特文明、希伯来文明、阿拉伯文明、印度文明、波斯文明等一系列最重要的文化遗址。他是迄今全球唯一完成此举的人文学者，一路上对当代世界文明作出了全新思考和紧迫提醒，在海内外引起广泛关注。

他所写的大量书籍，长期位居全球华文书排行榜前列。白先勇先生说：“余秋雨先生是唯一获得全球华文读者欢迎而历久不衰的大陆作家”。在台湾，他囊括了白金作家奖、桂冠文学家奖等等几乎全部文学大奖。在大陆，多年来有不少报刊频频向全国高层读者调查“谁是你最喜爱的当代写作人”，他的排名每一次都遥遥领先。

几十年来，他自外于一切社会团体和各种会议，不理会传媒间的杂音和喧闹，以独立知识分子的身份完成了“空间意义上的中国”“时间意义上的中国”“人格意义上的中国”“审美意义上的中国”等重大专题的研究和著述。联合国科教文组织、北京大学等机构一再为他颁奖，表彰他“把深入研究、亲临考察、有效传播三方面合于一体”，是“文采、学问、哲思、演讲皆臻高位的当代巨匠”。

自本世纪初年开始，赴美国国会图书馆、联合国总部、哈佛大学、耶鲁大学、哥伦比亚大学等处演讲中国文化，反响巨大。二〇〇八年，上海市教育委员会颁授成立“余秋雨大师工作室”，二〇一二年，中国艺术研究院设立“秋雨书院”。（陈羽）

目录

余秋雨 散文精选

名家散文典藏

附　录

中华文化为何长寿？

一

我以三十多年的时间，系统地探索了中华文化。

探索的方式是：遗址考察、全球比照、典籍研究、跨国演讲。

探索的课题主要分四个方面——

空间意义上的中国；

时间意义上的中国；

人格意义上的中国；

审美意义上的中国。

围绕着这四方面的内容，我从已经出版的二十余卷《秋雨合集》中选出七本，作为《中华读本》，供广大读者参考。

为了不使体量太大，我犹豫再三，删去了一些本来也可以收入的著作。例如，在国外的古文化遗址对中华文化进行比照的考察记录，以及对中华文化的专项学术研究。留下来的，就是一部比较纯粹又比较好读的中华文化简明读本了。

这部读本的主要部分，我在国内外很多机构和大学都演讲过。在国外演讲，常常发生这样的情况：我原定的题目是“中华文化”，而听众的问题大多属于政治范畴，而我，则竭力把它们纳入文化。文化是一种悠久而稳定的集体人格，决定着很多复杂问题的最终选择，而且，从文化来谈，也符合我的身份。

二

中华文化为何长寿？这个问题，可以成为我们研究中华文化的基点。

记得我冒着生命危险贴地考察巴比伦文化、埃及文化、希伯来文化、阿拉伯文化时，一路上都在默默对比着中华文化，心中一直藏着这个问题。在不必冒生命危险考察克里特文化、波斯文化、印度河文化、恒河文化时，也做着同样的对比，藏着同样的问题。

至此，我仍然觉得自己的考察还不完整，因此又认真走访了欧洲的九十六座城市。一路上，还是不断对比，不断自问。

考察回来后，发现自己变了一个人。我从中华文化的批判者，变成了中华文化的阐释者。当然还会批判，但以阐释为主。先在香港凤凰卫视开了一个《秋雨时分》的专栏，围绕着中华文化为何长寿的问题，讲了很长时间，但一直没有整理成文字。

现在，要出版《中华读本》了，显然不能把这个重大问题遗漏。抽不出时间整理完整的文稿，那就提纲挈领地罗列几点，作为整套读本的引论吧。

好，那就让我们郑重地面对这个题目。

中华文化的长寿，是一个不争的事实。

比长寿更重要的是，与人类其他古文化相比，它是唯一的长寿者。因为只有它，不中断地活到了今天。

唯一的长寿者——这是一个惊人的奇迹，就连一切不熟悉中华文明的人也无法否认的奇迹。

唯一的长寿者——这是一种横跨几千年的韧劲。不管承受何等风波依然健在，不管经历多少次“将亡”“濒死”依然重生，那就不存在任何侥幸和偶然了，而是由时间锻铸成了一种坚韧无比的必然。

唯一的长寿者——这又是一种体量庞大的覆盖。覆盖到大江南北、九州大地，而不是一隅一角的悠久。因此，不可限量的空间也就加持了不可思议的时间，构成一种举世无双的宏伟。

唯一的长寿者——这又是一个精彩不绝的盛典。也就是说，不是一种萎靡不振的时间拖延。在这个盛典中，挨个儿矗立着春秋战国、诸子百家、大秦大汉、大唐大宋、大明大清，挨个儿矗立着一排排先哲、诗人、明君、贤臣、良将、神医、巧匠，挨个儿矗立着浩如烟海的典籍、墨卷、名著、艺术……形成了至高等级的文明长廊。

唯一的长寿者——仅仅这个事实，就足以让这个民族的很多失意者、自卑者、忧郁者、绝望者突然在心底重新点燃火苗，下决心更好地活下去。对一般人来说，这个事实更能隐隐地增添一份对生命的自我确认。

不错，中华文化也有很多弱点、盲点、污点，其中有一些还会让同胞痛心、国人愤恨，使他们一次次垂泪深夜、呐喊荒原。但是，即便如此，他们中的大多数也很难断然割舍，彻底背叛。即便在最混乱的年代，汉奸，仍然为全民所不齿。这种现象，在其他文明中很难找到。

其他文化在地域对峙、教派纷争、军阀割据中也会产生不少人员的身份自叛、边界跨越。这会造成一时一地的喜怒，却不会引起太广泛的反应。中华文化则完全不同，非此即彼，非正即反，立场明晰，不容飘移。踏错一步就会直追人格、牵动远近、留迹历史。原因是，它的生命基座非常稳固。我在《文化之痛》一书中，就写到了中华文化在灾难中的坚贞守护。

从十九世纪开始，中华文化由于看不懂、赶不上新的世界格局，蒙受过很多失败和羞辱。我们的前辈在一次次愤恨之后也曾从外人的鄙视和嘲笑中吸取过很多有益的教训。但是，如果从更悠远、更广阔的眼光来看，那些人鄙视和嘲笑全人类唯一长寿的古文化，至少是轻薄的。

只要稍稍记起时间和空间的坐标，那些轻薄者也许会闭目自问，自己的鄙视和嘲笑所依凭的标准，起于何时，行于何时？而那时，中华文化已经承受过多少世代的磨炼，投入过多少血火深思？

三

中华文化长寿的原因，可以列出几十项。我看到不少学者也做过这件事，可惜他们引用的大量古文往往只是在说中华文明的优点，而不是在说长寿。而且，他们所说的那些优点，如果从古文翻译成外文，其他文明也大同小异，只是共性，而不是特性。

为此，我要从普通读者都能理解的国际可比性上来论述。以下仅仅选了八项，而且用最浅显的大白话，说得尽量简单。

中华文化长寿的第一因：**体量自觉**。

一种文化所占据的地理体量，从最原始的意义上决定着这种文化的能量。照理，小体量也能滋生出优秀文化的雏形，但当这种雏形要发育长大、伸腿展臂，小体量就会成为束缚。

中华文化的体量足够庞大。与它同时存世的其他古文明，体量就小得多了。即便把美索不达米亚文化、埃及文化、印度文化、希腊文化等所有发祥地的面积加在一起，也远远比不上中华文化的摇篮黄河流域。如果把长江流域、辽河流域、珠江流域的文化领地都标上，那就比其他古文化领地的面积总和大了几十倍。

不仅如此，中华文化的辽阔地域，从地形、地貌到气候、物产，都极为丰富，极多差异。永远山重水复，又永远柳暗花明。一旦踏入不同的领域，

就像来到另外一个世界。相比之下，其他古文明的领地，在生态类别上都比较单调。

让人兴奋的是，中华文化的先祖们对于自己生存的环境体量很有感觉，颇为重视。虽然由于当时交通条件的限制，他们每一个个体还不可能抵达很多地方，却一直保持着宏观的视野。两千多年前的地理学著作《禹贡》《山海经》已经表达了对于文化体量的认知，而后来的多数中国文化人，不管置身何等冷僻、狭小的所在，一开口也总是“天下兴亡”“五湖四海”“三山五岳”，可谓气吞万里。这证明，中华文化从起点上就对自己的空间幅度有充分自觉，因此这种空间幅度也就转化成了心理幅度。

于是，一种根本上的强大形成了。

我把《山河之书》列于《中华读本》之首，就是要表明中华文化由空间幅度转化成心理幅度的过程。

在古代，文化的地理体量由边界来定。中华文化的巨大体量四周，还拥有让人惊惧的围墙和隔离带。一边是地球上最密集、最险峻的高峰和高原，一边是难以穿越的沙漠和针叶林，一边是古代航海技术无法战胜的茫茫大海，这就构成了一种内向的宏伟。

这种内向的宏伟，让各种互补的生态翻腾、流转、冲撞、互融。这边有了灾荒，那边却是丰年；一地有了战乱，可以多方迁徙。十年河东十年河西，沧海桑田未有穷尽。这种生生不息的运动状态，潜藏着可观的集体能量。

由地域体量转化为集体能量，其间主体当然是人。在古代，缺少可靠的人口统计，但是大家都知道自己生活在一个规模巨大的民众群体中。即便在《诗经》中，也已经可以从字句间感受到浓郁而丰沛的“人气”。在这个巨大群体中，几乎所有的人都吃苦耐劳、积极谋生、长年不停。加在一起，集体能量无与伦比。

现代的研究条件，使我们已经有可能为先辈追补一些人口数字了。

就在这辽阔的土地上，先秦时期，人口就有两千多万；西汉末年，六千万；唐朝，八千万；北宋，破亿；明代万历年间，达到两亿；清代道光年间，达到四亿……这中间，经常也会因战乱而人口锐减，但总的来说，中国一直可被称为“大山大海中的人山人海”。

正是这一层层的地域体量和人群体量，把长寿的希望许给了中华文化。

中华文化长寿的第二因：**自守自安**。

地域体量、人群体量所转化成的巨大能量，本来极有可能变为睥睨世界的侵略力量。但是，中华文化没有做这种选择，这与文明的类型有关。

世界上各种文明由于地理、气候等宏观原因大体分成三大类型，即游牧文明、航海文明和农耕文明。中国虽然也拥有不小的草原和漫长的海岸线，但是核心部位却是由黄河、长江所灌溉的农耕文明，而且是“精耕细作”型的农耕文明。草原，是农耕文明“篱笆外”的空间，秦始皇还用砖石加固了那道篱笆，那就是万里长城。而海岸，由于缺少像地中海、波罗的海这样的“内海”，中华文化一直与之不亲。

游牧文明和航海文明都非常伟大，却都具有一种天然的侵略性。它们的马蹄，常常忘了起点在何处，又不知终点在哪里。它们的风帆，也许记得解缆于此岸，却不知何方是彼岸。不管是终点还是彼岸，总在远方，总是未知，当然，也总是免不了剑戟血火、占领奴役。与它们相反，农耕文明要完成从春种到秋收的一系列复杂生产程序，必须聚族而居，固守热土。这就是由文明类型沉淀而成的“厚土意识”，成为中华文化的基本素质。因为“厚土”，当然会为了水源、田亩或更大的土地支配权而常常发生战争；但是，也因为“厚土”，他们都不会长离故地，千里远征。

很多年前，我为了研究中华民族的深层心理，曾经调查过历史上全国演得最多的是哪一出戏。结论是：《孟姜女》。为了反抗侵略，丈夫被拉去筑长城。但是，一个农民家的丈夫怎么可以离家远行呢？妻子不惜千里步行，前去寻找。找到一看，丈夫已死，她号啕大哭，竟把长城哭倒。这出戏，把“反侵略”和“反远行”合成一体，每场演出，上下齐哭。我知道，

这触及了民族的深层心理。

二〇〇五年我在联合国世界文明大会上作主旨演讲时，还曾经说到了中国航海家郑和。我说，他先于哥伦布等西方航海家，到达世界上那么多地方，却从来没有产生过一丝一毫占取当地土地的念头。从郑和到每一个水手都没有，而且在心底里都没有。这就最雄辩地证明，中国文化没有外侵和远征的基因。

在古代世界，不外侵，不远征，也就避免了别人的毁灭性报复。综观当时世界别处，多少辉煌的文明就在互相征战中逐一毁灭，而且各方都害怕对方死灰复燃，毁灭得非常残忍。反过来说，哪种文明即便一时战胜了，也只是军事上的战胜，而多数军事战胜恰恰是文明自杀。我曾经仔细分析过古希腊文明的代表亚里士多德的学生亚历山大远征的史迹，证明他的军事胜利带来了希腊文明的式微。文明被绑上了战车，成了武器，那还是文明吗？文明的传承者全都成了战士和将军，一批又一批地流血捐躯在异国他乡，文明还能延续吗？

因此，正是中华文化不外侵、不远征的基因，成了它不被毁灭的保证。当然，中国历史上也有很多内战，但那些内战打来打去都是为了争夺中华文化的主宰权，而不是为了毁灭中华文化。例如，“三国鏖兵”中的曹操、孔明、周瑜他们，对中华文化同样忠诚。即便是那位历来被视为“乱世奸雄”的曹操，若从诗作着眼，他肯定是中华文化在那个时代最重要的传承者。因此，不管在内战中谁败谁胜，对文化都不必过于担心。

把中华文化放到国际对比之中，我们看到了一种难能可贵的“自守自安”精神。沿着对比，我们可以遥想一下被希腊艺术家多次描写过的“希波战争”。波斯在现在的伊朗，与希腊实在不近。再想想那个时期埃及、巴比伦、以色列之间的战争，耶路撒冷和巴格达的任何文化遗址，都被远方的入侵者用水冲，用火烧，用犁翻，试图不留任何印痕。

中华文化长寿的第三因：**力求统一**。

大体量，最容易分裂。如果长期分裂，大体量所产生的大能量不仅无法构成合力，而且还会成为互相毁损的暴力。中国历史上虽然也出现过不少分裂的集团和分裂的时期，但总会有一股强劲的伟力把江山拉回统一的版图。相比之下，统一的伟力是历史的主调，远远超过分裂的暴力。中华文化的长寿，正与此有关。

照理，统一有统一的理由，分裂有分裂的理由，很难互相说服。真正说服我的，不是中国人，而是德国学者马克斯·韦伯。他没有来过中国，却对中国有特别深入的研究。他说，中华文明的生态基础是黄河和长江，但是，这两条大河都流经很多省份，任何一个省份如果要坑害上游的省份或下游的省份，都轻而易举。因此，仅仅为了治河、管河，所有的省份都必须统一在同一个政权的统治之下。他不懂中文，但是来过中国的欧洲传教士告诉他，在中文中，统治的“治”和治水的“治”是同一个字。这样，他也就为政治生态学找到了地理生态学上的理由，而且是难以反驳的理由。

其实，从秦始皇、韩非子、李斯这些古代政治家开始，已经订立种种规范，把统一当作一种无法改变的政治生态。其中最重要的规范，就是统一文字。文字统一了，这个方言林立的庞大国家也就具有了拒绝在文化上分裂的技术性可能。

在一般情况下，文字只是语言的记录，而识字的人在古代只占人口的极小比例，因此，各个方言系统的自立就十分自然。但是，当文字统一了，一切官方文告、重要书契就让各个方言系统后退到附属的地位。更重要的是，当中华文化的“奠基性元典”《诗经》《尚书》《礼记》《周易》《春秋》等著作都凭着统一的文字树立了文明准则，中华文化也就赋予了统一的终极法令。

文化是一个大概念，远不仅仅是文字。因此，秦始皇他们在统一文字的同时，还实行了一整套与统一相关的系统工程，例如统一度量衡，统一车轨道路，甚至统一很多民风民俗。尤其重要的是，在政治上，又以九州

一统的郡县制，取代了山头易立的分封制。这一切，看起来是一朝一帝的施政行为，其实是一种全方位的生态包围，让一切社会行为都很难脱离统一的安排，被韩非子称为“一匡天下”。

说实话，一个体量如此庞大的种族，一切局部和个人都无法从整体上感知统一天下的必要性和可能性，因此也就很可能成为条条裂纹的制造者而不自知。世界上其他文明的悲剧，正是从局部的裂纹逐渐扩大，终于导致解体的。因此，不能不佩服中华文化的早期设计者们，居然筹搭得如此周延，以至于裂纹即便产生也难以迅速伸展，反而能从多方面获得修补。时间一长，广大民众对于统一的命题，也就从服从走向适应，最后沉淀为文化人类学意义上的“集体无意识”。也就是说，“力求统一”变成了人人心底的深层文化，而正是这种深层文化，反过来保全了中华文化的整体不易溃散，得享长寿。

中华文化长寿的第四因：**惯于有序**。

这些年，中国的旅游者到了国外，常常被批评为“不守秩序”。这会让一切熟悉历史的人士哑然失笑，因为中国人几千年来最具有“秩序归向”，现在反倒频频在远方“举止脱序”，可能是一种逆反式的自我反拨吧。

早在遥远的古代，当巴比伦人抬头在研究天文学和数学的时候，当埃及人在墓道里刻画生死图景的时候，当印度人在山间洞窟苦修的时候，中国人却花费极大精力在排练维系秩序的礼仪。孔子奔波大半辈子，主要目的也想恢复周礼，重建秩序。结果，多少年下来，从朝廷到家庭，从祭祀到节庆，处处都秩序森然，上下皈服。

秩序，哪一个文明的主宰者不焦渴向往呢？但是，他们之中，只有中国人把秩序的建设当作生涯要务。因此，其他文明一一都因失序而败亡，唯中国，明确让秩序成为社会经纬，结果，中华文化也因为有序而延寿。

所谓秩序，对外，是礼仪分际；对内，是心理程式。内外相加，组成一种明晰有度的生命节奏，一种可视可依的立体结构。有了秩序，不管是社会还是个人，都有了前后左右、上下尊卑。这就在很大程度上避免了无序所带来的巨大伤害。

秩序，有时也会让人感到一种必须时时顾盼周际的不自由，一种蜷曲于种种规则中的不舒畅，这就需要修正秩序或修正自己了。因此，长期生活在有序社会的人士，常常要区分什么是老秩序，什么是新秩序；什么是正秩序，什么是负秩序。他们几乎从来没有考虑过，完全无序将会如何？

无序，初看是一种解脱，其实是一种恐怖。只要回顾一下很多地方发生过的“群体踩踏事件”，就会明白从无序到恐怖的必然逻辑。

秩序的建立非常艰难，而无序的开始却非常简单。只需一处无序，就会全盘散架。我曾考察过南亚和西亚一些颇有历史的国家，常常看到大量人群站在几十年来未曾清除的垃圾堆上无所事事。当时想，如果有官员组织这些人弯下腰来清除脚下的这些垃圾，种上农作物，情况不就改变了吗？但再一想，农业秩序十分严密，如果垃圾清除了，土地空出来了，那么，种子在何方？农具在何方？水渠在何方？技术在何方？运输在何方？若要着手解决其中任何一个问题，又会连带出无数更多的问题。这层层叠叠的问题的逐一解决，才能建立粗浅的秩序，而这种粗浅的秩序又非常脆弱，只要一个环节不到位，前前后后都会顷刻塌陷。所以，我总是面对那些站满人群的垃圾堆长时间出神，默默感谢我家乡前辈的辛劳和守护。

永远都处理不了的垃圾堆，永远都无所事事的人群，这是所有的文明都会遇到的景象。我猜想，当年中华文化的创建者们也会像我一样站在路边看着，想着解决的办法。

世界上其他文明的思考者，也都会这样看，这样想。但他们，大多把目光从垃圾堆和人群上离开了，抬起头来，思考浊世之上的神灵，地域之外的天堂。

中国人比他们实际，但态度也各不相同。道家潇洒，觉得这一切都很自然，不必用心整治。墨家却很上心，觉得应该照顾这些无所事事的平民，最好招引他们成为自己的徒众，离开垃圾堆去做几件大事……

儒家最为负责，觉得不能放过眼前的丑陋，也不能放走此地的民众。他们认为，要建立天下的秩序，必先建立心中的秩序。但是这些站在垃圾堆上的民众心中并没有天下，更加无法领略天下的秩序，因此，必须让他们从小处的体验开始。小处的体验就是对家庭的体验，儒家确信这是一切的起点。

家庭秩序由血缘、辈分、长幼、排行、婚嫁逐一设定，非常清晰。从这种秩序所派生的礼仪、规矩，也人所共知。那么，有没有可能把家庭秩序放大、外移、扩散，成为社会秩序和国家秩序呢？

这种构想使儒家学者非常兴奋。他们本来已经为家庭的亲情伦理做了太多的文章，如果能够扩而大之，那就把“齐家”的计划直接推向“治国、平天下”的大目标了。

而且，这完全可行。因为打理家庭秩序和血亲秩序的努力，早已深得人心，而且规范现成。

于是，一个以“私人空间秩序”比照“公共空间秩序”的工程启动了。这个工程的预想成果，可称为“家国同构”。

实际成果，显然是大大有利于社会秩序和国家秩序。这是因为，原来不让人感到亲切的社会秩序和国家秩序，经由“家国同构”，获得了通俗化的体认，容易被接纳了。而且，由于家庭秩序、血亲秩序是坚韧的、明确的、可长期持续的，这也使社会秩序和国家秩序变得坚韧、明确、可续了。

千年未溃的中国秩序，就是这么存在的。

当然，“家国同构”的工程，也存在很大问题。社会正义不能混同于家庭内规，政治理性不能出自家长判断。明末清初的启蒙学者指出，广大民众没有理由像体谅自己父亲一样原谅朝廷君主，国家要提防滑到“家天下”的泥潭。我的看法更现代一点儿，认为“家国同构”中的“国”主要只是指朝廷，而很少考虑辽阔的公共空间，因此也考虑不到那些站在垃圾堆上无所事事的人群。中国儒家由于习惯于把朝廷视为天下，结果，公共空间的问题看似包括了却始终被排除在外。这个问题，反倒是后来的欧洲解决得更好。而直到今天，长寿的中华文化还经常在公共空间的问题上汗颜。本节开头所说的中国旅游者在国外“举止脱序”，也与此有关。

但是总的说来，我们还不能不为先人们在这方面的努力致敬。尽管纰漏多多，中国民众还是在几千年间养成了“惯于有序”的心理沉淀。这种心理沉淀成了多数人的文化本能，成了中华文化的组成部分。

说到这里，我又想起了《周易》中有关秩序的构想：

> 有天地然后有万物，有万物然后有男女，有男女然后有夫妇，有夫妇然后有父子，有父子然后有君臣，有君臣然后有上下，有上下然后礼义有所错。
>
> 《周易·序卦传》

这种企图把天地万物都纳入秩序的构想，既是中华文化立身的起点，又是中华文化长寿的原因。

有序便有寿，无序便无生。只因时间有序，文化有序，生命有序，一旦无序就会剥蚀时间，剥蚀文化，剥蚀生命。

对比显而易见，教材并不遥远。想想那些永远密布着刀枪和贫困的千里沙原，那些永远交替着激愤和恐怖的拥挤广场，那些再也找不到文化遗迹的文明故地，那些再也找不回现代尊敬的古代圣城，我们会反过来更加读懂自己的文化。

好了，至此我已经讲述了中华文化长寿的前四个原因，那就是“体量自觉”“自守自安”“力求统一”“惯于有序”。这四点，都是中华文化紧贴大地的宏观选择。还有四个原因，更靠近文化本义，且让我逐一道来。

四

中华文化长寿的第五因：**简易思维**。

我的这一概括，一定会引起某种争议，因为很多学者喜欢把中国古代的那些奠基典籍说得非常复杂和艰深。正好那些典籍由于年代久远不易被今天的普通读者轻便解读，这种误导也就成立了。

其实，文化就像一个人，过多的营养，过厚的脂肪，过胖的肚腩，都不利于长寿。长寿的中华文化，从来不愿用自己的肩脖去撑起那些特别复杂的学理重担。它一直保持着精瘦瘦、乐呵呵的行者形象，从来未曾脑满肠肥，大腹便便。

为什么能够精瘦？因为中华文化一上来就抓住了命脉，随之也就知道什么东西可以省俭，什么东西可以舍弃了。中华文化的命脉就是“人文”，《周易》说：“观乎人文以化成天下。”因此，对鬼神传说，敬而远之；对万物珍奇，疏而避之；对高论玄谈，笑而过之。这与其他文明相比，不知省下了多少卷帙和口舌。

典籍之首，该属《周易》了吧？这个“易”字，第一含义就是“简易”，第二含义则是“变易”。连在一起，就是以“简易”的方式研究“变易”和“不易”。但这种研究又不付之于抽象，而只是排列卜筮的概率，形成框架。这与其他文明的开山之作一比，显得非常精简和直截。

诸子百家之首，该属老子了吧。然而且看老子的全部著作，只有那五千字，从内容到形式都在倡导“极简主义”。几年前，我在向北京大学的各系学生讲解中国文化史时曾经指出，老子是中国文化的“清道夫”。他那四个字、四个字如刀斩斧劈的简洁文句，呈示了中国哲学不肯多添一笔、多发一声的极致。由他白发白须又默默寡言地在前面走着，跟在后面的诸子百家，谁也不好意思把话讲多了，把书写长了。

"清道夫"的意义，在于把道路整干净。干净的道路方便走路，于是也可以走远了。走远，就是长寿。

再看最有名的孔子，他的传世著作《论语》，是一段段简短、随兴、通俗的谈话，一点儿也没有端出任何理论架势，呈现什么高深形态。

至于庄子，干脆是在写散文诗了。他以轻便而优美的寓言创作，不小心踏入了经典殿堂，受百世敬仰。

说到散文诗，不能不联想到《诗经》。那是地地道道的诗，而且多数是短诗，带着华北平原的波影和鸟鸣，居然也被尊之为"经"，成为中华文化的起点之一。

连端庄的儒家也反复表明，"艺"和"乐"是一种重要归结。为此，李泽厚先生曾以"实用理性和乐感文化"来阐述中华文化，颇有见地。我以一部《极品美学》来响应。

确实，在根子上，中华文化是简易的、轻快的、朦胧的、优美的。这种特点使它便于接受，便于传诵，便于延续。长寿，显然与此有关。

在学术界，总有一些人士一直在抱怨中华文化缺少像亚里士多德、黑格尔、康德这样的深度和广度，这是以西方的学术标准，骚扰华夏风范。有人还说，唐代没有出现像样的哲学家，因此是一个没有重量的时代。这就更错了，唐代的文化重量举世少有，仅唐诗一项，就足以压坏历史的天平。如果一定要把唐诗和哲学做不伦不类的对比，那么我要说，唐诗比当时有可能出现的任何一种哲学都重要百倍。

宋明理学试图对一些抽象概念如"心""性""理"等做超验研究，虽有长篇宏论惊动学界，却未能在社会上真正产生影响。原因是，那种庞大的艰深方式，不符合中华文化的性格。事情到了王阳明又好了，他以"致良知""知行合一"等省俭的话语，又让中华文化顺眼顺耳。可惜到了他的学生，那么一些"王门后学"，又不对了。

明代灭亡之后曾有不少学人痛批空泛、玄奥之学，顾炎武认为那种学风只能祸害神州社稷。朱舜水更是明确指出，明朝灭亡，实乃"中国士大

夫之自取”。(《阳九述略》)

惯于轻装简从的中华文化，一旦被压上重重包袱，一定步履艰难，直至气息奄奄。因此，那些包袱即使藏着不少好东西，也只能是死亡之兆。幸好，中华文化有明智的自省，总能在受苦受累之后把包袱卸除，舒一口气，揉一揉肩。

大道至易至简，小道至密至繁，邪道至玄至晦。中华文化善择大道，故而轻松，故而得寿。

近年来，中华文化又被强加了一个更低劣的负荷，那就是不少人竭力夸大它的阴谋重量，并加以炫耀。无论是书籍、电视、讲座，总是密密层层的阴谋、陷阱、心计，却美其名曰智慧、高策、韬略。在国外经常遇到一些急于了解中华文化的人士，他们接触那些东西之后总是困惑：从皇上、宫女到平民都是浑身谋略，中国人怎么会阴险成这样？他们甚至说，目前流行于世的“中国威胁论”，一半来自不了解中国的政客，一半来自中国自己的传播。

对此，我总是这样回答他们：中国古代朝廷里确实会有不少阴谋，老是被下一代宫廷史官加油添醋、穿凿附会，但是这一切不管是真是假都与中国的广大民众无关。历史上广大民众多为文盲，连浏览一下这类记述都没有可能，因此不会受到影响。我说，中国人确实没有那么阴险，我自己早年长期在农村居住，深知中国农民几乎无人懂得阴谋，他们身上最常见的弊病，就是比较吝啬，不讲卫生，如此而已。农民占中国古代人口的绝大部分，因此也可推知多数中国人并没有负载那么沉重的阴谋文化。

对中华文化，不管是艰深化的加重还是阴谋化的加重，都是一种伪造，因为它不是那样。近年来，据说很多地方都举办了收费高昂的“总裁国学班”，开课时拉上厚厚的窗帘，神秘莫测，不知里边在讲什么，却可以肯定，一定与中华文化基本无关。如果中华文化成了厚厚的窗帘所遮掩的沉重阴谋，它就来日无多了。

死而体重，活而体轻。此间玄机，非独适合身体。这些年我在国内讲得最多的题目，是“为文化做减法”。我说：唯瘦身，方见筋骨；唯减重，方有生机。中华文化几千年走下来的生命脉络，切莫迷失了。为此，我特别写了一部《中国文脉》，希望能够带领读者穿过连篇累牍的文化赘余，去握住文化主脉。脉是生命所在，握住了，就能好好地活下去。

中华文化长寿的第六因：**以德为帜**。

中华文化始终崇德，这是大家都知道的。但是一般说来，崇德只关及文化的内容和品质，怎么会与长寿有关？

是的，有关。

我在《君子之道》一书中，解释了孔子、孟子所提倡的德是“与人为善”“成人之美”“四海之内皆兄弟”；我在《中国文脉》一书中，又把墨子所提倡的“兼爱、非攻、尚贤、尚同”也归入了德的范畴。这一些仁德标准，只需提起，就能让天下人眼睛一亮、心生温暖，极大地提升人们对人类的信心，对生存的乐观，使大家活得更好、更久，也就是古语所说的“仁者寿”。我今天要进一步说明，中华文化也像人一样，由于崇德而长寿。

为了说明这个问题，我们不妨先做另类设想：中华文化如果不是以德为帜，会以什么替代？

韩非子在《五蠹》中说：“上古竞于道德，中世逐于智谋，当今争于气力。”也就是说，除了道德的旗帜，还可以有智谋的旗帜和气力的旗帜。韩非子认为，讲道德的年月已经过去，讲智慧的年月还在继续，眼下时兴的是讲气力，凭着气力追利益。

韩非子不同于孔子、孟子他们，并不特别看重道德。他认为古人讲道德，是因为那时人口很少，构不成竞争。后来人口一多，竞争不得不产生，只得讲智谋了。竞争得再激烈一点儿，讲智谋也来不及了，只能拼气力。这种历史观出于对人性的不信任，勾画了一个由善至恶的三级台阶，与历史事实并不符合。但是，他讲的这三面旗帜、三种价值、三类追求，却可成为我们透析中华文化的视角。

智谋，与前面提到过的阴谋不同，确实可以成为道德之外的另一种号召。当代有人分析，中华文化是一种“德性文化”，西方文化是一种“智性文化”。可见，早在诸子百家时代，中国哲人已经触及了德、智之间的艰难选择。

智性文化后来在西方发展成了科学思维，对人类进步做出了重大贡献，也折射出了中华文化的弱点。但是，文化的先进性和恒久性并不是一件事，文化的实用性和感召性也不是一件事。就一种文化的恒久性而言，德性文化的时间长度一定会超过智性文化。

智性文化的先进性和实用性虽然令人称道，却是相对的，往往只在一段时间内有效。当智性继续推进，原有的先进性和实用性必然会被超越而黯然失色。在这种情况下，智性只能催促人们继续低头探索，而不能像德性那样，吸引人们永远抬头仰望。

至于韩非子所说的第三面旗帜——气力，那又降低了一个层次。把气力单独拉出来讲述，正说明它是一种摆脱道德、摆脱智谋后的存在。这种所谓气力，很像现在常说的“成功”，而且是不择手段的“成功”。这种气力，有可能让人惊惧，让人服从，却很难让人从心灵深处长久地佩服和尊敬。大家全都明白，气力的形成，往往是因为已经把他人比输，或即将把他人比输。这中间，极有可能带有道德瑕疵，也就是违背了“与人为善”“成人之美”“兼爱、非攻”的原则。

带有道德瑕疵的“成功”，很难持久。这是中华文化的基本常识，连普通人也懂得，只是不说出来罢了。祸福相依、凶吉互融、输赢无定的旋转，在几千年前就已经成为一种全民预测。只有一种因素的出现，才能让旋转停息。这个因素，就是德。也就是说，如果让气力服从于道德，让成功依附于大善，一切才可能改观，逆转才可能避免。用现在的话来说，那就是把气力和成功推入另一个价值系统，一个不以自身为目标的价值系统。

德，为什么能使逆转停息、生机长存？因为它显示了从“人禽之分”

开始的对人类最高标准的追求。感谢儒家，把这个最高标准设定得那么明确：“止于至善”。你看，一切逆转，面对至善也就停止了。

如果要认真地阐释“止于至善”，那么，“止于”，提出了别无选择的精神终点，而“至善”，则提出了道德的终极标准。“至善”是“善良”的最高形态，面对整个天下，无所遗漏。后来，王阳明又为“至善”找到了每个人心底所埋藏的依据，那就是“良知”。这一来，由“至善”激发“良知”，由“良知”抵达“至善”，中华文化建立了一个比其他文化更明晰、更干净的道德构架，使中国人产生了长久的景仰、向往和追赶。历史的正能量，也都长久地朝着这个方向聚集。这是一个永远延续的过程，因此，中华文化的寿命也随之延续了。

有人指出，在日常生活中，中国人的道德水平还颇多污浊。这是确实的，但是对于这么庞大的群体而言，精神领域的“景深”会出现很多层面，终极标准和一般标准不可能合成一体。因此，以终极标准启迪一般标准的重任，需要很多文化人来长期承担。

如果从深处看，中华民族只要遇到大灾大难，总会突然发现，多数民众至善勃发、良知未泯，常常连自己也感到吃惊。文化的使命，就是要透视心灵地窖里的集体潜藏。

对于道德的终极标准，孔子觉得只有像北斗星这样的星辰才能比拟：永恒所在，且众星拱之。他在《论语·为政》中说：

> 为政以德，譬如北辰，居其所，而众星共之。

这让我想起了德国哲学家康德的一句话：

> 有两件事，让心灵永远仰望：一是天上的星辰，二是人间的道德。

孔子和康德，相距两千多年，各踞地球的另一半，语言系统差异极大，却以完全一样的比喻，说出了完全一样的意思。

这种巧合，一是说明人类历史上最优秀的思想者，都把道德看得不可动摇；二是说明不管时间和空间有多大的差异，道德的高度惊人一致。

因此，谁也不必在他们所说的道德前面再做别的分割和限定，例如时代的限定、国别的限定、地域的限定、阶级的限定、风尚的限定等等。各种区别都会有，但在最高意义上，道德就是道德，星辰就是星辰，仰望就是仰望，永恒就是永恒。在这件崇高的大事上再动什么手脚，本身就很不道德。中华文化的守护者，不做这样的事；“止于至善”的皈属者，不做这样的事。

中华文化的守护者应该深感荣幸，由于从一开始就高高地举起了道德的旗帜，我们的文化靠近了星辰。

中华文化长寿的第七因：**中庸为轴**。

如果对中庸做最简单的解释，那么，中，是指中间值；庸，是指寻常态，因此也是指普通的延续态。

不要小看了，这是一种重要的思维选择。

往浅里说，这是一种办事方式。谋事，总要向前看；但要成事，则要回过头来看看比较正常的一般情形，设法找一条合适的路，恰当的路，可行的路，多数人能够接受的路。要做到这样，就不应该扮演激烈，哗众取宠。

往深里说，这是一种可喜的弹性哲学，一种灵活的松软状态，一种平静的两相妥协，一种灰色的世俗宽厚。

中庸，是中华文化几千年来的精神主轴和行动主轴。

对于中庸，历来总是有人赞赏，有人鄙弃，此处且不做深论；我此刻要在这里强调的，是中庸与时间的奇特姻缘。无数事实证明，有了中庸，就能拥有更多时间；反之，放弃中庸，则会让时间中断。

中国的历史那么长，遭遇的灾祸那么多，在很多时候似乎走不过去了，就像世界上其他伟大文明终于倒地不起一样。但是，中国却一次次走通了，越过了灾祸，越过了灭亡，踉踉跄跄地存活了下来。细察每一个生死关口就能发现，正是中庸，在其间发挥了重要作用。

中庸为何能避祸、避亡？原因是，它避开了在关键时刻最容易出现的各种极端主义。

极端主义极有魅力，可惜时间不愿意与它站在一起。极端主义的口号响亮爽利，令人感动；极端主义者就像站在悬崖峭壁边上的好汉，浑身散发着英雄的光辉。因此，总是拥有大量的追随者、崇拜者、死忠者，劝也劝不回。但是，对于广大民众来说，口号不是路标，好汉不是向导，悬崖不是大道。接下来的路，该怎么走呢？

其实已经无路，虽然还会闹腾一阵子，但事情已经结束，时间已经扭头。这就是响亮的短命，激烈的速朽。

极端主义者不仅割断时间，而且也割断空间。他们迟早连追随者的劝告、建言、修正也无法容忍，把这些伙伴当作叛逆者一一驱逐，孤苦伶仃地坚守着越来越局促的“原教旨主义”。于是，空间的局促又加剧了时间的短促，覆灭不可避免。

中庸与他们一比，总是那么平淡，那么家常，那么低调，引不来任何喝彩和欢呼。中庸只在轻脚慢步地四处探问，轻声慢语地商量劝说。但是，过不久，一条小路找到了，一种谅解达成了，一番口舌删掉了，一场恶斗让过了。看起来好像什么也没有发生，只不过大家都可以活下去了，而且是平顺、快乐地活下去了。

中华文化在整体上拒绝极端主义，信奉中庸。我在《君子之道》一书中介绍了古代经典在这个问题上的反复教导。这些教导深契大地人心，结果，即便是那些很容易陷入极端主义的外来宗教，一与中华文化接触便减去了杀伐之气，增添了圆融风范。中国也有一些时段、一些人物受到极端主义之蛊，言行狂悖，却无改全民数千年的集体选择。数千年的

集体选择沉淀成了集体人格，结果，中庸不再是一种权宜之计，而成了一种文化本能。

为什么在各大文明间，只有中国能够全方位地实践中庸？说到底，这还是与农耕文明相关。农耕文明靠天吃饭，服从四季循环，深知世上难有真正的极端。冬天冷到极端，春色已开；夏天热到极端，秋风又起。这种“天人合一”的广泛体验经由《周易》提升，儒家总结，也就成为文化共识。《礼记》更是明确做出了“君子中庸，小人反中庸”的经典宣判，由此建立了中华文化的基本准则。世界上，其他宗教和哲学也都有过“中道”的理论，但是，只有中国，让中庸在世俗生活中长久普及，成了一种谁也无法忽略的实践形态。

我作为一个曾经长期研究世界艺术的学者，不能不指出，中庸在美的领域未必总是超过极端，至少是各有利弊吧。例如，当我面对中国古代戏剧中“悲、欢、离、合”的中庸结构，再对照古希腊悲剧在生命边涯上的极端呼号，就会把审美的心理天平偏向后者。对于这个问题，我在《极品美学》一书的自序中作了说明。但是，对于安定百世社会，保存和延续中华文化的效能而言，中庸则利大于弊，而且肯定。

应该说明，中华文化选择中庸，倒不是仅仅为了选择者本身的安全和长寿，而是有更广泛的关照。它会把那些站在悬崖边上的好汉拉回来，顺便也挽救了大量追随者。正因为此，孔子把中庸说成是最高道德。他说：“中庸之为德也，其至矣乎！”（《论语·雍也》）

中庸的话题，也会遇到一种最常见的疑问。例如那年我在哈佛大学演讲中国文化精神，就有一位中国留学生当场提问：“中庸避免了极端，寻找了可行，选择了安全，会不会阻碍了突破、创新和挑战，降低了文明的高度？”

我回答说，这是一个很好的问题，我想以登山来破解。中庸并不反对登高，只是在珠穆朗玛峰的险峻山道上，希望你尽量走到中间，把脚踏稳，而不要为了摄影，在悬崖边上摆弄姿态。当然，在登山前如果身体不太适应，中庸的原则也会建议你选择另一项运动。因此，中庸不是退缩，不是窝囊，也不是无为，而是希望你在人生的攀缘中寻找最好的山道。

处于当代，世界上极端主义越演越烈。不少西方政客为了对付它们，采用的也往往是另一种极端主义即单边主义。结果，总是极端对极端，无休无止。在这种情况下，中华文化实行中庸、拒绝极端的千年本色，再度被唤醒。凭着这种千年本色，能不能说服极端主义？我信心不大，有信心的只有一项：中华文化的寿命，凭着越来越稀罕的中庸，还会长久延续。

中华文化长寿的第八因：**特殊门径**。

以上种种长寿的原因，都很重要，但在实际执行中，还必须落实在一个具体项目的操作上。这个具体项目，必须汇集各种导致长寿的原因，而且自己也颇为长寿，有时间陪着中华文化走过千年长途。

应该是一个什么样的项目呢？

终于知道了，这个项目，就是科举制度。

正是科举制度，使中华文化的长寿有了最实在的操作性保障。因此，这是通向长寿的一个特殊门径。

对于中国古代的科举制度，我曾写过长文《十万进士》，那就不在这里重复了。我今天只想让大家发出一种惊叹：这是谁想出来的好点子呀，在那么宏大的文化生命工程中，居然发挥得如此齐备，又如此神奇？

齐备到什么程度？神奇到什么程度？且听我略举几端。

其一，其他重要文明的溃灭，首先溃灭于社会乱局。因此，即使仅仅为了文化，也要选取足够的社会管理人才。科举制度，便由此而生。选拔的是各级社会管理人才，却保全了文化的土壤。

其二，其他重大文明也曾在一代雄主的带领下建立过良好的管理系统，但是由于地域大，方位多，各地的管理者容易自立格局，自选下属，时间一长，便产生近似“分封”的裂隙。而科举制度，则全国统一。以统一的标准、统一的机构完成统一的选拔，这就以文化的方式，堵塞了分裂

的可能，反过来又保护了文化。

其三，其他重大文明在建立管理系统之后却没有建立逐代选拔机制。几代之后，全都出现了管理人才的短缺，文明天地的荒芜。科举制度保证每隔三年提供大量管理人才，源源不断。这是中华文化保持有序延续、有效延续的重要原因。

其四，源源不断的管理人才必须依靠丰沛的备考、应试资源。科举制对此创造了一个千年实践：在中国，不分地域，不分门庭，不分职业，不分贫富，只要是男性，都有资格参加选拔。在唐代，连外国人也能应试。这种全民动员，极大地强化了文化的整体生命力和号召力。

其五，社会上最容易产生焦躁动荡的群体，就是青年男子。科举制度让全国这一群体的很大部分，都成了极为用功的备考人员、应试人员，而且很多人屡败屡考，终身应试。这就让社会大幅度地提高了安全系数，而且安全在文化气氛中。

其六，如此规模的考试，所出试题必然会在很大程度上左右整个国家的文化选择。科举考试越到后来越明确，以儒家经典为主要考试范围。这一来，全国千千万万青年男子，也就为了做官而日夜诵读儒家经典，诵读到滚瓜烂熟，一年又一年，一代又一代。他们的初衷，只为个人前途，但结果是，那些儒家经典受到无数年轻生命的接力负载，变得生气勃勃。这可谓，经典滋养生命，生命滋养经典。后一种滋养，更是让经典永显青春血色，举世无双。

其七，这么多由诵读经典而终于为官的书生，有没有能力参加社会管理？正巧，他们为了应试而天天诵读的，不是旷世玄学，不是古奥经文，不是隐士秘籍，而是“修身、齐家、治国、平天下”的大道理。拿着这些大道理去做县令、太守，大致属于“专业对口”。于是，社会治理和文化传承相得益彰。

其八，科举考试并不看重天才勃发、奇思妙想，而总是安排刻板的格式，后来甚至限定了“八股”模式。这会让李白这样的稀世天才难以进入。

但是，由于科举考试的目的只是为了选拔官员，而不是诗人，因此这样的安排并无大错。官员将来要做什么？在多数情况下，也就是在刻板的格式中规矩行事，有所创新也不失前后左右的基本关系。那么，科举考试就是对行政模式的预示。李白不适合从事管理，因此不能以他的缺席来非难科举。科举如果随兴而不刻板，那就长不了，结果也就无法辅佐中华文化走长路。

其九，科举考试总体上公平严格，却也会有一些作弊、造假，史称“科场案”。由于这种案件直击吏治命脉和文化命脉，每次都酷刑严罚，引起社会广泛关注。民众由此明白：为官的入场券只是文化，不能夹杂其他关系；而这种文化入场券却很难获得，因此要作弊、造假；但是，文化上的作弊、造假，必然会付出生命代价。——这种系统认知，极大地提升了文化对于官场伦理的奠基性价值，这在其他文明中看不到。

…………

仅此九端，已经足以说明科举制度的齐备和神奇了吧？已经足以说明它对中华文化的长寿所起到的举足轻重的作用了吧？

确实，我环视全世界，没有发现还有哪一种体制，能像科举制度那样发挥如此全面、有效、长续的文化守护功能。不必怀疑，它是中华文化长寿的归结之因。

但是，由于一些科举考试失败的文人写了不少批判作品行世，它的名声渐渐受污。在考试内容上，后来它确实也跟不上自然科学和国际政治的迅猛发展，成了一个备受攻击的对象。似乎，中国的落后，全是因为它。

一九〇五年，经袁世凯、张之洞等人的上奏，慈禧太后批准，科举制度在存世一千三百年之后彻底废止。废止之时，异议不多，但在废止之后，渐渐出现了不少反思的声音。有的声音中，还包含着深深的后悔。

梁启超说：

> 夫科举，非恶制也。……此法实我先民千年前一大发明也。

自此法行，我国贵族寒门之阶级消灭；自此法行，国民不待劝而竞于学。此法之造于我国也大矣。人方拾吾之唾余以自夸耀，我乃惩末流之弊，因噎以废食，其不智抑甚矣。吾故悍然曰：复科举便！

《管制与官规》（1910 年）

孙中山说：

现在欧美各国的考试制度，差不多都是学英国的。穷流溯源，英国的考试制度原来还是从我们中国学过去的。所以，中国的考试制度，就是世界上用以拔取真才的最古最好的制度。

《五权宪法讲演录》（1921 年）

钱穆说：

直到晚清，西方人还知采用此制度来弥缝他们政党选举之偏陷，而我们却对有过一千年以上根柢的考试制度，一口气吐弃了，不再重视，抑且不再留丝毫顾惜之余地。那真是一件可诧怪的事。

清末人一意想变法，把此制度也连根拔去。民国以来，政府用人，便全无标准，人事奔竞，派系倾轧，结党营私，偏枯偏荣，种种病象，指不胜屈。不可不说我们把历史看轻了，认为以前一切要不得，才聚九州铸成大错。

《中国历代政治得失》（1955 年）

这些人都不是保守派、复古派，却都在叹息，科举考试的废止太草率了。钱穆先生明确认为这个制度足以弥补西方政党选举的偏陷；梁启超先生甚至还在呼吁恢复这个制度。这个问题，已经大到触及政体，这儿无法细论了。但我相信，读者已经从我的简要讲述中明白，中华文化确实曾经拥有一个极为称职的好帮手。好帮手走了，但文化的肌体却留下了。这种肌体，看上去有点儿慌乱，但身子骨依然健硕。

真该谢谢那个不知去了哪里的好帮手。

五

我总算把中华文化长寿的原因粗粗梳理了一遍。这中间一定有很多缺漏，而且，在讲述正面效应的时候也没有时间分析随之带来的负面效应。这种悖论，这种两难，正是学术思考的斧钺，我在《中国文脉》《文化之痛》等书籍中已经有过探索，相信会有很多年轻学者继续挖掘下去。

即使暂时省略了负面，那么，中华文化以往的正面业绩也无法让我们扬扬自得。相反，倒是成了检验今天一切作为的最严苛标准。或者说，伟大的昨天向今天发出了伟大的指令。因此，我希望有更多的人认识中国的昨天，以及它的世界意义。

我说过，由于近两百年文化之外的原因，中华文化的生命优势被掩盖了，甚至被曲解成了劣势。为此，我不能不一次次地呼唤国际的学术良知，请他们重新读一读世界史，尤其是世界史中的中华文化史。

我这么说，并不是出于民族主义的诉求。几年前我在北京大学讲授中国文化史，曾经严肃质疑目前有些人在“国学”名义下“以国家主义实行排他主义”的倾向。这种质疑，大家可以从我的《北大授课》一书中读到。但是，我们今天遇到的，却是一个世界课题，只不过正好与中国的昨天有关。

无论如何，回到我们讲述的原点，明确肯定中华文化是人类历史上唯一不中断地延续到今天的文化奇迹，是必须做的。

如果要问我倾向何方，我会毫不犹豫地回答：墨家。虽然难以实行，却为天下提出了一种纯粹的爱的理想。这种理想就像天际的光照，虽不可触及，却让人明亮。——《黑色光亮》

即使我不是中国人，也不会放弃这个“必须”。

接下来的“必须”，就是我目前着手在做的事情了：研究中华文化成为唯一奇迹的原因。

这项研究应该成为一项国际工程。如果经过很多人的努力，有了像样的成果，那就必须成为世界课本。

世界课本？是不是口气太大了一点儿？

我的回答是：不大。

请看世界上有多少发明、创造、突破进入了各国科教书而成了全人类的常识，又有多少战争、灾难、自救进入了各国教科书而成了全人类的常识，那么，明明活生生地存在着唯一长寿的文化奇迹，而且是包含着无数发明、创造、突破、战争、灾难、自救的文化奇迹，为什么都熟视无睹？

最善良的理由只有一个：研究还刚刚开始。

值得高兴的是，熟视无睹的时代已经过去。即便在遥远的地方，兴趣的目光也开始向中华文化集中。

二〇一三年十月十八日下午，我应邀在纽约联合国总部大厦发表演讲，讲题就是“中国文化的特殊生命力”。我还没有开口，奇怪的事情发生了。

像往常一样，这天联合国大厦在召开很多会议；也像往常一样，很多会议大厅里听的人很少，即使来了几个国家元首也依然冷冷清清。但是，在我的演讲厅里，却人头济济，人满为患，晚来的听众只能站在过道上听。我当然知道，这不是因为我的名字，而是因为我的讲题。

更有趣的是，那天的联合国总部网站，把我的演讲列为第一新闻。世界上正发生着那么多惊心动魄的事情，各国政要正飞来飞去忙着处理，那都是最重大的国际新闻，怎么会被一场文化演讲压住了？

原因只在于，讲的是中华文化，是大家都不太知道却又很想知道的中华文化。

那么多人，听得那么专注，那么安静，那么迫切。他们带有很多疑问，等待着解答。

时至今日，我们的中华文化已经逃不过关注、跟踪、等待、追问了。

逃不过就不逃。我，守在这里。

我相信会有更好的解答，很多超越我的解答。

那就不要着急。

一代代解答，一代代倾听。过后，又要有新的解答，新的倾听。

不管到哪一代，中华文化，总在。

（主要内容取自 2013 年 10 月 18 日在纽约联合国总部大厦的演讲；2015 年 4 月整理修改于中国艺术研究院秋雨书院。《中华读本》七卷将由中华书局出版。）

中国文脉

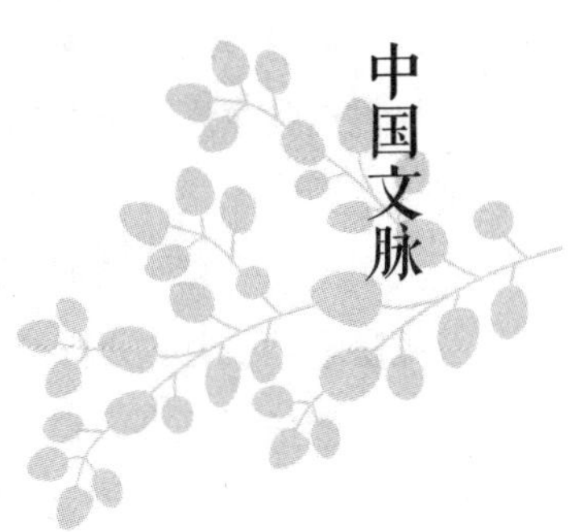

一

中国文脉，是指中国文学几千年发展中最高等级的生命潜流和审美潜流。

这种潜流，在近处很难发现，只有从远处看去，才能领略大概，就像那一条倔犟的山脊所连成的天际线。

正是这条天际线，使我们知道那个天地之大，以及那个天地之限，并领略了一种注定要长久包围我们生命的文化仪式。

因为太重要，又处于隐潜状态，就特别容易产生误会。因此，我们必须开宗明义，指出那些最常见的理论岔道，不让它们来干扰文脉的潜流——

一、这股潜流，在绝大多数情况下，不是官方主流；

二、这股潜流，在绝大多数情况下，不是民间主流；

三、这股潜流，属于文学，并不从属于哲学学派；

四、这股潜流，虽然重要，但体量不大；

五、这股潜流，并不一以贯之，而是时断时续，断多续少；

六、这股潜流，对周围的其他文学现象有吸附力，更有排斥力。

寻得这股潜流，是做减法的结果。我一向主张，研究文化和文学，先做加法，后做减法。减法更为重要，也更为艰难。

减而见筋，减而显神，减而得脉。

减法难做，首先是因为千百年来人们一直处于文化匮乏状态，见字而敬，见文而信，见书而畏，不存在敢于大胆取舍的心理高度；其次，即使有了心理高度，也缺少品鉴高度，与多数哄传一时的文化现象相比，“得脉”者没有那么多知音。

大胆取舍，需要锐利斧钺。但是，手握这种斧钺的人，总是在开山辟路。那些只会坐在凉棚下说三道四、指手画脚的人，大多不懂斧钺。开山辟路的人没有时间参与评论，由此造成了等级的倒错、文脉的失落。

等级，是文脉的生命。

人世间，仕途的等级由官阶来定，财富的等级由金额来定，医生的等级由疗效来定，明星的等级由传播来定，而文学的等级则完全不同。文学的等级，与官阶、财富、疗效、传播等因素完全无关，只由一种没有明显标志的东西来定，这个东西叫品位。

其他行业也讲品位，但那只是附加，而不像文学，是唯一。

总之，品位决定等级，等级构成文脉。但是，这中间的所有流程，都没有清晰路标。这一来，事情就麻烦了。

环顾四周，现在越来越多的“成功者”都想以文炫己，甚至以文训世，结果让人担忧。有些“儒商”为了营造“企业文化”，强制职工背诵古代那些文化等级很低的发蒙文言；有些电视人永远在绘声绘色地讲述着早就应该退出公共记忆的文化残屑；有些当代“名士”更是染上了古代的“嗜痂之癖”，如鲁迅所言，把远年的红肿溃烂，赞为“艳若桃花”。

颇让人不安的，是目前电视上某些文物鉴定和拍卖节目，只要牵涉到明清和近代书画，就对作者的文化地位无限拔高。初一听，溢美古人，无可厚非，但是这种事情不断重复也就颠覆了文化的基本等级。就像一座十

层高塔，本来轮廓清晰，突然底下几层要自成天台，那么上面的几层只能坍塌。试想，如果唐伯虎、乾隆都成了“中国古代一流诗人”，那么，我们只能悄悄把整部《全唐诗》付之一炬了。书法也是一样，一个惊人的天价投向一份中等水准的笔墨，就像一堆黄金把中国书法史的天平压垮了。

面对这种情况我曾深深一叹：“文脉既隐，小丘称峰；健翅已远，残羽充鹏。”

照理，文物专家不懂文脉，亿万富翁不懂文化，十分正常。但现在，现代传媒的渗透力度，拍卖资金的强烈误导，使很多人难以抵拒地接受了这种空前的“文化改写”，结果实在有点儿恐怖。

有人说，对文学，应让人们自由取用，不要划分高低。这是典型的“文学民粹主义”，似是而非。就个人而言，不经过基本教育，何能自由取用？鼠目寸光、井蛙观天，恰恰违背了“自由”的本义；就整体而言，如果在精神文化上也不分高低，那就会失去民族的大道、人类的尊严，一切都将在众声喧哗中不可收拾。

如果不分高低，只让每个时间和空间的民众自由取用、集体“海选”，那么，中国文学，能选得到那位流浪草泽、即将投水的屈原吗？能选得到那位受过酷刑、耻而握笔的司马迁吗？能选得到那位僻居荒村、艰苦躬耕的陶渊明吗？他们后来为民众知道，并非民众自己的行为。而且，知道了，也并不能体会他们的内涵。因此我敢断言，任何民粹主义的自由海选，即便再有人数、再有资金，也与优秀文学基本无关。

这不是文学的悲哀，而是文学的高贵。

我主张，在目前必然寂寞的文化良知领域，应该重启文脉之思，重开严选之风，重立古今坐标，重建普世范本。为此，应努力拨去浮华热闹，远离滔滔口水，进入深度探讨。选择自可不同，目标却是同归，那就是清理地基，搬开芜杂，集得高墙巨砖，寻获大柱石础，让出疏朗空间，洗净众人耳目，呼唤亘古伟步，期待天才再临。由此，中华文化的复兴，才有可能。

二

文脉的原始材料，是文字。

汉字大约起源于五千年前。较系统的运用，大约在四千年前。不断出现的考古成果既证明着这个年份，又质疑着这个年份。据我比较保守的估计，大差不差吧，除非有了新的惊人发现。

汉字产生之后，经由“象形—表意—形声”这几个阶段，开始用最简单的方法记载历史，例如王朝谱牒。应该夏朝就有了，到商代的甲骨文和金文，已相当成熟。但是，甲骨文和金文的文句，还构不成文学意义上的“文脉之始”。文学，必须由“意指”走向“意味”。这与现代西方美学家所说的“有意味的形式”，有点儿关系。既是“意味”又是“形式”，才能构成完整的审美。这种完整，只有后来的《诗经》，才能充分满足。《诗经》产生的时间，大概离现在二千六百年到三千年。

然而，我发现了一个有趣的现象。商代的甲骨文和金文虽然在文句上还没有构成“文脉之始”，但在书法上却已构成了。如果我们把“文脉”扩大到书法，那么，它就以“形式领先”的方式开始于商代，比《诗经》早，却又有所交错。正因为此，我很喜欢去河南安阳，长久地看着甲骨文和青铜器发呆。甲骨文多半被解读了，但我总觉得那里还埋藏着孕育中国文脉的神秘因子。一个横贯几千年的文化行程将要在那里启航，而直到今天，那个老码头还是平静得寂然无声。

终于听到声音了，那是《诗经》。

《诗经》使中国文学从一开始就充满了稻麦香和虫鸟声。这种香气和声音，将散布久远，至今还闻到、听到。

十余年前在巴格达的巴比伦遗址，我读到了从楔形文字破译的古代诗歌。那些诗歌是悲哀的，慌张的，绝望的，好像强敌刚刚离去，很快就会

回来。因此，歌唱者只能抬头盼望神祇，苦苦哀求。这种神情，与那片土地有关。血腥的侵略一次次横扫，人们除了奔逃还是奔逃，因此诗句中有一些生命边缘的吟咏，弥足珍贵。但是，那些吟咏过于匆忙和粗糙，尚未进入成熟的文学形态，又因为楔形文字的很早中断，没有构成下传之脉。

同样古老的埃及文明，至今没见过古代留下的诗歌和其他文学样式。卢克索太阳神庙大柱上的象形文字，已有部分破译，却并无文学意义。过于封闭、过于保守的一个个王朝，曾经留下了帝脉，而不是文脉。即便有气脉，也不是诗脉。

印度在古代是有灿烂的文学、诗歌、梵剧、理论，但大多围绕着“大梵天”的超验世界。同样是农耕文明，却缺少土地的气息和世俗的表情。

《诗经》的吟唱者们当然不知道有这种对比，但我们一对比，它也就找到了自己。其实，它找到的，也是后代的中国。

《诗经》中，有祭祀，有抱怨，有牢骚，但最主要、最拿手的，是在世俗生活中抒情。其中抒得最出色的，是爱情。这种爱情那么“无邪”，既大胆又羞怯，既温柔又敦厚，足以陶冶风尚。

在艺术上，那些充满力度又不失典雅的四字句，一句句排下来，成了中国文学起跑点的砖砌路基。那些叠章反复，让人立即想到，这不仅仅是文学，还是音乐，还是舞蹈。一切动作感涨满其间，却又毫不鲁莽，优雅地引发乡间村乐，咏之于江边白露，舞之于月下乔木。终于由时间定格，凝为经典。

没有巴比伦的残忍，没有卢克索的神威，没有恒河畔的玄幻。《诗经》展示了黄河流域的平和、安详、寻常、世俗，以及有节制的谴责和愉悦。

但是，写到这里必须赶快说明，在《诗经》的这种平实风格后面，又有着一系列宏大的传说背景。传说分两种：第一种是“祖王传说”，有关黄帝、炎帝和蚩尤；第二种是“神话传说”，有关补天、填海、追日、奔月。

按照文化人类学的观念，传说和神话虽然虚无缥缈，却对一个民族非常重要，甚至可以成为一种历久不衰的“文化基因”。这在中华民族身上尤其明显，谁都知道，有关黄帝、炎帝、蚩尤的传说，决定了我们的身份；有关补天、填海、追日、奔月的传说，则决定了我们的气质。这两种传说，就文化而言，更重要的是后一种神话传说，因为它们为一个庞大的人种提供了鸿蒙的诗意。即便是离得最近的《诗经》，也在平实的麦香气中熔铸着伟大和奇丽。

于是，我们看到了，背靠着一大批神话传说，刻写着一行行甲骨文、金文，吟唱着一首首《诗经》，中国文化隆重上路。

其实，这也就是以孔子、老子为代表的先秦诸子出场前的精神背景。

先秦诸子出场，与世界上其他文明的巨人们一起组成了一个“轴心时代”，标志着人类智能的大爆发。现代研究者们着眼最多的，是各地巨人们在当时的不同思想成果，却很少关注他们身上带着什么样的文化基因。

三

先秦诸子，都是思想家、哲学家、教育家、社会活动家，没有一个是纯粹的文学家。但是，他们要让自己的思想说服人、感染人，就不能不运用文学手段。而且，有一些思维方式，从产生到完成都必须仰赖自然、譬引鸟兽、倾注情感、形成寓言，这也就成了文学形态。

思想家和哲学家在运用文学手段的时候，有人永远把它当作手段，有人则不小心暴露了自己其实也算得上是一个文学家。

先秦诸子由于社会影响巨大，历史贡献卓著，因此对中国文脉的形成有特殊贡献。但是，这种贡献与他们在思想和哲学上的贡献，并不一致。

我将先秦诸子的文学品相分为三个等级：

第一等级：庄子、孟子；

第二等级：老子、孔子；

第三等级：韩非子、墨子。

在这三个等级中，处于第一等级的庄子和孟子已经是文学家，而庄子则是一位大文学家。

把老子和孔子放在第二等级，实在有点儿委屈这两位精神巨匠了。我想他们本人都无心于自身的文学建树，但是，虽无心却有大建树。这便是天才，这便是伟大。

在文脉上，老子和孔子谁应领先？这个排序有点儿难。相比之下，孔子的声音，是恂恂教言，浑厚恳切，有人间炊烟气，令听者感动，令读者萦怀；相比之下，老子的声音，是铿锵断语，刀切斧劈，又如上天颁下律令，使听者惊悚，使读者铭记。

孔子开创了中国语录式的散文体裁，使散文成为一种有可能承载厚重责任、端庄思维的文体。孔子的厚重和端庄并不堵眼堵心，而是仍然保持着一个健康君子的斯文潇洒。更重要的是，由于他的思想后来成了千年正统，因此他的文风也就成了永久的楷模。他的文风给予中国历史的，是一种朴实的正气，这就直接成了中国文脉的一种基调。中国文脉，蜿蜒曲折，支流繁多，但是那种朴实的正气却颠扑不灭。因此，孔子于文，功劳赫赫。

本来，孔子有太多的理由在文学上站在老子面前，谁知老子另辟奇境，别创独例。以极少之语，蕴极深之义，使每个汉字重似千钧，不容外借。在老子面前，语言已成为无可辩驳的天道，甚至无须任何解释、过渡、调和、沟通。这让中国语文，进入了一个几乎空前绝后的圣哲高台。

我听不止一位西方哲学家说："仅从语言方式而言，老子就是最高哲学。孔子不如老子果断，因此在外人看来，更像一个教育家、社会评论家。"

外国人即使不懂中文，也能从译文感知"最高哲学"的所在，可见老子的表达有一种"骨子里"的高度。有一段时间，德国人曾骄傲地说："全世界的哲学都是用德文写的。"这当然是故意的自我夸耀，但平心而论，回顾之前几百年，德国人也确实有说这种"大话"的底气。然而，当他们读到老子就开始不说这种话了。据统计，现在几乎每个德国家庭都有一本老子的书，其普及度远远超过老子的家乡中国。

我一直主张，一切中国文化的继承者，都应该虔诚背诵老子那些斩钉截铁的语言，而不要在后世那些层级不高的文言文上厮磨太久。

说完第二等级，我顺便说一下第三等级。韩非子和墨子，都不在乎文学，有时甚至明确排斥。但是，他们的论述也具有了文学素质，主要是那些干净而雄辩的逻辑所造成的简洁明快，让人产生了一种阅读上的愉悦。当然，他们俩人实干家的形象，也会帮助我们产生文字之外的动人想象。

更重要的是要留出时间来看看第一等级，庄子和孟子。孟子是孔子的继承者，比孔子晚了一百八十年。在人生格调上，他与孔子很不一样，显得有点儿骄傲自恃，甚至盛气凌人。这在人际关系上好像是缺点，但在文学上就不一样了。他的文辞，大气磅礴，浪卷潮涌，畅然无遮，情感浓烈，具有难以阻挡的感染力。他让中国语文，摆脱了左顾右盼的过度礼让，连接成一种马奔车驰的畅朗通道。文脉到他，气血健旺，精神抖擞，注入了一种“大丈夫”的生命格调。

但是，与他同一时期，一个几乎与他同年的庄子出现了。庄子从社会底层审察万物，把什么都看穿了，既看穿了礼法制度，也看穿了试图改革的宏谋远虑，因此对孟子这样的浩荡语气也投之以怀疑。岂止对孟子，他对人生都很怀疑。真假的区分在何处？生死的界线在哪里？他陷入了困惑，又继之以嘲讽。这就使他从礼义辩论中撤退，回到对生存意义的探寻，成了一个由思想家到文学家的大步跃升。

他的人生调子，远远低于孟子，甚至也低于孔子、墨子、荀子或其他别的“子”。但是这种低，使他有了孩子般的目光，从世界和人生底部窥探，问出一串串最重要的“傻”问题。

但仅仅是这样，他还未必能成为先秦诸子中的文学冠军。他最杰出之处，是用极富想象力的寓言，讲述了一个又一个令人难忘的故事，而在这些寓言故事中，都有一系列鲜明的艺术形象。这一下，他就成了那个思想巨人时代的异类、一个充满哲思的文学家。《逍遥游》《秋水》《人间世》《德充符》《齐物论》《养生主》《大宗师》……这些篇章，就成了中国哲学史、

也是中国文学史的第一流佳作。

此后历史上一切有文学才华的学人，都不会不黏上庄子。这个现象很奇怪，对于其他“子”，都因为思想观念的差异而有明显的取舍，但庄子却例外。没有人会不喜欢他讲的那些寓言故事，没有人会不喜欢他与南天北海融为一体的自由精神，没有人会不喜欢他时而巨鸟、时而大鱼、时而飞蝶的想象空间。

在这个意义上，形象大于思维，文学大于哲学，活泼大于庄严。

四

我把庄子说成是“先秦诸子中的文学冠军”，但请注意，这只是在“诸子”中的比较。如果把范围扩大，那么，他在那个时代就不能夺冠了。因为在南方，出现了一位比他小三十岁左右的年轻人，那就是屈原。

屈原，是整个先秦时期的文学冠军。

不仅如此，作为中国第一个大诗人，他以《离骚》和其他作品，为中国文脉输入了强健的诗魂。对于这种输入，连李白、杜甫也顶礼膜拜。因此，戴在他头上的，已不应该仅仅是先秦的桂冠。

前面说到，中国文脉是从《诗经》开始的，所以对诗已不陌生。然而，对诗人还深感陌生，何况是这么伟岸的诗人。

《诗经》中也署了一些作者的名字，但那些诗大多是朝野礼仪风俗中的集体创作，那些名字很可能只是采集者、整理者。从内容看，《诗经》还不具备强烈而孤独的主体性。按照我给北京大学学生讲述中国文化史时的说法，《诗经》是“平原小合唱”，《离骚》是“悬崖独吟曲”。

这个悬崖独吟者，出身贵族，但在文化姿态上，比庄子还要“傻”。诸子百家都在大声地宣讲各种问题，连庄子也在用寓言启迪世人，屈原却不。他不回答，不宣讲，也不启迪他人，只是提问，没完没了地提问，而且似乎永远无解。

从宣讲到提问，从解答到无解，这就是诸子与屈原的区别。说大了，也是学者和诗人的区别、教师和诗人的区别、谋士与诗人的区别。划出了这么多区别，也就有了诗人。

从此，中国文脉出现了重大变化。不再合唱，不再聚众，不再宣讲。在主脉的地位，出现了行吟在江风草泽边那个衣饰奇特的身影，孤傲而天真，凄楚而高贵，离群而悯人。他不太像执掌文脉的人，但他执掌了；他被官场放逐，却被文学请回；他似乎无处可去，却终于无处不在。

屈原自己没有想到，他给两千多年的中国历史开了一个大玩笑。玩笑的项目有这样两个方面：

一、大家都习惯于称他“爱国诗人”，但他明明把“离”国作为他的主题。他曾经为楚抗秦，但正是这个秦国，在他身后统一了中国，成了后世“爱国主义”概念中真正的“国”。

二、他写的楚辞，艰深而华赡，民众几乎都不能读懂，但他却具备了最高的普及性，每年端午节出现的全民欢庆，不分秦楚，不分雅俗。

这两大玩笑也可以说是两大误会，却对文脉意义重大。第一个误会说明，中国官场的政治权脉试图拉拢文脉，为自己加持；第二个误会说明，世俗的神祇崇拜也试图借文脉，来自我提升。总之，到了屈原，文脉已经健壮，被“政脉”和“世脉”深深觊觎，并频频拉扯。说“绑架”太重，就说“强邀”吧。

雅静的文脉，从此经常会被“政脉”“世脉”频频强邀，衍生出一个个庞大的政治仪式和世俗仪式。这种“静脉扩张”，对文脉而言有利有弊，弊大利小；但在屈原身上发生的事，对文脉尚无大害，因为再扩大、再热闹，屈原的作品并无损伤。在围绕着他的繁多“政脉”“世脉”中间，文脉仍然能够清晰找到，并保持着主干地位。

记得几年前有台湾大学学生问我，大陆民众在端午节划龙舟、吃粽子的游戏，是否肢解了屈原？我回答：没有。屈原本人就重视民俗巫风中的

祭祀仪式，后来，民众也把他当作了祭祀对象。屈原已经不仅仅是你们书房里的那个屈原。但是如果你们要找书房里的屈原也不难，《离骚》《九章》《九歌》《招魂》《天问》自可细细去读。一动一静，一祭一读，都是屈原。

如此文脉，出入于文字内外，游弋于山河之间，已经很成气象。

五

屈原不想看到的事情终于发生了，秦国纵横宇内，终于完成了统一大业。

几乎所有的文学史都在谴责秦始皇为了极权统治而“焚书坑儒”的暴行，严重斫伤了中国文化。繁忙烟尘中的秦朝，所留文迹也不多，除了《吕氏春秋》，就是那位游士政治家李斯了。他写的《谏逐客书》不错，而我更佩服的是他书写的那些石刻。字并不多，但一想起就如直面泰山。

对秦始皇的谴责是应该的，但我从更宏观的视角来看，却有另一番见解。

我认为，秦始皇有意做了两件对不起文化的事，却又无意做了两件对得起文化的事，而且那是真正的大事。

他统一中国，当然不是为了文学，却为文学灌注了一种天下一统的宏伟气概。此后中国文学，不管什么题材，都或多或少地有所隐含。李白写道：“秦王扫六合，虎视何雄哉！”可见这种气概在几百年后仍把诗人们笼罩。王昌龄写道：“秦时明月汉时关，万里长征人未还。”秦人为后人开拓了情怀。

不仅如此，秦始皇还统一了文字，使中国文脉可以顺畅地流泻于九州大地。这种顺畅，尤其是在极大空间中的顺畅，反过来又增添了中国文学对于三山五岳、五湖四海的视野和责任。这就使工具意义和精神意义，产生了相辅相成的互哺关系。我在世界上各个古文明的废墟间考察时，总会一次次想到秦始皇。因为那些文明的割裂、分散、小化，都与文字语言的不统一有关。如果当年秦始皇不及时以强权统一文字，那么，中国文脉早就流逸不存了。

由于秦始皇既统一了中国，又统一了文字，此后两千多年，只要是中国文人，不管生长在如何偏僻的角落，一旦为文便是天下兴亡、炎黄子孙；而且，不管面对着多么繁密的方言壁障，一旦落笔皆是汉字汉文，千里相通。总之，统一中国和统一文字，为中国文脉提供了不可比拟的空间力量和技术力量。秦代匆匆，无心文事，却为中华文明的格局进行了重大奠基。

六

很快就到汉代了。

历来对中国文脉有一种最表面、最通俗的文体概括，叫作：楚辞、汉赋、唐诗、宋词、元曲、明清小说。在这个概括中，最弱的是汉赋，原因是缺少第一流的人物和作品。

是枚乘？是司马相如？还是早一点儿的贾谊？是《七发》《子虚》《上林》？这无论如何有点儿拿不出手，因为前前后后一看，远远站着的，是屈原、李白、杜甫、苏东坡、关汉卿、曹雪芹啊。

就我本人而言，对汉赋，整体上不喜欢。不喜欢它的铺张，不喜欢它的富丽，不喜欢它的雕琢，不喜欢它的堆砌，不喜欢它的奇僻，当然，更不喜欢它的歌颂阿谀、不见风骨。我的不喜欢，还有一个长久的心结，那就是从汉代以后两千年间，中国社会时时泛起的奉承文学，都以它为范本。

汉赋的产生是有原因的。一个强大而富裕的王朝建立起来了，确实处处让人惊叹，而“罢黜百家，独尊儒术”的思想文化统治使很多文人渐渐都成了“润色鸿业”的驯臣。再加上汉武帝自己的爱好，那些辞赋也就成了朝廷的主流文本，可称为“盛世宏文”。几重因素加在一起，那么，汉

赋也就志满意得、恣肆挥洒。文句间那层层渲染的排比、对偶、连词，就怎么也挡不住了。这是文学史上的一种奇观，如此抑扬顿挫、涌金叠银、流光溢彩，确实也使汉语增添了不少辞藻功能和节奏功能。

说实话，我在研究汉代艺术史的时候曾从不少赋作中感受过当时当地的气象，颇有收获；但从文学的角度来看，这些赋，毕竟那么缺少思想、缺少个性、缺少真切、缺少诚恳，实在很难在中国文脉中占据太多正面地位。这就像我们见过的有些名流，在重要时段置身重要职位，服饰考究，器宇轩昂，但一看内涵，却是空泛呆滞、言不由衷，那就怎么也不会真正入心入情，留于记忆。这，也正是我在做过文学史、艺术史的各种系统阐述之后，特别要跳开来用挑剔的目光来检索文脉的原因。如果仍然在写文学史，那就不应该表达那么鲜明的取舍褒贬。

汉赋在我心中黯然失色，还有一个尴尬的因素，那就是，离它不远，出现了司马迁的《史记》。

司马迁和《史记》，这是我心中永远的太阳。

大家可能看到，坊间有一本叫《中华文化四十七堂课——从北大到台大》的书，这是我为北京大学中文系、历史系、哲学系、艺术学院的部分学生讲授“中国文化史”的课堂记录，在大陆和台湾都成了畅销书。四十七堂课，每堂都历时半天，每星期一堂，因此是一整年的课程。用一年来讲述四千年，无论怎么说还是太匆忙，结果，即使对于长达五百年的明、清两代，我也只用了两堂课来讲述（第四十四、四十五堂课）。然而，我却为一个人讲了四堂课（第二十一、二十二、二十三、二十四堂课）。这个人就是司马迁。看似荒唐的比例，表现出他在我心中的特殊重量。

司马迁在历史学上的至高地位，我们在这里暂且不说，只说他的文学贡献。是他第一次，通过对一个个重要人物的生动刻画，写出了中国历史的魂魄。因此也可以说，他将中国历史拟人化、生命化了。更惊人的是，他在汉赋的包围中，居然不用整齐的形容、排比、对仗，更不用辞藻的铺陈，而只以从容真切的朴素笔触、错落有致的自然文句，做到了这一切。

于是，他也就告诉人们：能把千钧历史撬动起来浸润到万民心中的，只有最本色的文学力量。

大家说，他借用文学写好了历史；我则说，他借用历史印证了文学。除了虚构之外，其他文学要素他都酣畅地运用到了极致。但他又不露痕迹，高明得好像没有运用。不要说他同时的汉赋，即使是此后两千年的文学一旦陷入奢靡，不必训斥，只须一提司马迁，大多就会从梦魇中惊醒，吓出一身冷汗。除非，那些人没读过司马迁，或读不懂司马迁。

我曾一再论述，就散文而言，司马迁是中国古代第一支笔。他超过“唐宋八大家”，更不要说其他什么派了。“唐宋八大家”中，也有几个不错，但与司马迁一比，格局小了，又有点儿“做作”。这放到后面再说吧。

七

不要快速地跳到唐代去。由汉至唐，世情纷乱，而文脉健旺。

我对于魏晋文脉的梳理，大致分为“三段论”。

首先，不管大家是否乐见，第一个在战火硝烟中接续文脉的，是曹操。我曾在《丛林边的那一家》中写道：“曹操一心想做军事巨人和政治巨人而十分辛苦，却不太辛苦地成了文化巨人。”我还拿同时代写了感人散文《出师表》的诸葛亮和曹操相比，结论是：“任何一部《中国文学史》，遗漏了曹操都是难以想象的，而加入了诸葛亮也是难以想象的。”

曹操的军事权谋形象在中国民间早就凝固，却缺少他在文学中的身份。然而，当大家知道，那些早已成为中国熟语的诗句居然都出自他的手笔，常常会大吃一惊。哪些熟语？例如：“老骥伏枥，志在千里”；“烈士暮年，壮心不已”；“对酒当歌，人生几何”；“何以解忧，唯有杜康”；“青青子衿，悠悠我心”；“月明星稀，乌鹊南飞”；“山不厌高，海不厌深”；“东临碣石，以观沧海”；“秋风萧瑟，洪波涌起”；“日月之行，若出其中，星

汉灿烂，若出其里”……还有那些描写乱世景象的著名诗句：“白骨露于野，千里无鸡鸣，生民百遗一，念之断人肠”……

在漫长的历史上，还有哪几个文学家，能让自己的文句变成千年通用？可能举得出三四个，不多，而且渗入程度似乎也不如他广泛。

更重要的是等级。我在对比后曾说，诸葛亮的文句所写，是君臣之情；曹操的文句所写，是宇宙人生。不必说诸葛亮，即便在文学史上，能用那么开阔的气势来写宇宙人生的，还有几个？而且从我特别看重的文学本体来说，像他那么干净、朴素、凝练的笔墨，又有几个？

曹操还有两个真正称得上文学家的儿子，曹丕、曹植。父子三人中，文学地位最低而终于做了皇帝的曹丕，就文笔论，在数千年中国帝王中也能排到第二。第一是李煜，那是以后的事了。

在三国时代，哪一个军阀都少不了血腥谋略。中国文人历来对曹操的恶评，主要出于一个基点，那就是他要“断绝刘汉正统”。但是我们如果从宏观文化上看，在兵荒马乱的危局中真正把中国文脉强悍地接续下来的，是谁呢？

这是“三段论”的第一段。

第二段，曹操的书记官阮瑀生了一个儿子叫阮籍，接过了文脉。还算直接，却已有了悬崖峭壁般的“代沟”。比阮籍小十余岁的嵇康，再加上一些文士，通称为“魏晋名士”。其实，真正得脉者，只有阮籍、嵇康两人。

这是一个“后英雄时代”的文脉旋涡。史诗传奇结束，代之以恐怖腐败，文士们由离经之议、忧生之嗟而走向虚无避世。生命边缘的挣扎和探询，使文化感悟告别正统，向着更危险、更神秘的角落释放。奇人奇事，奇行奇癖，随处可见。中国文化，看似主脉已散，却四方奔溢，气貌繁盛。当然，繁盛的是气貌，而不是作品。那时留下的重大作品不多，却为中国文人在血泊和奢侈间的人格自信，提供了众多模式。

阮籍、嵇康是同年死的。在他们死后两年西晋王朝建立，然后内忧外患，又是东晋，又是南北朝，说起来很费事。只是远远看去，阮籍、嵇康的风骨是找不到了，在士族门阀的社会结构中，文人们玄风颇盛。

玄谈，一向被诟病。其实中国文学历来虽有写意、传神等风尚，却一直缺少形而上的超验感悟、终极冥思。倘若借助于哲学，中国哲学也过于实在。而且在汉代，道家、儒家又被轮番征用为朝廷主流教化，那就不能指望了。因此，我们的这些玄谈文士们能把哲学拉到自己身上，尤其出入佛道之间，每个人都弄得像是从空而降的思想家似的，我总觉得利多于弊。胡辩瞎谈的当然也有不少，但毕竟有几个是在玄思之中找到了自己，获得了个体文化的自立。

其中最好的例子要算东晋的王羲之了。他写的《兰亭序》，大家只看他的书法，其实内容也可一读，是玄谈中比较干净、清新的一种。我在为北大学生讲课时特地把它译述了一遍，让年轻人知道当时这些人在想什么。学生们一听，都很喜欢。

王羲之写《兰亭序》是在公元三五三年，地点在浙江绍兴，那年他正好五十岁。在写完《兰亭序》十二年之后，江西九江有一个孩子出生，他将开启魏晋南北朝文学"三段论"的第三段。

这就是第三段的主角，陶渊明。

就文脉而言，陶渊明又是一座时代最高峰了。自秦汉至魏晋，时代最高峰有三座：司马迁、曹操、陶渊明。若要对这三座高峰做排序，那么，司马迁第一，陶渊明第二，曹操第三。曹操可能会气不过，但只能让他息怒了。理由有三：

其一，如果说，曹操们着迷功业，名士们着迷自己，而陶渊明则着迷自然。最高是谁，一目了然。在陶渊明看来，不要说曹操，连名士们也把自己折腾得太过分了。

其二，陶渊明以自己的诗句展示了鲜明的文学主张，那就是戒色彩，戒夸饰，戒繁复，戒深奥，戒典故，戒精巧，戒黏滞。几乎，把他前前后后一切看上去"最文学"的架势全推翻了，呈现出一种完整的审美系统。态度非常平静，效果非常强烈。

其三，陶渊明创造了一种以“田园”为标志的人生境界，成了一种千年不移的文化理想。不仅如此，他还在这种“此岸理想”之外提供了一个“彼岸理想”——桃花源，在中华文化圈内可能无人不知。把一个如此缥缈的理想闹到无人不知，谁能及得？

就凭这三点，曹操在文学上只能老老实实地让陶渊明几步了，让给这位不识刀戟、不知谋术、在陋屋被火烧后不知所措的穷苦男人。

陶渊明为中国文脉增添了前所未有的自然之气、洁净之气、淡远之气。而且，又让中国文脉跳开了非凡人物，而从凡人身上穿过，变得更普世了。

讲了陶渊明，也省得我再去笑骂那个时代很嚣张的骈体文了。那是东汉时期开始的汉赋末流，滋生蓬勃于魏晋，以工整、华丽的“假大空”为基本特征。而且也像一切末流文学，总是洋洋得意，而且朝野吹捧。只要是“假大空”，朝野不会不喜欢。

八

眼前就是南北朝了。

那就请允许我宕开笔去，说一段闲话。

上次去台湾，文友蒋勋特意从宜兰山居中赶到台北看我，有一次长谈。有趣的是，他刚出了一本谈南朝的书，而我则花几年时间一直在流连北朝，因此虽然没有预约，却一南一北地畅谈起来了。台湾《联合报》记者得知我们两人见面，就来报道，结果出了一大版有关南北朝的文章，在今天的闹市中显得非常奇特。

蒋兄写南朝的书我还没有看，但由他来写，一定写得很好。南朝比较富裕，又重视文化，文人也还自由，可谈的话题当然很多。蒋兄写了，我就不多啰唆了，还是抬头朝北，说北朝吧。

蒋兄沉迷南朝，我沉迷北朝，这与我们不同的气质有关，虽老友也“和而不同”。我经过初步考证，怀疑自己的身世可能是古羌而入西夏，与古代凉州脱不了干系，因此本能地亲近北朝。北朝文化，至少有一半来自凉州。

当然，我沉迷北朝，还有更宏观的原因，而且与现在正在梳理的宏观文脉相关。

文脉一路下来，变化那么大，但基本上在一个近似的文明之内转悠。或者说，就在黄河和长江这两条河之间轮换。例如：《诗经》和诸子是黄河流域，屈原是长江流域；司马迁是黄河流域，陶渊明是长江流域。这么一个格局，在幅员广阔的中国也不见得局促。但是那么多年过去，人们不禁要问，作为一种大文化，能不能把生命场地放得再开一些？

于是，公元五世纪，大机缘来了。由鲜卑族建立的北魏王朝，由于文明背景的重大差异，本该对汉文化带来沉重劫难，就像公元四七六年欧洲的西罗马帝国被“北方蛮族”灭亡，古希腊、古罗马文明一时陷入黑暗深渊一般；谁料想，北魏的鲜卑族统治者中有一些杰出人物，尤其是孝文帝拓跋宏（元宏），居然虔诚地拜汉文化为师，快速提升统治集团的文明等级，情况就发生了惊人的变化。他们既然善待汉文化，随之也就善待佛教文化，以及佛教文化背后的印度文化。这样一来，已经在犍陀罗等地相依相融的希腊文化、波斯文化，乃至巴比伦文化也一起卷入，中国北方出现了前所未有的世界文明大汇聚。

从此，中国文化不再只是流转于黄河、长江之间了。经由从大兴安岭出发的浩荡胡风，茫茫北漠，千里西域，都被裹卷，连恒河、印度河、幼发拉底河、底格里斯河的波涛也隐约可见，显然，它因包容而更加强盛。山西大同的云冈石窟可以作为这种文明大汇聚的最好见证，因此我在那里题了一方石碑，上刻八字：“中国由此迈向大唐。”

这就是说，在差不多同时，当苏格拉底、亚里士多德的文脉被“北方蛮族”突然阻断，而且会阻断近千年的当口上，中国文脉，却突然被“北方蛮族”大幅提振，并注定要为全人类的文明进程开辟一个值得永远仰望的“制高点”。

阿基米德说："给我一个支点，我能撬起整个地球。"我觉得，北魏就是一个历史支点，它撬起了唐朝。

当然，我所说的唐朝，是文化的唐朝。

为此，我长久地心仪北魏，寄情北魏。

即使不从"历史支点"的重大贡献着眼，当时北方的文化，也值得好好观赏。它们为中华文化提供了一种力度、一种陌生，让人惊喜。

例如，那首民歌："敕勒川，阴山下。天似穹庐，笼盖四野。天苍苍，野茫茫，风吹草低见牛羊。"

这里出现了中国文学中未曾见过的辽阔和平静，平静得让人不好意思再发什么感叹。但是，它显然闯入了中国文学的话语结构，不再离开。

当然，直接撼动文脉的是那首北朝民歌《木兰诗》。"唧唧复唧唧，木兰当户织"，这么轻快、愉悦的语言节奏，以及前面站着的这位健康、可爱的女英雄，带着北方大漠明丽的蓝天，带着战火离乱中的伦理情感，大踏步走进了中国文学的主体部位。你看，直到当代，国际电影界要找中国题材，首先找到的也还是花木兰。

在文人圈子里，南朝文人才思翩翩，有一些理论作品为北方所不及，如刘勰的《文心雕龙》、钟嵘的《诗品》。而且，他们还在忙着定音律、编文选、写宫体。相比之下，北朝文人没那么多才思。但是，他们拿出来的作品却别有一番重量，例如我本人特别喜爱的郦道元的《水经注》和杨衒之的《洛阳伽蓝记》。这些作品的纪实性、学术性，使一代散文走向厚实，也使一代学术亲近散文。郦道元和杨衒之，都是河北人。

九

唐代是一场审美大爆发，简直出乎所有文人的意料。

文人对前景的预料，大多只从自己和文友的状况出发。即便是南朝的那些专门研究来龙去脉的理论家、文选家，也无法想象唐代的来到。

人们习惯于从政治上的盛世，来看待文化上的繁荣，其实这又在以“政脉”解释“文脉”。

政文两途，偶尔交错。然而，虽交错也未必同荣共衰。唐代倒是特例，原先酝酿于北方旷野上、南方巷陌间的文化灵魂已经积聚有时，其他文明的渗透、发酵也到了一定地步，等到政局渐定，民生安好，西域通畅，百方来朝，政治为文化的繁荣提供了极好的平台，因此出现了一场壮丽的大爆发。

这是机缘巧合、天佑中华，而不是由政治带动文化的必然规律。其实，这种“政文俱旺”的现象，在历史上也仅此一次。

不管怎么说，有没有唐代的这次大爆发，对中国文化大不一样。试看天下万象：一切准备，如果没有展现，那就等于没有准备；一切贮存，如果没有启用，那就等于没有贮存；一切内涵，如果没有表达，那就等于没有内涵；一切灿烂，如果没有迸发，那就没有灿烂；一切壮丽，如果没有汇聚，那就没有壮丽。更重要的是，所有的展现、迸发、汇聚，都因群体效应产生了新质，与各自原先的形态已经完全不同。因此，大唐既是中国文化的平台，又是中国文化的熔炉。既是一种集合，又是一种冶炼。

唐代还有一个好处，它的文化太强了，因此成了中国历史上唯一不以政治取代文化的朝代。说唐朝，就很难以宫廷争斗掩盖李白、杜甫。而李白、杜甫，也很难被曲解成政治人物，就像屈原所蒙受的那样。即使是真正的政治人物如颜真卿，主导了一系列响亮的政治行动，但人们对他的认知，仍然是书法家。鲁迅说，魏晋时代是文学自觉的时代。这大致说得不错，只是有点儿夸张，因为没有“自立”的“自觉”，很难长久成立。唐代，就是一个文学自立的时代，并因自立而自觉。

文学的自立，不仅是对于政治，还对于哲学。现代有研究者说，唐代缺少像样的哲学家和思想家。这种说法也大致不错，但不必抱怨。作为一

种强大而壮丽的审美大爆发，不能不让哲学的油灯黯淡了。

文学不必贯穿一种稳定而明确的哲学理念。文学就是文学，只从人格出发，不从理念出发；只以形式为终点，不以教化为目的。请问唐代那些大诗人各自信奉什么学说？实在很难说得清楚，而且一生多有转换，甚至同时几种交糅。但是，这一点儿也不影响他们写出千古佳作。

为什么一个时代不能由文学走向深刻呢？为什么一批文学家不能以美为目标，而必须以理念为目标？

唐代文学，说起来太冗长。我多年前在为北大学生讲授中国文化史时曾鼓励他们用投票的方式为唐代诗人排一个次序。标准有两个：一是诗人们真正抵达的文学高度；二是诗人们在后世被民众喜爱的广度。

北大学生投票的结果是这样十名——

第一名：李白；

第二名：杜甫；

第三名：王维；

第四名：白居易；

第五名：李商隐；

第六名：杜牧；

第七名：王之涣；

第八名：刘禹锡；

第九名：王昌龄；

第十名：孟浩然。

有意思的是，投票的那么多学生，居然没有两个人的排序完全一样。

这个排序，可能与我自己心中的排序还有一些出入。但高兴的是，大家没有多大犹豫，就投出了前四名：李白、杜甫、王维、白居易。这前四名，合我心意。

在一个琳琅满目的世界，学会排序是一种本事，不至于迷路。有的诗文，初读也很好，但通过排序比较，就会感知上下之别。日积月累，也就有可能深入文学最微妙的堂奥。例如，很多人都会以最高的评价来推崇初唐诗人王勃所写的《滕王阁序》，把其中“落霞与孤鹜齐飞，秋水共长天一色”说成是“全唐第一佳对”，这就是没有排序的结果。一排，发现这样的骈体文在唐代文学中的地位不应该太高。可理解的是，王勃比李白、王维早了整整半个世纪，与唐代文学的黄金时代相比，是一种“隔代”存在。又如，人们也常常对张若虚的《春江花月夜》赞之有过，连闻一多先生也曾说它是“诗中的诗，顶峰上的顶峰”。但我坚持认为，当李白、杜甫他们还远远没有出生的时候，唐诗的“顶峰”根本谈不上，更不要说“顶峰上的顶峰”了。

但是，无论王勃还是张若虚，已经表现出让人眼睛一亮的初唐气象。在他们之后，会有盛唐、中唐、晚唐，每一个时期各不相同，却都天才喷涌、大家不绝。唐代，把文学的各个最佳可能，都轮番演绎了一遍。请看，从发轫，到飞扬，到悲哀，到反观，到个人，到凄迷，各种文学意味都以最强烈的方式展现了，几乎没有重大缺漏。

因此，一个杰出时代的文学艺术史，很可能被看成人类文学艺术史的浓缩版。有学生问我，如果时间有限，却要集中地感受一下中国文化的极端丰富，又不想跳来跳去，读什么呢？

我回答：“读唐诗吧。”

与我前面列述的中国文脉的峰峦相比，唐诗具有全民性。唐诗让中国语文具有了普遍的附着力、诱惑力、渗透力，并让它们笼罩九州、镌刻山河、朗朗上口。有过了唐诗，中国大地已经不大有耐心来仔细倾听别的诗句了。

因为有过了唐诗，倾听者的范围早就超过了文苑、学界，拓展为一个漫无边际的不确定群落。他们粗糙，但很挑剔。两句听不进去，他们就转身而去，重新吟诵起李白、杜甫。

十

再说一说唐代的文章。

唐代的文章，首推韩愈、柳宗元。

自司马迁之后九百多年，中国散文写得最好的，也就是他们两位了，因此他们并不仅仅归属于唐代，也算是“千年一出”之人。

他们两位，是后世所称“唐宋八大家”的领头者。我在前面说过，“唐宋八大家”的文学成就，在整体上还比不过司马迁一人，这当然也包括他们两位在内。但是，他们两位，做了一件力挽狂澜的大事，改变了一代文风，清理了中国文脉，这是司马迁所未曾做过的。

他们再也不能容忍从魏晋以来越来越盛炽的骈体文了。自南朝的宋、齐、梁、陈到唐初，这种文风就像是藻荇藤蔓，已经缠得中国文学步履蹒跚。但是，文坛和民众却不知其害，以为光彩夺目、堆锦积绣，就是文学之胜，还在竞相趋附。

面对这种风气，韩愈和柳宗元都想重新接通从先秦诸子到屈原、司马迁的气脉，为古人和古文“招魂”。因此，他们发起了一个“古文运动”。按照韩愈的说法，汉代以后的文章，他已经不敢看了。(《答李翊书》:“非三代两汉之书不敢观。”) 这种主张，初一看似乎是在“向后走”，但懂得维护文脉的人都知道，这是让中国文化有能力继续向前走的基本条件。

他们两人，特别是韩愈，显然遇到了一个矛盾。他崇尚古文，又讨厌因袭；那么，对古人就能因袭了吗？他几经深思，得出明确结论：对古文，“师其意而不师其辞”，学习者必须“自树立，不因循”。甚至，他更透彻地说：“惟陈言之务去。”只要是套话、老话、讲过的话，必须删除。因此，他的“古文运动”，其实不是模仿古文，而是寻找千年来未颓的“古意”。“古意”本身，就包含着创新，包含着不可重复的个性，即“词必己出”。

他与柳宗元在这件事上有一个强项，那就是不停留在空论上，而是拿出了自己的一大批示范作品。韩愈的散文，气魄很大，从句式到词汇都充满了新鲜活力。但是相比之下，柳宗元的文章写得更清雅、更诚恳、更隽永。韩愈在崇尚古文时，也崇尚古文里所包含的“道”，这使他的文章难免有一些说教气。柳宗元就没有这种毛病，他被贬于柳州、永州时，离文坛很远，只让文章在偏僻而美丽的山水间一笔笔写得更加情感化、寓言化、哲理化，因此也达到了更高的文学等级。与他一比，韩愈那几篇名文，像《原道》《原毁》《师说》《争臣论》等，道理盖过了审美，已经模糊了论文和文学的界限。

总之，韩愈、柳宗元他们既有观念，又有实践，“古文运动”展开得颇有声势。骈体文的地位很快被压下去了，但是，随之也带来了一些消极的后果。在骈体文盛行的魏晋南北朝，文学已经逐渐自觉，虽触目秾丽，也是文学里边的事。现在“古文运动”让文章重新载道，迎来了太多观念性因素。这些因素，与文学不亲。

十一

唐朝灭亡后，由藩镇割据而形成了五代十国的分裂局面。一度曾经诗情充溢的北方已经很难寻到诗句，而南方却把诗文留存了。特别是，那个南唐的李后主李煜，本来从政远不及吟咏，当他终于成了俘虏被押解到汴京之后，一些重要的诗句穿过亡国之痛而飘向天际，使他成了一种新的文学形式——“词”的里程碑人物。

李煜又一次充分证明了“政脉”与“文脉”是两件事。在那个受尽屈辱的俘居小楼，在他时时受到死亡威胁而且确实也很快被毒死的生命余晖之中，明月夜风知道：中国文脉光顾此处。

从此，“春花秋月”“一江春水”“不堪回首”“流水落花”“天上人

间”“仓皇辞庙”等意绪，以及承载它们的“长短句”的节奏，将深深嵌入中国文化；而这个亡国之帝所奠定的那种文学样式“词”，将成为俘虏他的王朝的第一文学标志。

人类很多文化大事，都在俘虏营里发生。这一事实，在希腊、罗马、波斯、巴比伦、埃及的互相征战中屡屡出现。在我前面说到的凉州到北魏的万里蹄声中，也被反复印证。这次，在李煜和宋词之间，又一次充分演绎。

十二

那就紧接着讲宋代。

我前面说过，在唐代，政文俱旺；那么，在宋代，虽非“俱旺”，却政文贴近。

这有两个原因。

第一个原因，宋代重视文官当政，比较防范武将。结果，不仅科举制度大为强化，有效地吸引了全国文人，而且让一些真正的文化大师如范仲淹、欧阳修、王安石、司马光等居于行政高位。这种景象，使文化和政治出现了一种特殊的“高端联姻”，文化感悟和政治使命混为一体。表面上，既使文化增重，又使政治增色，其实，并不完全如此，有时反而各有损伤。

第二个原因，宋代由于文人当政，又由于对手是游牧民族的浩荡铁骑，在军事上屡屡失利，致使朝廷危殆、中原告急。这就激发了一批杰出的文学家心中的英雄气概、抗敌意志，并在笔下流泻成豪迈诗文。陆游、辛弃疾就是其中最让人难忘的代表，可能还要包括最后写下《过零丁洋》和《正气歌》的文天祥。

这确实也是中国文脉中最为慷慨激昂的正气所在，具有长久的感染力。但是，我们在钦佩之余也应该明白，一个历时三百余年的重要朝代的文脉，必然是一种多音部的交响。与民族社稷之间的军事征战相比，文化的范围要广泛得多、深厚得多、丰富得多。

因此，文脉的首席，让给了苏东坡。苏东坡也曾经与政治有较密切关系，但终于在“乌台诗案”后两相放逐了：政治放逐了他，他也放逐了政治。他的这个转变，使他一下子远远地高过于了安石、司马光，当然也高过了比他晚得多的陆游、辛弃疾。他的这个转变，我曾在《黄州突围》中有详细描述。说他“突围”，不仅仅是指他突破文坛小人的围攻，更重要的是，突破了他自己沉溺已久的官场价值体系。因此，他的突围，也是文化本体的突围。有了他，宋代文化提升了好几个等级。所以我写道，在他被贬谪的黄州，在无人理会的彻底寂寞中，在他完全混同于渔夫樵农的时刻，中国文脉聚集到了那里。

苏东坡是一个文化全才，诗、词、文、书法、音乐、佛理，都很精通，尤其是词作、散文、书法三项，皆可雄视千年。苏东坡更重要的贡献，是为中国文脉留下了一个快乐而可爱的人格形象。

回顾我们前面说过的文化巨匠，大多可敬有余，可爱不足。从屈原、司马迁到陶渊明，都是如此。他们的可敬毋庸置疑，但他们可爱吗？没有足够的资料可以证明。曹操太有威慑力，当然挨不到可爱的边儿。魏晋名士中有不少人应该是可爱的，但又过于怪异、过于固执、过于孤傲，我们可以欣赏他们的背影，却很难与他们随和地交朋友。到唐代，以李白为首的很多诗人一定可爱，但那时诗风浩荡，一切惊喜、感叹都凝聚成了众人瞩目的审美典范，而典范总会少了可爱。即便到了晚唐只描摹幽雅的私人心怀，也还缺少寻常形态。

谁知到宋代出了一个那么有体温、有表情的苏东坡，构成了一系列对比。不管是久远的历史、辽阔的天宇、个人的苦恼，到他笔下都有了一种美好的诚实，让读到的每个人都能产生感应。他不仅可爱，而且可亲，成了人人心中的兄长、老友。这种情况，在中国文学史上几乎绝无仅有。因此，苏东坡是珍罕的奇迹。

把苏东坡首屈一指的地位安顿妥当之后，宋代文学的排序，第二名是

辛弃疾，第三名是陆游，第四名是李清照。

辛弃疾和陆游，除了前面所说的英雄主义气概之外，还表现出了一种品德高尚、怀才不遇、热爱生活的完整生命。这种生命，使兵荒马乱中的人心大地不至下坠。在孟子之后，他们又一次用自己的一生创建了“大丈夫”的造型。

李清照，则把东方女性在晚风细雨中的高雅憔悴写到了极致，而且已成为中国文脉中一种特殊格调，无人能敌。因她，中国文学有了一种贵族女性的气息。以前蔡琰曾写出过让人动容的女性呼号，但李清照不是呼号，只是气息，因此更有普遍价值。

李清照的气息，又具有让中国女性文学扬眉吐气的厚度。在民族灾难的前沿，她写下了“生当作人杰，死亦为鬼雄”的诗句，就其金石般的坚硬度而言，我还没有在其他文明的女诗人中找到可以比肩者。这说明，她既是中国文脉中的一种特殊格调，又没有离开基本格调。她离屈原，并不太远。

十三

在宋代几位一流的文学家中，辛弃疾是最后一个压阵之人。他在晚年曾勇敢地赶不少路去吊唁当时受贬的朱熹。朱熹比他大十岁，也算是同辈人。他在朱熹走后七年去世，一个时代的高层文化，就此垂暮。在我看来，这也许是我心中整个中国古典文脉的黄昏。

朱熹算不上文学家，我也不喜欢他重道轻文的观念。但是，观念归观念，这位杰出的哲学家对文学的审美感觉却是不错。哲学讲究梳理脉络，他在无意之中也对文脉做了点化，让人印象深刻。

朱熹说，学诗要从《诗经》和《离骚》开始。宋玉、司马相如等人“以浮华为尚，而无实之可言矣”。相比之下，汉魏之诗很好，但到了南朝的齐梁，就不对了。“齐梁间之诗，读之使人四肢皆懒慢不收拾。”这种论断，切中要害。

朱熹对古代乐府、陶渊明、李白、杜甫都有很好的评价。他认为陶渊明平淡中含豪放，而李白则有“清水出芙蓉，天然去雕饰”的自然美。对他自己所处的宋代，则肯定陆游的“诗人风致”。这些评价，都很到位。但是，他从理学家的思维出发，对韩愈、柳宗元、苏东坡、欧阳修的文学指责，显然是不太公平。他认为他们道之不纯，又有太多文人习气。

在他之后几十年，一个叫严羽的福建人写了一部《沧浪诗话》，正好与朱熹的观念完全对立。严羽认为诗歌的教化功能、才学功能、批判功能都不重要，重要的是吟咏性情、达到妙悟。他揭示的，其实就是文学超越理性和逻辑的特殊本质。由于他，中国文学在今后谈创作时，就会频频用到“不涉理路，不落言筌”“羚羊挂角，无迹可求”“透彻玲珑，不可凑泊”“水中之月，镜中之像”等词语，这是文学理论水准的一大提升。但是，他对同代文学家的评论，失度。

谈及朱熹和严羽，不能不追溯到前面提到的《文心雕龙》《诗品》等理论著作。那是七百多年前的事了，我之所以没有认真介绍，是因为那是中国文论的起始状态，还在忙着为文学定位、分类、通论。当然这一切都是需要的，而《文心雕龙》在这方面确实也做得非常出色，但要建立一种需要对大量感性作品进行概括的理论，在唐朝开国之前八十多年就去世了的刘勰毕竟还缺少宏观对比的时间和范例。何况，南朝文风也不能不对概念的裁定带来局限，影响了理论力度。这只要比一比七百多年后那位玩遍了一切复杂概念的顶级哲学家朱熹，就会发现，真正高水准的理论表述，反倒是朴实而干净。

十四

李清照、陆游、辛弃疾、文天祥他们都认为，中国文脉将会随着大宋

灭亡而断绝，蒙古马队的铁骑是中华文明覆灭的丧葬鼓点。但是，实际情况并非如此。

元代的诗歌、散文，确实不值一提。但是，中国文脉在元代却突然超常发达。那就是，中华文明几千年的一个重大缺漏，在这个不到百年的短暂朝代获得了完满弥补。这个被弥补的重大缺漏，就是戏剧。不管是古希腊悲剧还是古印度梵剧，都在两千五百多年前已经充分成熟。而中国，不仅孔子没看到过戏剧，连屈原、司马迁、曹操、李白、杜甫、苏东坡都没有看到过，这实在有点儿说不过去了。为什么会产生这种情况，而元代又为什么会改变，这是很复杂的课题，我在《中国戏剧史》一书中有系统探讨。有趣的是，既然中国错过了两千多年，照理追赶起来会非常困难，岂能料，不知从哪里冒出来关汉卿、王实甫、马致远、纪君祥等一大批文化天才合力创作的元杂剧。结果，正如后来王国维先生所说，中国可以立即在戏剧上与其他文明并肩而“毫无愧色”。

此时的中国文脉，在《窦娥冤》，在《望江亭》，在《救风尘》，在《西厢记》，在《赵氏孤儿》，在《汉宫秋》……

在这里，我和王国维先生一样，并不是从表演、唱腔着眼，而只是从文学上评价元杂剧。那些形象，那些故事，那些冲突，那些语言，以及它们的有机组合，在中国文学史和艺术史上几乎是空前的。

是不是绝后呢？还不好说。但是如果与明代的传奇——昆曲相比，昆曲虽然也出现了汤显祖这样的作家，写出了《牡丹亭》这样的作品，但放在元杂剧面前，却会在整体张力上略逊一筹。多数昆曲作品过于冗长、秾丽、滞缓、入套，缺少元杂剧那种活泼而爽利的悲欢。比《牡丹亭》低一等级的《桃花扇》《长生殿》又过于拘泥历史，减损了作为一种民间艺术的生命力。

至于清代后期勃发的京剧，唱腔很好，表演虽然没有戏迷们幻想的那么精彩，也算可以，而文学剧作，则完全不能细问。没有文学就只能展示演唱技能了，在整体上当然不能与元杂剧相提并论。

因此，中国文脉之于中国戏剧，如果以十分计，那么，大概是六分归元杂剧，三分归昆曲，一分归地方戏曲。京剧已经不是地方戏曲，如果不是从文学，而是从音乐唱腔着眼，它的地位就会不低。

由于元代的统治者是少数民族，一些本该褪色的文化也就失去了官方支撑，因此比较彻底地挣脱了文辞间的道统气、宫廷气、阿谀气、头巾气、腐儒气，为贴近自然的天籁式创造留出了空间。这种空间看似边缘，却很辽阔，足以伸展手脚。由此联想到同样产生于元代的那幅具有划时代意义的《富春山居图》。比之于宋代那些皇家画院里的宫廷画师，黄公望只是一个居无定所的流浪卜者，但是，即使把宋代所有宫廷画师的最好作品加在一起，也无法与他相比。

元杂剧的情况也是如此，我们哪怕是把后来京剧从慈禧太后开始给予的全部最高权力的扶持加在一起，也无法追赶元杂剧的依稀踪影。元杂剧即使衰落也像一个英雄，完成了生命过程便轰然倒下，拒绝有人以“振兴”的说法来做人工呼吸、打强心针。

一切需要刻意“振兴”的文化，都已经与文脉无关。而且，极有可能扰乱了文脉的自然进程。现在社会上经常有人忙着要把那些该由博物馆保护的文化遗产折腾到现实生活中来，而且动静很大，我就很想让他们听听元杂剧轰然倒地的壮美声响。

十五

明清两代五百四十余年，中国文脉严重衰弱。

我在给北京大学学生讲授中国文化史的时候指出，这五百多年，如果要找能与屈原、司马迁、陶渊明、李白、杜甫、苏东坡、关汉卿可以并肩站立的文化巨人，只有两个，一是明代的哲学家王阳明，二是清代的小说家曹雪芹。我们今天所说的文脉，范围要比我在北大讲的文化更小，王阳

唐代诗人李白对阮籍做官的这种潇洒劲头钦佩万分，曾写诗道：阮籍为太守，乘驴上东平。剖竹十余日，一朝风化清。——《魏晋绝响》

明不应列入其中，因此只剩下曹雪芹。

这真要顺着他说过的话，感叹一句：白茫茫一片大地真干净。

为什么会产生这么惊人的情况？

原因之一，是明清两代统治者实行的文化专制主义已发展到了文化恐怖主义（如“文字狱”）。这就必然毁灭文化创新，培养出大量的文化侍从、文化鹰犬、文化侏儒。当然也产生了一些文化叛逆者和思考者，但囿于时间和空间，叛逆和思考的程度都不深。有人把他们当作“启蒙主义者”，其实言之有过，因为并没有形成“被启蒙群体”。真是可称得上启蒙的，要等到近代的严复。

原因之二，是中国文脉的各个条块，都已在风华耗尽之后自然老化，进入萧瑟晚景。这是人类一切文化壮举由盛而衰的必然规律，无可奈何。文脉，从来不是一马平川的直线，而是由一组组抛物线组成。要想继续往前，必须大力改革，重整重组，从另一条抛物线的起点开始。但是明清两代，都不可能提供这种契机。

除了这两个原因外，从今天的宏观视野看去，还有一个对比上的原因。那就是在中国明代，欧洲终于从中世纪的漫长梦魇中醒了。而且由于睡得太久，因此醒得特别深刻。一醒之后，他们重新打量自己，然后精力充沛地开始奔跑。而中国文化，却因创建过太久的辉煌而自以为是。欧洲文艺复兴发生在中国的什么时候？我只需提供一个概念：米开朗琪罗只比王阳明小三岁。

明清两代五百年衰微中，只剩下两个光点，一是小说，二是戏剧。但明清戏剧我在前面已经作为元杂剧的对比者而约略提过，因此能说的只有小说了。

小说，习惯说“四大名著”，即《三国演义》《水浒传》《西游记》《红楼梦》。我们中国人喜欢集体打包，其实这四部小说完全没有理由以相同的等级放在一起。

真正的杰作只有一部：《红楼梦》。其他三部，完全不能望其项背。

《三国演义》气势恢宏，故事密集。但是，按照陈旧的正统观念来划分人物正邪，有脸谱化倾向。《水浒传》好得多，有正义，有性格，白话文生动漂亮，叙事能力强，可惜众好汉上得梁山后便无法推进，成了一部无论在文学上还是精神上都是有头无尾的作品，甚为可惜。《西游记》是一部具有精神格局的寓言小说，整体文学品质高于上两部，可惜重复过多、套路过多，影响了精神力度。如果要把这三部小说排序，那么第一当是《西游记》，第二当是《水浒传》，第三当是《三国演义》。

这些小说，因为有民间传闻垫底，又有说书人的描述辅佐，流传极广。在流传过程中，《三国演义》的权谋哲学和《水浒传》的暴力哲学对民间有严重的负面影响，于今尤烈。

《红楼梦》则完全是另外一个天域的存在了。这部小说的高度也是世界性的，那就是：全方位地探寻人性美的存在状态和幻灭过程。

它为天地人生设置了一系列宏大而又残酷的悖论，最后都归之于具有哲思的巨大诗情。虽然达到了如此高度，但它的极具质感的白话叙事，竟能把一切不同水准、不同感悟的读者深深吸引。这又是世界上寥寥几部千古杰作的共同特性，但它又中国得不能再中国。

于是，一部《红楼梦》，慰抚了五百年的荒凉。

也许，辽阔的荒凉，正是为它开辟的仰望空间？

因此，中国文脉悚然一惊，猛然一抖，然后就在这片辽阔的空地上站住了，不再左顾右盼。

明清两代，也有人关注千年文脉。关注文脉之人，也就是被周围的荒凉吓坏了的人。

例如，明代李梦阳、何景明等“前七子”提出过“文必秦汉、诗必盛唐”的口号。他们还认为“今真诗乃在民间”，例如《西厢记》能与《离骚》相提并论。他们得出结论：各种文学的创建之初虽不精致但精神弥满，可谓“高格”，必须追寻、固守。这种观点，十分可喜。

清代的金圣叹则睥睨历史，把他喜欢的戏剧、小说，如《西厢记》《水

浒传》，与《庄子》《离骚》《史记》和杜甫拉成一条线，构成了强烈的文脉意识。

明清两代在文脉旁侧稍可一提的，是“晚明小品”。在刻板中追求个性舒展，在道统下寻找性灵自由，虽是小东西，却开发了中国散文的韵致和情趣。这种散文，对后来五四新文化运动中白话美文的建立，起到了正面的滋养作用。新时代的文学改革者们不会喜欢清代桐城派的正统，更不会喜欢乾嘉骈文的回潮，为了展示日常文笔之美，便找到了隔代老师。当然，在精神上并非如此，闲情逸致无法对应大时代的风云。

与明代相比，清代倒有两位不错的诗人。一是前期的纳兰性德，以真切性灵写出很多佳句，让人想到即使李煜处于太平盛世也还会是一个伤感诗人；二是后期的龚自珍，让人惊讶在一个朝野破败的时代站出来的一位思想家居然还能写出这么多诗歌精品。但是，这两位诗人都遇到了太大的变动：纳兰性德脚下的民族土壤急速变动，龚自珍脚下的精神土壤急速变动，使他们的诗句一时找不到稳定的承载。他们的天分本该可以进入文脉，但文脉本身却在那个找不到价值坐标的年月仓皇停步了。

除了他们两位，我还要顺便提一笔个人爱好，那就是十八世纪只活了三十几岁的年轻诗人黄景仁。我认为二十世纪古体诗写得最好的郁达夫，就是受了他的影响。

十六

既然已经说到现代，那就顺着再说几句吧。

中国近现代文学，成就较低。我前面刚说明清两代五百多年只出了两个一流文人，哲学家王阳明和小说家曹雪芹，那么，我必须紧接着说一句伤心话了：从近代到现代，偌大中国，没出过一个近似于王阳明的哲学家，也没有出过一个近似于曹雪芹的小说家。

一位友人对我说：感冒无药可治，因此世上感冒药最多；同样，中国近现代文学成果寥落，因此研究队伍最大。研究队伍一大就必然出现夸张、伪饰、围诼、把玩的风尚，结果只能在社会上大幅度贬损文学的形象。一般正常的读者，已经不愿意光顾这个喧闹不已的小树林了。

说起来，中国现代文学的起点倒是可喜，那就是应顺中国文脉已经不能不转型的指令，成功示范并普及了白话文。由于几个主事者气格不俗，有效抵拒了中国文学中最能闻风而动、见隙而钻的骈俪、虚靡、炫学、装扮等旧习，选了朴实、通达一路，诚恳与国际接轨，与当代对话，一时文脉大振。但是，由于兵荒马乱、国运危殆、民生凋敝、颠沛流离，本来迫于国际压力所产生的改革思维，很快又被救亡思维替代，精神哲学让位给现实血火，文学和文化都很难拓展自身的主体性。结果，虽然大概念上的中华文明有幸免于崩溃，而文脉则散轶难寻。已经显出实力的鲁迅和沈从文都过早地结束了文学生涯，至于其他各种外来流派的匆忙试验，包括现实主义在内，即便流行，一时也没有抵达真正的“高格”。

现代作家之中，真正懂文脉的也是鲁迅。这倒不是从他的小说史，而是从他对屈原、司马迁和魏晋人物的评价中可以窥探。郭沫若应该也懂，但天生的诗人气质常常使他轻重失度、投情偏仄，影响了整体平正。

在学者中，对中国文脉的梳理做出明显贡献的，有梁启超、王国维和陈寅恪三人。本来胡适也应排列在内，但他作为一个优秀的大学者却缺少文学感悟能力，例如他那么成功地考证了《红楼梦》，却不知道这部小说的真正魅力在何处，因此对文脉总有一些隔阂。梁启超具有宏观的感悟能力，又留下了大量提纲挈领的表述；王国维对甲骨文、戏曲史、《红楼梦》的研究和《人间词话》的写作，处处高标独立；陈寅恪文史互证，对佛教文学、唐代和明清之际文学的研究十分精到。我本人对陈先生的最高评价，在他对唐中期分界为中国全部古代历史分界的论定。这三位中，成就最大的是王国维。可惜，这位真正的大学者只活到五十岁就自沉于北京颐和园昆明湖。

其他人文学者，即使学贯中西、记忆惊人，也都没有来得及对中国文化做出什么实质性的推动。须知，记忆性学问和创造性学问，毕竟是两回事。

现代既是如此荒瘠，那就不要在那里流浪太久了。

如果有年轻学生问我如何重新推进中国文脉，我的回答是：首先领略两种伟大——古代的伟大和国际的伟大，然后重建自己的人格，创造未来。

也就是说，每个试图把中国文脉接通到自己身上的年轻人，首先要从当代文化圈的吵嚷和装扮中逃出，滤净心胸，腾空而起，静静地遨游于从神话到《诗经》、屈原、司马迁、陶渊明、李白、杜甫、苏东坡、关汉卿、曹雪芹，以及其他文学星座的苍穹之中。然后，你就有可能成为这些星座的受光者、寄托者、企盼者。

中国文脉在今天，只有等待。

黑色光亮

一

诸子百家，其实就是中国人不同的心理色调。

我觉得，孔子是堂皇的棕黄色，近似于我们的皮肤和大地；老子是缥缈的灰白色，近似于天际的雪峰和老者的须发；庄子是飘逸的银褐色；韩非子是沉郁的金铜色……

我还期待着一种颜色。它使其他颜色更加鲜明，又使它们获得定力。它甚至有可能不被认为是颜色，却是宇宙天地的始源之色。它，就是黑色。

它对我来说有点儿陌生，因此正是我缺少的。既然是缺少，我就没有理由躲避它，而应该恭敬地向它靠近。

二

是他，墨子。墨，黑也。

据说，他原姓墨胎（胎在此处读作怡），省略成墨，名叫墨翟。诸子百家中，除了他，再也没有用自己的名号来称呼自己的学派的。你看，儒家、道家、法家、名家、阴阳家，每个学派的名称都表达了理念和责任，只有他，干脆利落，大大咧咧地叫墨家。黑色，既是他的理念，也是他的责任。

设想一个图景吧，诸子百家大集会，每派都在滔滔发言，只有他，一身黑色入场，就连脸色也是黝黑的，就连露在衣服外面的手臂和脚踝也是黝黑的，他只用颜色发言。

为什么他那么执着于黑色呢？

这引起了近代不少学者的讨论。有人说，他固守黑色，是不想掩盖自己作为社会底层劳动者的立场。有人说，他想代表的范围可能还要更大，包括比底层劳动者更低的奴役刑徒，因为“墨”是古代的刑罚。钱穆先生说，他要代表“苦似刑徒”的贱民阶层。

有的学者因为这个黑色，断言墨子是印度人。这件事现在知道的人不多了，而我则曾经产生过很大的好奇。胡怀琛先生在一九二八年说，古文字中，“翟”和“狄”通，墨翟就是“墨狄”，一个黑色的外国人，似乎是印度人；不仅如此，墨子学说的很多观点，与佛学相通，而且他主张的“摩顶放踵”，就是光头赤足的僧侣形象。太虚法师则撰文说，墨子的学说不像是佛教，更像是婆罗门教。这又成了墨子是印度人的证据。在这场讨论中，有的学者如卫聚贤先生，把老子也一并说成是印度人。有的学者如金祖同先生，则认为墨子是阿拉伯的伊斯兰教信徒。

非常热闹，但证据不足。最终的证据还是一个色彩印象：黑色。当时不少中国学者对别的国家知之甚少，更不了解在中亚和南亚有不少是雅利安人种的后裔，并不黑。

不同意“墨子是印度人”这一观点的学者，常常用孟子的态度来反驳。孟子在时间和空间上都离墨子很近，他很讲地域观念，连有人学了一点儿南方口音都会当作一件大事严厉批评；他又很排斥墨子的学说，如果墨子是外国人，真不知会做多少文章。但显然，孟子没有提出过一丝一毫有关墨子的国籍疑点。

我在仔细读过所有的争论文章后笑了，更加坚信：这是中国的黑色。

中国，有过一种黑色的哲学。

三

那天，他听到一个消息，楚国要攻打宋国，正请了鲁班（也就是公输盘）在为他们制造攻城用的云梯。

他立即出发，急速步行，到楚国去。这条路实在很长，用今天的政区概念，他是从山东的泰山脚下出发，到河南，横穿河南全境，也可能穿过安徽，到达湖北，再赶到湖北的荆州。他日夜不停地走，走了整整十天十夜。脚底磨起了老茧，又受伤了，他撕破衣服来包扎伤口，再走。就凭这十天十夜的步行，就让他与其他诸子划出了明显的界限。其他诸子也走长路，但大多骑马、骑牛或坐车，而且到了晚上总得找地方睡觉。哪像他，光靠自己的脚，一路走去，一次次从白天走入黑夜。黑夜、黑衣、黑脸，从黑衣上撕下的黑布条去包扎早已满是黑泥的脚。

终于走到了楚国首都，找到了他的同乡鲁班。

接下来他们两人的对话，是我们都知道的了。但是为了不辜负他十天十夜的辛劳，我还要讲述几句。

鲁班问他，步行这么远的路过来，究竟有什么急事？

墨子在路上早就想好了讲话策略，就说：北方有人侮辱我，我想请你帮忙，去杀了他。酬劳是二百两黄金。

鲁班一听就不高兴，沉下了脸，说：我讲仁义，绝不杀人！

墨子立即站起身来，深深作揖，顺势说出了主题。大意是：你帮楚国造云梯攻打宋国，楚国本来就地广人稀，一打仗，必然要牺牲本国稀缺的

人口，去争夺完全不需要的土地，这明智吗？再从宋国来讲，它有什么罪？却平白无故地去攻打它，这算是你的仁义吗？你说你不会为重金去杀一个人，这很好，但现在你明明要去杀很多很多的人！

鲁班一听有理，便说：此事我已经答应了楚王，该怎么办？

墨子说：你带我去见他。

墨子见到楚王后，用的也是远譬近喻的方法。他说：有人不要自己的好车，去偷别人的破车；不要自己的锦衣，去偷别人的粗服；不要自己的美食，去偷别人的糟糠，这是什么人？

楚王说：这人一定有病，患了偷盗癖。

接下来可想而知，墨子通过层层比较，说明楚国打宋国也是有病。

楚王说：那我已经让鲁班造好云梯啦！

墨子与鲁班一样，也是一名能工巧匠。他就与鲁班进行了一场模型攻守演练。结果，一次次都是鲁班输了。

鲁班最后说：要赢还有一个办法，但我不说。

墨子说：我知道，我也不说。

楚王问：你们说的是什么办法啊？

墨子说：鲁班以为天下只有我一个人能赢过他，如果把我除了，也就好办了。但我要告诉你们，我的三百个学生已经在宋国城头等候你们多时了。

楚王一听，就下令不再攻打宋国。

这就是墨子对于他的“非攻”理念的著名实践，同样的事情还有很多。原来，这个长途跋涉者只为一个目的在奔忙：阻止战争，捍卫和平。

一心想攻打别人的，只是上层统治者。社会底层的民众有可能受了奴役或欺骗去攻打别人，但从根本上说，却不可能为了权势者的利益而接受战争。这是黑色哲学的一个重大原理。

这件事情化解了，但还有一个幽默的结尾。

为宋国立下了大功的墨子，十分疲惫地踏上了归途，仍然是步行。在宋国时，下起了大雨，他就到一个门檐下躲雨，但看门的人连门檐底下也不让他进。

我想，这一定与他的黑衣烂衫、黑脸黑脚有关。这位淋在雨中的男人自嘲了一下，暗想："运用大智慧救苦救难的，谁也不认；摆弄小聪明争执不休的，人人皆知。"

四

在大雨中被看门人驱逐的墨子，有没有去找他派在宋国守城的三百名学生？我们不清楚，因为古代文本中没有提及。

清楚的是，他确实有一批绝对服从命令的学生。整个墨家弟子组成了一个带有秘密结社性质的团体，组织严密，纪律严明。

这又让墨家罩上了一层神秘的黑色。

诸子百家中的其他学派，也有亲密的师徒关系，最著名的有我们曾经多次讲过的孔子和他的学生。但是，不管再亲密，也构不成严格的人身约束。在这一点上墨子又显现出了极大的不同，他立足于底层社会，不能依赖文人与文人之间的心领神会。君子之交淡如水，而墨子要的是浓烈，是黑色黏土般的成团成块。历来底层社会要想凝聚力量，只能如此。

在墨家团体内有三项分工：一是"从事"，即从事技艺劳作，或守城卫护；二是"说书"，即听课、读书、讨论；三是"谈辩"，即游说诸侯，或做官从政。所有的弟子中，墨子认为最能干、最忠诚的有一百八十人，这些人一听到墨子的指令都能"赴汤蹈火，死不旋踵"。后来，墨学弟子的队伍越来越大，照《吕氏春秋》的记载，已经到了"徒属弥众，弟子弥丰，充满天下"的程度。

墨子以极其艰苦的生活方式、彻底忘我的牺牲精神，承担着无比沉重的社会责任，这使他的人格具有一种巨大的感召力。他去世之后，这种感召力不仅没有消散，而且还表现得更加强烈。

据记载，有一次墨家一百多名弟子受某君委托守城，后来此君因受国君追究而逃走，墨家所接受的守城之托很难再坚持，一百多名弟子全部自杀。自杀前，墨家首领派出两位弟子离城远行去委任新的首领，两位弟子完成任务后仍然回城自杀。新被委任的首领阻止他们这样做，他们也没有听。按照墨家规则，这两位弟子虽然英勇，却又犯了规，因为他们没有接受新任首领的指令。

为什么集体自杀？为了一个“义”字。既被委托，就说话算话，一旦无法实行，宁肯以生命的代价保全信誉。

慷慨赴死，对墨家来说是一件很平常的事。

这不仅在当时的社会大众中，而且在以后的漫长历史上，都开启了一种感人至深的精神力量。司马迁所说的“其言必信，其行必果，已诺必成，不爱其躯”的“任侠”精神，就从墨家渗透到中国民间。千年崇高，百代刚烈，不在朝廷兴废，更不在书生空谈，而在这里。

五

这样的墨家，理所当然地震惊四方，成为显学。后来连法家的主要代表人物韩非子也说：“世之显学，儒墨也。”

但是，这两大显学，却不能长久共存。

墨子熟悉儒家，但终于否定了儒家。其中最重要的，是以无差别的“兼爱”否定了儒家有等级的“仁爱”。他认为，儒家的爱，有厚薄，有区别，有层次，集中表现在自己的家庭，家庭里又有亲疏差异，其实最后的标准是看与自己关系的远近，因此核心还是自己。这样的爱是自私之爱。他主张“兼爱”，也就是祛除自私之心，爱他人就像爱自己。

《兼爱》篇说：

若使天下兼相爱，国与国不相攻，家与家不相乱，盗贼无有，君臣父子皆能孝慈，若此则天下治……故天下兼相爱则治，交相恶则乱。故子墨子曰：不可以不劝爱人者，此也。

这话讲得很明白，而且已经接通了“兼爱”和“非攻”的逻辑关系。是啊，既然“天下兼相爱”，为什么还要发动战争呢？

墨子的这种观念，确实碰撞到了儒家的要害。儒家“仁爱”的前提和目的都是礼，也就是重建周礼所铺陈的等级秩序。在儒家看来，社会没有等级，世界是平的了，何来尊严，何来敬畏，何来秩序？在墨家看来，世界本来就应该是平的，只有公平才有所有人的尊严。在平的世界中，根本不必为了秩序来敬畏什么上层贵族。要敬畏，还不如敬畏鬼神，让人们感到冥冥之中有一种督察之力、有一番报应手段，由此建立秩序。

由于碰撞到了要害，儒家急了。孟子挖苦说，兼爱，也就是把陌生人当作自己父亲一样来爱，那就是否定了父亲之为父亲，等于禽兽。这种推理，把兼爱推到了禽兽，看来也实在是气坏了。

墨家也被激怒了，说，如果像儒家一样把爱分成很多等级，一切都以自我为中心，那么，总有一天也能找到杀人的理由。因为有等级的爱最终着眼于等级而不是爱，一旦发生冲突，放弃爱是容易的，而爱的放弃又必然导致仇。

在这个问题上，墨家反复指出儒家之爱的不彻底。《非儒》篇说，在儒家看来，君子打了胜仗就不应该再追败逃之敌，敌人卸了甲就不应该再射杀，敌人败逃的车辆陷入了岔道还应该帮着去推。这看上去很仁爱，但在墨家看来，本来就不应该有战争。如果两方面都很仁义，打什么？如果两方面都很邪恶，救什么？

《耕柱》篇说，墨家告诉儒家，君子不应该斗来斗去。儒家说，猪狗还斗来斗去呢，何况人？墨家笑了，说，你们儒家怎么能这样，讲起道理来满口圣人，做起事情来却自比猪狗？

作为遥远的后人，我们可以对儒、墨之间的争论做几句简单评述。在爱的问题上，儒家比较实际，利用了人人都有的私心，层层扩大，向外类推，因此也较为可行；墨家比较理想，认为在爱的问题上不能玩弄自私的儒术，但他们的“兼爱”难以实行。

如果要问我倾向何方，我会毫不犹豫地回答：墨家。虽然难以实行，却为天下提出了一种纯粹的爱的理想。这种理想就像天际的光照，虽不可触及，却让人明亮。儒家的仁爱，由于太讲究内外亲疏的差别，造成了人际关系的迷宫，直到今天仍难以走出。当然，不彻底的仁爱终究也比没有仁爱好得多，在漫无边际的历史残忍中，连儒家的仁爱也令人神往。

六

除了“兼爱”问题上的分歧，墨家对儒家的整体生态都有批判。例如，儒家倡导的礼仪过于繁缛隆重，丧葬之时葬物多到像死人搬家一样，而且居丧三年天天哭泣的规矩也对子女太不公平，又太像表演。儒家倡导的礼乐精神，过于追求琴瑟歌舞，耗费天下人太多的心力和时间。

从思维习惯上，墨家批评儒家一心复古，只传述古人经典而不鼓励有自己的创作，即所谓“述而不作，信而好古”。墨家认为，只有创造新道，才能增益世间之好。在这里，墨家指出了儒家的一个逻辑弊病。儒家认为“述而不作，信而好古”的人才是君子，而成天在折腾自我创新的则是小人。墨家说，你们所遵从的古，也是古人自我创新的成果呀，难道这些古人也是小人，那你们不就在遵从小人了？

墨家还批评儒家“不击则不鸣”的明哲保身之道，提倡为了天下兴利除弊、“击亦鸣，不击亦鸣”的勇者责任。

墨家在批评儒家的时候，对儒家常有误读，尤其是对“天命”中的“命”、“礼乐”中的“乐”，误读得更为明显。但是，即使在误读中，我们也更清晰地看到了墨家的自身形象。既然站在社会底层大众的立场上，那么，对于面对上层社会的秩序理念，确实有一种天然的隔阂。误读，太不奇怪了。

更不奇怪的是，上层社会终于排斥了墨家。这种整体态度，倒不是出于误读。上层社会不会不知道，连早已看穿一切的庄子，也曾满怀钦佩地说“墨子真天下之好也，将求之不得也，虽枯槁不舍也”；连被统治者视为圭臬的法家，也承认他们的学说中有不少是“墨者之法”；公认为经典的《礼记》中的“大同”理想，也与墨家的理想最为接近。但是，由于墨家所代表的社会力量是上层社会万分警惕的，又由于墨家曾经系统地抨击过儒家，上层社会也就很自然地把它从主流意识形态中区隔出来了。秦汉之后，墨家衰落，历代文人学士虽然也偶有提起，往往句子不多、评价不高，这种情景一直延续到清后期。俞樾在为孙诒让《墨子间诂》写的序言中说：

> 乃唐以来，韩昌黎外，无一人能知墨子者。传诵既少，注释亦稀，乐台旧本，久绝流传，阙文错简，无可校正，古言古字，更不可晓，而墨学尘霾终古矣。

这种历史命运实在让人一叹。但是，情况很快就改变了。一些急欲挽救中国的社会改革家发现，旧时代的主流意识形态必须改变，而那些数千年来深入民间社会的精神活力则应该调动起来。因此，大家又惊喜地重新发现了墨子。

孙中山先生在《民报》创刊号中，故意不理会孔子、孟子、老子、庄子，而独独把墨子推崇为“平等”“博爱”的中国宗师。后来他又经常提到墨子，例如：

> 仁爱也是中国的好道德，古时最讲“爱”字的莫过于墨子。

墨子所讲的兼爱，与耶稣所讲的博爱是一样的。

梁启超先生更是在《新民丛报》上断言："今欲救亡，厥唯学墨。"他在《墨子学案》中甚至把墨子与西方的思想家亚里士多德、培根、穆勒做对比，认为一比较就会知道孰轻孰重。他伤感地说：

> 只可惜我们做子孙的没出息，把祖宗遗下的无价之宝，埋在地窖里两千年。今日我们在世界文化民族中，算是最缺乏论理精神、缺乏科学精神的民族，我们还有面目见祖宗吗？如何才能够一雪此耻，诸君努力啊！

孙中山和梁启超，是最懂得中国的人。他们的深长感慨中，包含着历史本身的呼喊声。

墨子，墨家，黑色的珍宝，黑色的光亮，中国亏待了你们，因此历史也亏待了中国。

七

我读《墨子》，总是能产生一种由衷的感动。虽然是那么遥远的话语，却能激励自己当下的行动。我的集中阅读也是在那个灾难的年代。往往是在深夜，每读一段我都会站起身来，走到窗口。我想着两千多年前那个黑衣壮士在黑夜里急速穿行在中原大地的身影。然后，我又亟亟地返回书桌，再读一段。

记得是《公孟》篇里的一段对话吧，儒者公孟子对墨子说，行善就行善吧，何必忙于宣传？

墨子回答说：你错了。现在是乱世，人们失去了正常的是非标准，求美者多，求善者少，我们如果不站起来勉力引导，辛苦传扬，人们就不会知道什么是善了。

对于那些劝他不要到各地游说的人，墨子又在《鲁问》篇里进一步做了回答。他说：到了一个不事耕作的地方，你是应该独自埋头耕作，还是应该热心地教当地人耕作？独自耕作何益于民？当然应该立足于教，让更多的人懂得耕作。我到各地游说，也是这个道理。

《贵义》篇中写道，一位齐国的老朋友对墨子说，现在普天下的人都不肯行义，只有你还在忙碌，何苦呢？适可而止吧。

墨子又用了耕作的例子，说：一个家庭有十个儿子，其中九个都不肯劳动，剩下的那一个就只能更加努力耕作了，否则这个家庭怎么撑得下去？

在《鲁问》篇中，墨子对鲁国乡下一个叫吴虑的人做了一番诚恳表白。他说：为了不使天下人挨饿，我曾想去种地，但一年劳作下来又能帮助几个人？为了不使天下人挨冻，我曾想去纺织，但我的织物还不如一个妇女，能给别人带来多少温暖？为了不使天下人受欺，我曾想去帮助他们作战，但区区一个士兵，又怎么抵御侵略者？既然这些作为都收效不大，我就明白，不如以历史上最好的思想去晓示王侯贵族和平民百姓。这样，国家的秩序、民众的品德一定都能获得改善。

对于自己的长期努力一直受到别人诽谤的现象，墨子在《贵义》篇里也只好叹息一声。他说，一个长途背米的人坐在路边休息，站起再想把米袋扛到肩膀上的时候却没有力气了，看到这个情景的过路人不管老少贵贱都会帮他一把，将米袋托到他肩上。现在，很多号称君子的人看到肩负道义辛苦行路的义士，不仅不去帮一把，反而加以毁谤和攻击。你看，当今义士的遭遇还不如那个背米的人。

尽管如此，他在《尚贤》篇里还是勉励自己和弟子们：有力量就要尽量帮助别人，有钱财就要尽量援助别人，有道义就要尽量教诲别人。

那么，千说万说，墨子四处传播的道义中，有哪一些特别重要、感动过千年民间社会，并感动了孙中山、梁启超等人呢？

我想，就是那简单的八个字吧：

兼爱，非攻，尚贤，尚同。

“兼爱”“非攻”我已经在上文做过解释，“尚贤”“尚同”还没有，但这四个中国字在字面上已经表明了它们的基本含义：崇尚贤者，一同天下。所谓一同天下，也就是以真正的公平来构筑一个不讲等级的和谐世界。

我希望，人们在概括中华文明的传统精华时，不要遗落了这八个字。

那个黑衣壮士背着这八个字的精神食粮已经走了很久很久。他累了，粮食口袋搁在地上也已经很久很久。我们来背吧，请帮帮忙，托一把，扛到我的肩上。

魏晋绝响

一

这是一个真正的乱世。

出现过一批名副其实的铁血英雄，播扬过一种烈烈扬扬的生命意志，普及过“成者为王，败者为寇”的政治逻辑，即便是再冷僻的陋巷荒陌，也因震慑、崇拜、窥测、兴奋而变得炯炯有神。

突然，英雄们相继谢世了。英雄和英雄之间龙争虎斗了大半辈子，他们的年龄大致相仿，因此也总是在差不多的时间离开人间。像骤然挣脱了条条绷紧的绳索，历史一下子变得轻松，却又剧烈摇晃起来。

英雄们留下的激情还在，后代还在，部下还在，亲信还在，但统治这一切的巨手却已在阴暗的墓穴里枯萎。与此同时，过去被英雄们的伟力所掩盖和制伏着的各种社会力量又猛然涌起，为自己争夺权力和地位。这两种力量的冲撞，与过去英雄们的威严抗衡相比，低了好几个社会价值等级。于是，宏谋远图不见了，壮丽的鏖战不见了，历史的诗情不见了，代之以明争暗斗、上下其手、投机取巧，代之以权术、策反、谋害。

当初的英雄们也会玩弄这一切，但玩弄仅止于玩弄，他们的争斗主题仍然是响亮而富于人格魅力的。当英雄们逝去之后，手段性的一切成了主题，历史失去了放得到桌面上来的精神魂魄，进入到一种无序状态。专制的有序会酿造黑暗，混乱的无序也会酿造黑暗。我们习惯所说的乱世，就是指无序的黑暗。

魏晋，就是这样一个无序和黑暗的“后英雄时期”。

这中间，最可怜的是那些或多或少有点儿政治热情的文人名士了，他们最容易被英雄人格所吸引，何况这些英雄以及他们的家族中有一些人本身就是文采斐然的大知识分子，在周围自然而然地形成了文人集团。等到政治斗争一激烈，这些文人名士便纷纷成了刀下鬼，比政治家死得更多更惨。

我一直在想，为什么在魏晋乱世，文人名士的生命会如此不值钱，思考的结果是：看似不值钱恰恰是因为太值钱。当时的文人名士，有很大一部分人承袭了春秋战国和秦汉以来的哲学、社会学、政治学、军事学思想，无论在实际的智能水平还是在广泛的社会声望上都能有力地辅佐各个政治集团。因此，争取他们，往往关及政治集团的品位和成败；杀戮他们，则是因为确确实实地害怕他们，提防他们为其他政治集团效力。

相比之下，当初被秦始皇所坑的儒生，作为知识分子的个体人格形象还比较模糊，而到了魏晋时期被杀的知识分子，无论在哪一个方面都不一样了。他们早已是真正的名人，姓氏、事迹、品格、声誉，都随着他们的鲜血，渗入中华大地，渗入文明史册。文化的惨痛，莫过于此；历史的恐怖，莫过于此。

何晏，玄学的创始人、哲学家、诗人、谋士，被杀；

张华，政治家、诗人、《博物志》的作者，被杀；

潘岳，与陆机齐名的诗人，中国古代最著名的美男子，被杀；

谢灵运，中国古代山水诗的鼻祖，直到今天还有很多名句活在人们口边，被杀；

范晔，写成了皇皇史学巨著《后汉书》的杰出历史学家，被杀；

…………

这个名单可以开得很长，置他们于死地的罪名很多，而能够解救他们、为他们辩护的人却一个也找不到。对他们的死，大家都十分漠然，也许有几天会成为谈资，但浓重的杀气压在四周，谁也不敢多谈，待到时过境迁，新的纷乱又杂陈在人们眼前，翻旧账的兴趣早已索然。文化名人的成批被杀居然引不起太大的社会波澜，后代史册写到这些事情时笔调也平静得如古井死水。

真正无法平静的，是血泊边上那些侥幸存活的名士。吓坏了一批，吓得庸俗了、胆怯了、圆滑了、变节了、噤口了，这是自然的，人很脆弱，从肢体结构到神经系统都是这样，不能深责；但毕竟还有一些人从惊吓中回过神来，重新思考哲学、历史以及生命的存在方式，于是，一种独特的人生风范，便从黑暗、混乱、血腥的挤压中飘然而出。

二

当年曹操身边曾有一个文才很好、深受重用的书记官叫阮瑀，生了个儿子叫阮籍。曹操去世时阮籍正好十岁，因此他注定要面对“后英雄时期”的乱世，目睹那么多鲜血和头颅了，不幸他又充满了历史感和文化感，内心会承受多大的磨难，我们无法知道。

我们只知道，阮籍喜欢一个人驾木车游荡，木车上载着酒，没有方向地向前行驶。泥路高低不平，木车颠簸着，酒缸摇晃着，他的双手则抖抖索索地握着缰绳。突然马停了，他定睛一看，路走到了尽头。真的没路了？他哑着嗓子自问，眼泪已夺眶而出。终于，声声抽泣变成了号啕大哭。哭够了，持缰驱车向后转，另外找路。另外那条路走着走着也到了尽头，他又大哭，走一路哭一路，荒草野地间谁也没有听见，他只哭给自己听。

一天，他就这样信马由缰地来到了河南荥阳的广武山，他知道这是楚汉相争最激烈的地方。山上还有古城遗迹，东城屯过项羽，西城屯过刘邦，中间相隔二百步，还流淌着一条广武涧，涧水汩汩，城基废弛，天风浩荡，落叶满山。阮籍徘徊良久，叹一声："时无英雄，使竖子成名！"

他这声叹息，不知怎么被传到了世间。也许那天出行因路途遥远，他破例带了个同行者？或是他自己在何处记录了这句感叹？反正这声叹息成了今后千余年许多既有英雄梦又有寂寞感的历史人物的共同心声。直到二十世纪，寂寞的鲁迅还引用过，毛泽东读鲁迅书时发现了，也写进了一封更有寂寞感的家书中。鲁迅凭记忆引用，记错了两个字，毛泽东也跟着错。

遇到的问题是，阮籍的这声叹息，究竟指向着谁？

可能是指刘邦。刘邦在楚汉相争中胜利了，原因是他的对手项羽并非真英雄。在一个没有真英雄的时代，只能让区区小子成名。

也可能是同时指刘邦、项羽。因为他叹息的是"成名"而不是"得胜"，刘、项无论胜负都成名了，在他看来，他们都不值得成名，都不是英雄。

甚至还可能是反过来，他承认刘邦、项羽都是英雄，但他们早已远去，剩下眼前这些小人徒享虚名，面对着刘、项遗迹，他悲叹着现世的寥落。好像苏东坡就是这样理解的，曾有一个朋友问他，阮籍说"时无英雄，使竖子成名"，其中"竖子"是指刘邦吗？苏东坡回答说："非也，伤时无刘、项也。竖子指魏晋人耳。"

既然完全相反的理解也能说得通，那么我们也只能用比较超拔的态度来对待这句话了。茫茫九州大地，到处都是为争做英雄而留下的斑斑疮痍，但究竟有哪几个时代出现了真正的英雄呢？既然没有英雄，世间又为什么如此热闹？也许，正因为没有英雄，世间才如此热闹的吧？

我相信，广武山之行使阮籍更厌烦尘嚣了。在中国古代，凭吊古迹是文人一生中的一件大事，在历史和地理的交错中，雷击般的生命感悟甚至会使一个人脱胎换骨。那应是黄昏时分吧，离开广武山之后，阮籍的木车在夕阳衰草间越走越慢，这次他不哭了，但仍有一种沉重的气流涌向喉头，他长长一吐，音调浑厚而悠扬，喉音、鼻音翻卷了几圈，最后把音收在唇齿间，变成一种口哨声飘洒在山风暮霭之间。这口哨声并不尖利，却是婉转而高亢。

这也算一种歌吟方式吧，阮籍以前也从别人嘴里听到过，好像称之为“啸”。啸不承担切实的内容，不遵循既定的格式，只随心所欲地吐露出一派风致、一腔心曲，因此特别适合乱世名士。尽情一啸，什么也抓不住，但什么都在里边了。这天阮籍在木车中真正体会到了啸的厚味，美丽而孤寂的心声在夜气中回翔。

对阮籍来说，更重要的一座山是苏门山。苏门山在河南辉县，当时有一位有名的隐士孙登隐居其间，苏门山因孙登而著名，而孙登也常被人称为“苏门先生”。阮籍上山之后，蹲在孙登面前，询问他一系列重大的历史问题和哲学问题，但孙登好像什么也没有听见，一声不吭，甚至连眼珠也不转一转。

阮籍傻傻地看着泥塑木雕般的孙登，突然领悟到自己的重大问题是多么没有意思，那就快速斩断吧——能与眼前这位大师交流的或许是另外一个语汇系统？好像被一种神奇的力量催动着，他缓缓地啸了起来。啸完一段，再看孙登，孙登竟笑眯眯地注视着他，说：“再来一遍！”阮籍一听，连忙站起身来，对着群山云天，啸了好久。啸完回身，孙登又已平静入定。阮籍知道自己已经完成了与这位大师的一次交流，此行没有白来。

阮籍下山了，有点儿高兴又有点儿茫然。刚走到半山腰，一种奇迹发生了，如天乐开奏，如梵琴拨响，如百凤齐鸣，一种难以想象的音乐突然充溢于山野林谷之间。阮籍震惊片刻后立即领悟了，这是孙登大师的啸声，如此辉煌和圣洁，把自己的啸不知比到哪里去了。但孙登大师显然不是要与他争胜，而是在回答他的全部历史问题和哲学问题。阮籍仰头聆听，直到啸声结束。然后疾步回家，写下了一篇《大人先生传》。

他从孙登身上知道了什么叫作“大人”。他在文章中说，“大人”是一

种与造物同体、与天地并生、逍遥浮世、与道俱成的存在，相比之下，天下那些束身修行、足履绳墨的君子是多么可笑。天地在不断变化，君子们究竟能固守住什么礼法呢？说穿了，躬行礼法而又自以为是的君子，就像寄生在裤裆缝里的虱子。爬来爬去都爬不出裤裆缝，还标榜说是循规蹈矩；饿了咬人一口，还自以为找到了什么风水吉宅。

文章辛辣到如此地步，我们就可知道他自己要如何处世行事了。

三

平心而论，阮籍本人一生的政治遭遇并不险恶，因此，他的奇特举止也不能算是直截的政治反抗。直截的政治反抗再英勇、再激烈也只属于政治范畴，而阮籍似乎执意要在生命形态和生活方式上闹出一番新气象。

政治斗争的残酷性他是亲眼看到了，但在他看来，既然没有一方是英雄的行为，他也不想去认真地评判谁是谁非。鲜血的教训，难道一定要用新的鲜血来记述吗？不，他在一批批认识的和不认识的文人名士的新坟丛中，猛烈地憬悟到生命的极度卑微和极度珍贵，他横下心来伸出双手，要以生命的名义索回一点儿自主和自由。他到过广武山和苏门山，看到过废墟，听到过啸声，他已是一个独特的人，正在向他心目中的“大人”靠近。

人们都会说他怪异，但在他眼里，明明生就了一个大活人却像虱子一样活着，才叫真正的怪异，做了虱子还扬扬自得地冷眼瞧人，那是怪异中的怪异。

首先让人感到怪异的，大概是他对官场的态度。对于历代中国人来说，垂涎官场、躲避官场、整治官场、对抗官场，这些都能理解，而阮籍给予官场的却是一种游戏般的洒脱，这就使大家感到十分陌生了。

阮籍躲过官职任命，但躲得并不彻底。有时心血来潮，也做做官。正巧遇到政权更迭期，他一躲不仅保全了生命，而且被人看作一种政治远见，其实是误会了他。例如曹爽要他做官，他说身体不好，隐居在乡间，一年后曹爽倒台，牵连很多名士，他安然无恙；但胜利的司马昭想与他联姻，每次到他家说亲他都醉着，整整两个月都是如此，联姻的想法也就告吹。

有一次阮籍漫不经心地对司马昭说：“我曾经到东平（今属山东）游玩过，很喜欢那儿的风土人情。”司马昭一听，就让他到东平去做官了。阮籍骑着驴到东平之后，察看了官衙的办公方式，东张西望了不多久便立即下令，把府舍衙门重重叠叠的墙壁拆掉，让原来关在各自屋子里单独办公的官员们一下子置于互相可以监视、内外可以沟通的敞亮环境之中，办公内容和办公效率立即发生了重大变化。这一着，即便用一千多年后今天的行政管理学来看也可以说是抓住了“牛鼻子”，国际上许多现代化企业的办公场所不都在追求着一种高透明度的集体气氛吗？但我们的阮籍只是骑在驴背上稍稍一想便想到了。除此之外，他还大刀阔斧地精简了法令，大家心悦诚服，完全照办。他觉得东平的事已经做完，仍然骑上那头驴子，回到洛阳来了。一算，他在东平总共逗留了十余天。

后人说，阮籍一生正儿八经地上班，也就是这十余天。

唐代诗人李白对阮籍做官的这种潇洒劲头钦佩万分，曾写诗道：

阮籍为太守，
乘驴上东平。
剖竹十余日，
一朝风化清。

只花十余天，便留下一个官衙敞达、政通人和的东平在身后，而这对阮籍来说，只是玩了一下而已。玩得如此漂亮，让无数老于宦海而毫无作为的官僚们立刻显得狼狈。

他还想用这种迅捷高效的办法来整治其他许多地方的行政机构吗？在人们的这种疑问中，他突然提出愿意担任军职，并明确要担任北军的步兵

校尉。但是，他要求担任这一职务的唯一原因是步兵校尉兵营的厨师特别善于酿酒，而且打听到还有三百斛酒存在仓库里。到任后，除了喝酒，阮籍一件事也没有管过。在中国古代，官员贪杯的多得很，贪杯误事的也多得很，但像阮籍这样堂而皇之纯粹是为仓库里的那几斛酒来做官的，实在绝无仅有。把金印作为敲门砖随手一敲，敲开的却是一个芳香浓郁的酒窖，所谓“魏晋风度”也就从这里飘散出来了。

除了对待官场的态度外，阮籍更让人感到怪异的，是他对于礼教的轻慢。

众所周知，礼教对于男女间接触的防范极严，叔嫂间不能对话，朋友的女眷不能见面，邻里的女子不能直视，如此等等的规矩，成文和不成文地积累了一大套。中国男子，一度几乎成了最厌恶女性的一群奇怪动物，可笑的不自信加上可恶的淫邪推理，既装模作样又战战兢兢。对于这一切，阮籍断然拒绝。有一次嫂子要回娘家，他大大方方地与她告别，说了好些话，完全不理叔嫂不能对话的礼教。隔壁酒坊里的小媳妇长得很漂亮，阮籍经常去喝酒，喝醉了就在人家脚边睡着了，他不避嫌，小媳妇的丈夫也不怀疑。

特别让我感动的一件事是：一位兵家女孩，极有才华又非常美丽，不幸还没有出嫁就死了。阮籍根本不认识这家的任何人，也不认识这个女孩，听到消息后却莽撞赶去吊唁，在灵堂里大哭一场，把满心的哀悼倾诉完了才离开。阮籍不会装假，毫无表演意识，他那天的滂沱泪雨全是真诚的。这眼泪，不是为亲情而洒，不是为冤案而流，只是献给一具美好而又速逝的生命。荒唐在于此，高贵也在于此。有了阮籍那一天的哭声，中国数千年来其他许多死去活来的哭声就显得太具体、太实在，也太自私了。终于有一个真正的男子汉像模像样地哭过了，没有其他任何理由，只为美丽，只为青春，只为异性，只为生命，哭得抽象又哭得淋漓尽致。依我看，男人之哭，至此尽矣。

礼教的又一个强项是“孝”。孝的名目和方式叠床架屋，已与子女对父母的实际感情没有什么关系。最惊人的是父母去世后的繁复礼仪，三年服丧、三年素食、三年寡欢，甚至三年守墓，一分真诚扩充成十分伪饰，让活着的和死了的都长久受罪，在最不该虚假的地方大规模地虚假着。正是在这种空气中，阮籍的母亲去世了。

那天他正好和别人在下围棋，死讯传来，下棋的对方要停止，阮籍却铁青着脸不肯歇手，非要决出个输赢。下完棋，他在别人惊恐万状的目光中要过酒杯，饮酒两斗，然后才放声大哭，哭的时候，口吐大量鲜血。几天后母亲下葬，他又吃肉喝酒，然后才与母亲遗体告别，此时他早已因悲伤过度而急剧消瘦，见了母亲遗体又放声痛哭，吐血数升，几乎死去。

他完全不拘礼法，在母丧之日喝酒吃肉，但他对于母亲死亡的悲痛之深，又有哪个孝子比得上呢？这真是千古一理了：许多叛逆者往往比卫道者更忠于层层外部规范背后的内核。阮籍冲破“孝”的礼法来真正行孝，与他的其他作为一样，只想活得真实和自在。

他的这种做法，有极广泛的社会启迪作用。何况魏晋时期因长年战乱而早已导致礼教日趋懈弛，由他这样的名人用自己哄传遐迩的行为一点化，足以移风易俗。据《世说新语》所记，阮籍的这种行为即便是统治者司马昭也乐于容纳。阮籍在安葬母亲后不久，应邀参加了司马昭主持的一个宴会。宴会间自然免不了又要喝酒吃肉，当场一位叫何曾的官员站起来对司马昭说：“您一直提倡以孝治国，但今天处于重丧期内的阮籍却坐在这里喝酒吃肉，大违孝道，理应严惩！”司马昭看了义愤填膺的何曾一眼，慢悠悠地说：“你没看到阮籍因过度悲伤而身体虚弱吗？身体虚弱吃点儿喝点儿有什么不对？你不能与他同忧，还说些什么！”

魏晋时期的一大好处，是生态和心态的多元。礼教还在流行，而阮籍的行为又被允许，于是人世间也就显得十分宽阔。记得阮籍守丧期间，有一天朋友裴楷前去吊唁，在阮籍母亲的灵堂里哭拜，而阮籍却披散着头发坐着，既不起立也不哭拜，只是两眼发直，表情木然。裴楷吊唁出来后，立即有人对他说：“按照礼法，吊唁时主人先哭拜，客人才跟着哭拜。这次我看阮籍根本没有哭拜，你为什么独自哭拜？”说这番话的大半是挑拨

离间的小人，且不去管他了，我对裴楷的回答却很欣赏，他说：“阮籍是超乎礼法的人，可以不讲礼法；我还在礼法之中，所以遵循礼法。”我觉得这位裴楷虽是礼法中人却颇具魏晋风度，他自己不太圆通却愿意让世界圆通。

既然阮籍如此干脆地扯断了一根根陈旧的世俗经纬而直取人生本义，那么，他当然也不会受制于人际关系的重负。他是名人，社会上要结交他的人很多，而这些人中间有很大一部分是以吃食名人为生的：结交名人为的是分享名人，边分享边觊觎，一有风吹草动便告密起哄、兴风作浪，刹那间把名人围诼得伤痕累累。阮籍身处乱世，在这方面可谓见多识广。他深知世俗友情的不可靠，因此绝不会被一个似真似幻的朋友圈所迷惑。他要找的人都不在了：刘邦、项羽只留下了一座废城，孙登大师只留下满山长啸，亲爱的母亲已经走了，甚至像才貌双全的兵家女儿那样可爱的人物，在听说的时候已不在人间。难耐的孤独包围着他，他厌烦身边虚情假意的来来往往，常常白眼相向。时间长了，阮籍的白眼也就成了一种明确无误的社会信号、一道自我卫护的心理障壁。但是，当阮籍向外投以白眼的时候，他的内心也不痛快。他多么希望少翻白眼，能让自己深褐色的瞳仁去诚挚地面对另一对瞳仁！他一直在寻找，找得非常艰难。在母丧守灵期间，他对前来吊唁的客人由衷地感谢，但感谢也仅止于感谢而已。人们发现，甚至连官位和社会名声都不低的嵇喜前来吊唁时，闪烁在阮籍眼角里的，也仍然是一片白色。

人家吊唁他母亲他也白眼相向！这件事很不合情理，嵇喜和随员都有点儿不悦，回家一说，被嵇喜的弟弟听到了。这位弟弟听了不觉一惊，支颐一想，猛然憬悟，急速地备了酒、挟着琴来到灵堂。酒和琴，与吊唁灵堂多么矛盾，但阮籍却站起身来，迎了上去。你来了吗，与我一样不顾礼法的朋友，你是想用美酒和音乐来送别我操劳一生的母亲？阮籍心中一热，终于把深褐色的目光浓浓地投向这位青年。

这位青年叫嵇康，比阮籍小十三岁，今后他们将成为终生的朋友，而后代一切版本的中国文化史则把他们俩的名字永远地排列在一起，怎么也拆不开。

四

嵇康是曹操的曾孙女婿，与那个已经逝去的英雄时代的关系，比阮籍还要直接。

嵇康堪称中国文化史上第一等的可爱人物，他虽与阮籍并称于世，而且又比阮籍年少，但就整体人格论之，他在我心目中的地位要比阮籍高出许多，尽管他一生一直钦佩着阮籍。我曾经多次想过产生这种感觉的原因，想来想去终于明白：对于自己反对什么追求什么，嵇康比阮籍更明确、更透彻，因此他的生命乐章也就更清晰、更响亮了。

他的人生主张让当时的人听了惊心动魄："非汤武而薄周孔""越名教而任自然"。他完全不理会种种传世久远、名目堂皇的教条礼法，彻底厌恶官场仕途，因为他心中有一个使他心醉神迷的人生境界。这个人生境界的基本内容，是摆脱约束、回归自然、享受悠闲。罗宗强教授在《玄学与魏晋士人心态》一书中说，嵇康把庄子哲学人间化，因此也诗化了，很有道理。嵇康是个身体力行的实践者，长期隐居山阳（在今河南焦作东南），后来到了洛阳城外，竟然开了个铁匠铺，每天在大树下打铁。他给别人打铁不收钱，如果有人以酒肴作为酬劳他就会非常高兴，在铁匠铺里拉着别人开怀痛饮。

一个稀世的大学者、大艺术家，竟然在一座大城市的附近打铁！没有人要他打，只是自愿；也没有实利目的，只是觉得有意思。与那些远离人寰、瘦骨嶙峋的隐士们相比，与那些皓首穷经、弱不禁风的书生们相比，嵇康实在健康得让人羡慕。

嵇康长得非常帅气，这一点与阮籍堪称伯仲。魏晋时期的士人为什么

都长得那么挺拔呢？你看严肃的《晋书》写到阮籍和嵇康等人时都要在他们的容貌上花不少笔墨，写嵇康更多，说他已达到了“龙章凤姿、天质自然”的地步。朋友山涛曾用如此美好的句子来形容嵇康（叔夜）：

> 叔夜之为人也，岩岩若孤松之独立。其醉也，傀俄若玉山之将崩。

现在，这棵岩岩孤松、这座巍巍玉山正在打铁。强劲的肌肉，愉悦的吆喝，炉火熊熊，锤声铿锵。难道，这个打铁佬就是千秋相传的《声无哀乐论》《太师箴》《难自然好学论》《管蔡论》《明胆论》《释私论》《养生论》和许多美妙诗歌的作者？这铁，打得真好！

嵇康打铁不想让很多人知道，更不愿意别人来参观。他的好朋友、文学家向秀知道他的脾气，悄悄地来到他身边，也不说什么，只是埋头帮他打铁。说起来向秀也是个了不得的人物，文章写得好，精通《庄子》，但他更愿意做一个最忠实的朋友，赶到铁匠铺来当下手，安然自若。向秀还曾到山阳帮另一位朋友吕安种菜灌园，吕安也是嵇康的好友。这些朋友，都信奉回归自然，因此都干着一些体力活。向秀奔东走西地多处照顾，怕朋友们太劳累，怕朋友们太寂寞。

嵇康与向秀在一起打铁的时候，不喜欢议论世人的是非曲直，因此话并不多。唯一的话题是谈几位朋友，除了阮籍和吕安，还有山涛。吕安的哥哥吕巽，和他关系也不错。称得上朋友的也就是这么五六个人，他们都十分珍惜。在淳朴自然的生态中，他们绝不放弃亲情的慰藉。这种亲情彼此心照不宣，浓烈到近乎淡泊。

正这么叮叮当当地打铁呢，忽然看到一支华贵的车队从洛阳城里驶来。为首的是当时朝廷宠信的一个贵公子，叫钟会。钟会是大书法家钟繇的儿子，钟繇做过魏国太傅，而钟会本身也博学多才。钟会对嵇康素来景仰，一度曾到敬畏的地步，例如当初他写完《四本论》后很想让嵇康看一看，又缺乏勇气，只敢远远地把文章扔到嵇康住处的门里，转身就走。现在他的地位已经不低，听说嵇康在洛阳城外打铁，决定隆重拜访。钟会的这次来访十分排场，照《魏氏春秋》的记述，是“乘肥衣轻、宾从如云”。

钟会把拜访的排场搞得这么大，可能是出于对嵇康的尊敬，也可能是为了向嵇康显示点儿什么。但嵇康一看却非常抵拒。这种突如其来的喧闹，严重地侵犯了他努力营造的安适境界。他扫了一眼钟会，连招呼也不打，便与向秀一起埋头打铁了。他抡锤，向秀拉风箱，旁若无人。

这一下可把钟会推到了尴尬的境地：出发前他向宾从们夸过海口，现在宾从们都疑惑地把目光投向他。他只能悻悻地注视着嵇康和向秀，看他们不紧不慢地干活。看了很久，嵇康仍然没有与之交谈的意思，钟会向宾从扬扬手，上车驱马，准备回去了。

刚走了几步，嵇康却开口了：“何所闻而来？何所见而去？”

钟会一惊，立即回答：“闻所闻而来，见所见而去。”

问句和答句都简洁而巧妙，但钟会心中实在不是味道。鞭声数响，庞大的车队回洛阳去了。

嵇康连头也没有抬，只有向秀怔怔地看了一会儿车队后面扬天的尘土，眼光中泛起一丝担忧。

五

对嵇康来说，真正能从心灵深处干扰他的，是朋友。友情之外的造访，他可以低头不语，挥之即去，但对于朋友就不一样了，哪怕是一丁点儿的心理隔阂，也会使他焦灼和痛苦。因此，友情有多深，干扰也有多深。

这种事情，不幸就在他和好朋友山涛之间发生了。

山涛也是一个很大气的名士，当时就有人称赞他的品格“如璞玉浑金”。他与阮籍、嵇康不同的是，有名士观念却不激烈，对朝廷、对礼教、

对前后左右的各色人等，他都能保持一种温和而友好的关系。但也并不庸俗，又忠于友谊，有长者风，是一个很靠得住的朋友。他当时担任尚书吏部郎，做着做着不想做了，要辞去，朝廷要他推荐一个合格的人继任，他真心诚意地推荐了嵇康。

嵇康知道此事后，立即写了一封绝交信给山涛。山涛字巨源，因此这封信名为《与山巨源绝交书》。我想，说它是中国文化史上最重要的一封绝交书也不过分吧，反正只要粗涉中国古典文学的人都躲不开它，直到千余年后的今天仍是这样。

这是一封很长的信，其中有些话说得有点儿伤心——

听说您想让我去接替您的官职，这事虽没办成，从中却可知道您很不了解我。也许您这个厨师不好意思一个人屠宰下去了，拉一个祭师做垫背吧……

阮籍比我淳厚贤良，从不多嘴多舌，也还有礼法之士恨他；我这个人比不上他，惯于傲慢懒散，不懂人情物理，又喜欢快人快语，一旦做官，每天会招来多少麻烦事！……我如何立身处世，自己早已明确，即便是在走一条死路也咎由自取，您如果来勉强我，则非把我推入沟壑不可！

我的母亲和哥哥刚死，心中凄切，女儿才十三岁，儿子才八岁，尚未成人，又体弱多病，想到这些，真不知该说什么。现在我只想住在简陋的旧屋里教养孩子，常与亲友们叙叙离情、说说往事，浊酒一杯，弹琴一曲，也就够了。不是我故作清高，而是实在没有能力当官，就像我们不能把贞洁的美名加在阉人身上一样。您如果想与我共登仕途，一起欢乐，其实是在逼我发疯，我想您对我没有深仇大恨，不会这么做吧？

我说这些，是使您了解我，也与您诀别。

这封信很快在朝野传开，朝廷知道了嵇康的不合作态度，而山涛，满腔好意却换来一个断然绝交，当然也不好受。但他知道，一般的绝交信用不着写那么长，写那么长，是嵇康对自己的一场坦诚倾诉。如果友谊真正死亡了，完全可以冷冰冰地三言两语，甚至不置一词，了断一切。总之，这两位昔日好友，诀别得断丝飘飘、不可名状。

嵇康还写过另外一封绝交书，绝交对象是吕巽，即上文提到过的向秀前去帮助种菜灌园的那位朋友吕安的哥哥。本来吕巽、吕安两兄弟都是嵇康的朋友，但这两兄弟突然间闹出了一场震惊远近的大官司。原来吕巽看上了弟弟吕安的妻子，偷偷地占有了她。为了掩饰，竟给弟弟安了一个“不孝”的罪名上诉朝廷。

吕巽这么做，无疑是衣冠禽兽，但他却是原告！“不孝”在当时是一个很重的罪名，哥哥控告弟弟“不孝”，很能显现自己的道德形象，朝廷也乐于借以重申孝道；相反，作为被告的吕安虽被冤屈却难以自辩，一个文人怎么能把哥哥霸占自己妻子的丑事公诸士林呢？而且这样的事，证据何在？妻子何以自处？家族门庭何以避羞？

面对最大的无耻和无赖，受害者往往一筹莫展。因为制造无耻和无赖的人早已把受害者不愿启齿的羞耻心、社会公众容易理解和激愤的罪名全都考虑到了，受害者除了泪汪汪地引项就戮，别无办法。如果说还有最后一个办法、最后一道生机，那就是寻找最知心的朋友倾诉一番。在这种情况下，许多平日引为知己的朋友早已一一躲开，朋友之道的脆弱性和珍罕性同时显现。有口难辩的吕安想到了他心目中最尊贵的朋友嵇康。嵇康果然是嵇康，立即拍案而起。吕安已因“不孝”而获罪，嵇康不知官场门路，唯一能做的是痛骂吕巽一顿，宣布绝交。

这次的绝交信写得极其悲愤，怒斥吕巽诬陷无辜、包藏祸心；后悔自己以前无原则地劝吕安忍让，觉得自己对不起吕安；对于吕巽，除了决裂，无话可说。我们一眼就可看出，这与他写给山涛的绝交信完全是两回事了。

“朋友”，这是一个多么怪异的称呼，嵇康实在被它搞晕了。他太看重朋

这便是黄州赤壁，或者说是东坡赤壁。赭红色的陡坡直逼着浩荡大江，坡上有险道可供俯瞰，江面有小船可供仰望。地方不大，但一俯一仰之间就有了气势，有了伟大与渺小的比照，有了时间和空间的倒错，因此也就有了冥思的价值。——《黄州突围》

友，因此不得不一次次绝交。他一生选择朋友如此严谨，没想到一切大事都发生在他仅有的几个朋友之间。他想通过绝交来表白自身的好恶，他也想通过绝交来论定朋友的含义。他太珍惜了，但越珍惜，能留住的也就越稀少。

尽管他非常愤怒，他所做的事情却很小——在一封私信里为一个蒙冤的朋友说两句话，同时识破一个假朋友，如此而已。但仅仅为此，他被捕了。

理由很简单：他是“不孝者的同党”。

从这个无可理喻的案件，我明白了在中国一个冤案的构建为什么那么容易，而构建起来的冤案又怎么会那么快速地扩大株连面。上上下下并不太关心事件的真相，而热衷于一个最通俗、最便于传播又最能激起社会公愤的罪名；这个罪名一旦建立，事实的真相便变得无足轻重。谁还想提起事实来扫大家的兴，立即沦为同案犯一起扫除；成了同案犯，发言权也就被彻底剥夺。因此，请原谅古往今来所有深知冤情而闭口的朋友吧，他们敌不过那种并不需要事实的世俗激愤，也担不起“同党”“同案犯”等随时可以套在头上的恶名。

现在，轮到为嵇康判罪了。

一个“不孝者的同党”，该受何种处罚？

统治者司马昭在宫廷中犹豫。我们记得，阮籍在母丧期间喝酒吃肉也曾被人控告为不孝，司马昭内心对于孝不孝的罪名并不太在意。他比较在意的倒是嵇康写给山涛的那封绝交书，把官场仕途说得如此厌人，总要给他一点儿颜色看看。

就在这时，司马昭所宠信的一个年轻人求见，他就是钟会。他深知司马昭的心思，便悄声进言：

> 嵇康，卧龙也，千万不能让他起来。您现在统治天下已经没有什么担忧的了，我只想提醒您稍稍提防嵇康这样傲世的名士。您知道他为什么给他的好朋友山涛写那样一封绝交信吗？据我所知，他是想帮助别人谋反，山涛反对，因此没有成功，他恼羞成

> 怒而与山涛绝交。过去姜太公、孔夫子都诛杀过那些危害社会、扰乱礼教的所谓名人，现在嵇康、吕安这些人言论放荡，诽谤圣人经典，任何统治者都是容不了的。您如果太仁慈，不除掉嵇康，可能无以匡正风俗、清洁王道。(参见《晋书·嵇康传》《世说新语·雅量》，注引《文士传》)

我特地把钟会的这番话大段地译出来，望读者能仔细一读。他避开了孝不孝的问题，几乎每一句话都打在司马昭的心坎上。在道义人格上，他是小人；在诽谤技巧上，他是大师。

钟会一走，司马昭便下令：判处嵇康、吕安死刑，立即执行。

六

这是中国文化史上最黑暗的日子之一，居然还有太阳。

嵇康身戴木枷，被一群兵丁从大狱押到刑场。

刑场在洛阳东市，路途不近。嵇康一路上神情木然而缥缈。他想起了一生中好些奇异的遭遇。

他想起，他也曾像阮籍一样，上山找过孙登大师，并且跟随大师不短的时间。大师平日几乎不讲话，直到嵇康临别，才深深一叹：“你性情刚烈而才貌出众，能避免祸事吗？”

他又想起，早年曾在洛水之西游学，有一天夜宿华阳，独个儿在住所弹琴。夜半时分，突然有客来访，自称是古人，与嵇康共谈音律。来客谈着谈着来了兴致，向嵇康要过琴去，弹了一曲《广陵散》，声调绝伦，弹完便把这个曲子传授给了嵇康，并且反复叮嘱，千万不要再传给别人了。然后这个人飘然而去，没有留下姓名。

嵇康想到这里，满耳满脑都是《广陵散》的旋律。他遵照那个神秘来

客的叮嘱，没有向任何人传授过。一个叫袁孝尼的人不知从哪儿打听到嵇康会演奏这首曲子，多次请求传授，他也没有答应。刑场已经不远，难道，这个曲子就永久地断绝了？——想到这里，他微微有点儿慌神。

突然，嵇康听到前面有喧闹声，而且闹声越来越响。原来，有三千名太学生正拥挤在刑场边上请愿，要求朝廷赦免嵇康，让嵇康担任太学的导师。显然，太学生们想以这样一个请愿向朝廷提示嵇康的社会声誉和学术地位。但这些年轻人不知道，他们这种聚集三千人的行为已经成为一种政治示威，司马昭怎么会让步呢？

嵇康望了望黑压压的年轻学子，有点儿感动。孤傲了一辈子的他，因仅有的几个朋友而死的他，把诚恳的目光投向四周。一个官员冲过人群，来到刑场高台上宣布：朝廷旨意，维持原判！

刑场上一片山呼海啸。

大家的目光都注视着已经押上高台的嵇康。

身材伟岸的嵇康抬起头来，眯着眼睛看了看太阳，便对身旁的官员说："行刑的时间还没到，我弹一首曲子吧。"不等官员回答，便对在旁送行的哥哥嵇喜说："哥哥，请把我的琴取来。"

琴很快取来了，在刑场高台上安放妥当，嵇康坐在琴前，对三千名太学生和围观的民众说："请让我弹一遍《广陵散》。过去袁孝尼多次要学，都被我拒绝。《广陵散》于今绝矣！"

刑场上一片寂静，神秘的琴声铺天盖地。

弹毕，嵇康从容赴死。

这是公元二六二年夏天，嵇康三十九岁。

七

有几件后事必须交代一下。

嵇康被司马昭杀害的第二年，阮籍被迫写了一篇劝司马昭进封晋公的《劝进箴》，语意进退含糊。几个月后阮籍去世，终年五十三岁。

帮着嵇康一起打铁的向秀，在嵇康被杀后心存畏惧，接受司马氏的召唤而做官。在赴京城洛阳途中，绕道前往嵇康故居凭吊。当时正值黄昏，寒冷彻骨，从邻居房舍中传出呜咽的笛声。向秀追思过去几个朋友在这里欢聚饮宴的情景，不胜感慨，写了《思旧赋》。写得很短，刚刚开头就煞了尾。向秀后来做官做到散骑侍郎、黄门侍郎和散骑常侍，但据说他在官位上并不做实际事情，只是避祸而已。

山涛在嵇康被杀害后又活了二十年，大概是当时名士中寿命最长的一位了。嵇康虽然给他写了著名的绝交书，但临终前却对自己十岁的儿子嵇绍说："只要山涛伯伯活着，你就不会成为孤儿！"果然，后来对嵇绍照顾最多、恩惠最大的就是山涛。等嵇绍长大后，由山涛出面推荐他入仕做官。

阮籍和嵇康的后代，完全不像他们的父亲。阮籍的儿子阮浑，是一个极本分的官员，平生竟然没有一次醉酒的记录。被山涛推荐而做官的嵇绍，成了一个为皇帝忠诚保驾的驯臣。有一次晋惠帝兵败被困，文武百官纷纷逃散，唯有嵇绍衣冠端正地以自己的身躯保护了皇帝，死得忠心耿耿。

…………

八

还有一件后事。

那曲《广陵散》被嵇康临终弹奏之后，渺不可寻。但后来据说在隋朝的宫廷中发现了曲谱，到唐朝又流落民间，宋高宗时代又收入宫廷，由明代朱元璋的儿子朱权编入《神奇秘谱》。近人根据《神奇秘谱》重新整理，于今还能听到。然而，这难道真是嵇康在刑场高台上弹的那首曲子吗？相隔的时间那么长，所经历的朝代那么多，时而宫廷时而民间，其中还有不

少空白的时间段落，居然还能传下来？而最本源的问题是，嵇康那天的弹奏，是如何进入隋朝宫廷的？

不管怎么说，我不会去聆听今人演奏的《广陵散》。在我心中，《广陵散》到嵇康手上就结束了，就像阮籍和孙登在山谷里的玄妙长啸，都是遥远的绝响，我们追不回来了。

然而，为什么这个时代、这批人物、这些绝响，老是让我们割舍不下？我想，这些在生命的边界线上艰难跋涉的人物，似乎为整部中国文化史做了某种悲剧性的人格奠基。他们追慕宁静而浑身焦灼，他们力求圆通而处处分裂，他们以昂贵的生命代价第一次标志出一种自觉的文化人格。在他们的血统系列上，未必有直接的传代者，但中国的审美文化从他们的精神酷刑中开始屹然自立。

在嵇康、阮籍去世之后的百年间，书法家王羲之、画家顾恺之、诗人陶渊明相继出现；二百年后，文论家刘勰、钟嵘也相继诞生；如果把视野拓宽一点儿，这期间，化学家葛洪、天文学家兼数学家祖冲之、地理学家郦道元等大科学家也一一涌现。这些人在各自的领域几乎都称得上是开天辟地的巨匠。魏晋名士们的焦灼挣扎，开拓了中国知识分子自在而又自为的一方心灵秘土，文明的成果就是从这方心灵秘土中蓬勃地生长出来的，以后各个门类的千年传代也都与此有关。但是，当文明的成果逐代繁衍之后，当年精神开拓者们的奇异形象却难以复见。嵇康、阮籍他们在后代眼中越来越显得陌生和乖戾，陌生得像非人，乖戾得像神怪。

有过他们，是中国文化的幸运；失落他们，是中国文化的遗憾。

我想，时至今日，我们勉强能对他们说的亲近话只有一句当代熟语：“不在乎天长地久，只在乎曾经拥有！”

唐诗几男子

一

生为中国人，一辈子要承受数不尽的苦恼、愤怒和无聊。但是，有几个因素使我不忍离开，甚至愿意下辈子还投生中国。

其中一个，就是唐诗。

这种说法可能得不到太多认同。不少朋友会说："到了国外仍然可以读唐诗啊，而且，别的国家也有很多好诗！"

因此，我必须对这件事情多说几句。

我心中的唐诗，是一种整体存在。存在于"羌笛孤城"里，存在于"黄河白云"间，存在于"空山新雨"后，存在于"浔阳秋瑟"中。只要粗通文墨的中国人一见相关的环境，就会立即释放出潜藏在心中的意象，把眼前的一切卷入诗境。

心中的意象是从很小的时候就潜藏下来的。也许是父母吟诵，也许是老师领读，反正是前辈教言中最美丽的一种。父母和老师只要以唐诗相授，也会自然地消除辈分界限，神情超逸地与晚辈一起走进天性天籁。

于是，唐诗对中国人而言，是一种全方位的美学唤醒：唤醒内心，唤醒山河，唤醒文化传代，唤醒生存本性。

而且，这种唤醒全然不是出于抽象概念，而是出于感性形象，出于具体细节。这种形象和细节经过时间的筛选，已成为一个庞大民族的集体敏感、通用话语。

有时在异国他乡也能见到类似于“月落乌啼”“独钓寒江”那样的情景，让我们产生联想，但是，那种依附于整体审美文化的神秘诗境却不存在。这就像在远方发现一所很像自己老家的小屋，或一位酷似自己祖母的老人，虽有一时的喜悦，但略加端详却深感失落。失落了什么？失落了与生命紧紧相连的全部呼应关系，失落了使自己成为自己的那份真实。

当然，无可替代并不等于美。但唐诗确实是一种大美，不管在什么情况下一读，都能把心灵提升到清醇而又高迈的境界。回头一想，这种清醇、高迈本来就属于自己，或属于祖先秘传，只不过平时被大量琐事掩埋着。唐诗如玉杵叩扉，叮叮当当，嗡嗡喤喤，一下子把心扉打开了，让我们看到一个非常美好的自己。

这个自己，看似稀松平常，居然也能按照遥远的文字指引，完成最豪放的想象、最幽深的思念、最入微的观察、最精细的倾听、最仁爱的同情、最洒脱的超越。

这个自己，看似俗务缠身，居然也能与高山共俯仰、与白云同翻卷、与沧海齐阴晴。

这个自己，看似学历不高，居然也能跟上那么优雅的节奏、那么铿锵的音韵、那么华贵的文辞。

这样一个自己，不管在什么地方都会是稀有的，但由于唐诗，在中国却成了非常普及的常态存在。

正是这个原因，我才说，怎么也舍不得离开产生唐诗的土地，甚至愿意下辈子还投生中国。

我也算是一个走遍世界的人了，对国际的文化信息并不陌生，当然知道处处有诗意，不会在这个问题上陷入狭隘民族主义的泥坑。但是正因为看得多了，我也有理由做出一个公平的判断：就像中国人在宗教音乐和现代舞蹈上远远比不上世界上有些民族一样，唐诗是人类在古典诗歌领域的巍峨巅峰，很难找到可以与它比肩的对象。

二

很多文学史说到唐诗，首先都会以诗人和诗作的数量来证明，唐代是一个“诗的时代”。

这样说说也未尝不可，但应该明白，数量不是决定性因素。这正像，现在即使人人去唱卡拉 OK，也不能证明这是一个“音乐的时代”。

若说数量，我们都知道的《全唐诗》收诗四万九千多首，包括作者两千八百余人。当然这不是唐代诗作的全部，而是历时一千年后直到清代还被保存着的唐诗，却仍然是蔚为大观。《全唐诗》由康熙皇帝写序，但到了乾隆皇帝，他一人写诗的数量已经与《全唐诗》差不多。因为除去他的《乐善堂全集》《御制诗余集》《全韵诗》《圆明园诗》之外，在《晚晴簃诗汇》中据说还有四万一千八百首。如果加在一起，真会让一千年前的那两千八百多个作者羞愧了。只不过，如果看质量，乾隆能够拿得出哪一首来呢？

宽泛意义上的写诗作文，是天底下最容易的事，任何已经学会造句的人只要放得开，都能随手涂出一大堆。直到今天我们还能经常看到当代很多繁忙的官员出版的诗文集，在字数、厚度和装帧上几乎都能超过世界名著，而且听说他们还在继续高产，劝也劝不住。这又让我想起了乾隆。他如此着魔般地写诗，满朝文武天天喝彩，后来终于有一位叫李慎修的官员大胆上奏，劝他不必以写诗来呈现自己的治国才能。乾隆一看，立即又冒出了一首绝句：

慎修劝我莫为诗，
我亦知诗不可为。
但是几余清宴际，
却将何事遣闲时？

对此，今人钱锺书讽刺道，李慎修本来是想拿一点儿什么东西去压压乾隆写诗的欲焰的，没想到不仅没有压住，连那东西也烧起来了，反而增加了一蓬火。

从这蓬火，我们也能看到乾隆的诗才了。但平心而论，乾隆的诗才虽然不济，却也比现在很多官员的诗作清顺质朴一点儿。

说唐诗时提乾隆，好像完全不能对应，但这不能怪我，谁叫这位皇帝要以自己一个人的诗作数量来与《全唐诗》较量呢！

其实，唐诗是无法较量的，即便在宋代，在一些杰出诗人手中也已经不能了。

这是因为，唐代诗坛有一股空前的大丈夫之风，连忧伤都是浩荡的，连曲折都是透彻的，连私情都是干爽的，连隐语都是靓丽的。这种气象，在唐之后再也没有完整出现，因此又是绝后的。

更重要的是，这种气象，被几位真正伟大的诗人承接并发挥了，成为一种人格，向历史散发着绵绵不绝的温热。

三

论唐诗，首先当然是李白。

李白永远让人感到惊讶。我过了很久才发现一个秘密，那就是，我们对他的惊讶，恰恰来自他的惊讶，因此是一种惊讶的传递。他一生都在惊讶山水、惊讶人性、惊讶自己，这使他变得非常天真。正是这种惊讶的天真，或者说天真的惊讶，把大家深深感染了。

我们在他的诗里读到千古蜀道、九曲黄河、瀑布飞流时，还能读到他的眼神，几分惶恐，几分惊叹，几分不解，几分发呆。首先打动读者的，是这种眼神，而不是景物。然后随着他的眼神打量景物，才发现景物果然那么奇特。

其实，这时读者的眼神也已经发生变化，李白是专门来改造人们眼神的。历来真正的大诗人都是这样，说是影响人们的心灵，其实都从改造人们的感觉系统入手。先教会人们怎么看、怎么听、怎么发现、怎么联想，然后才有深层次的共鸣。当这种共鸣逝去之后，感觉系统却仍然存在。

这样一个李白，连人们的感觉系统也被他改造了，总会让大家感到亲切吧？其实却不。他拒绝人们对他的过于亲近，愿意在彼此之间保持一定程度的陌生。这也是他与一些写实主义诗人不同的地方。

李白给人的陌生感是整体性的。例如，他永远说不清楚自己的来处和去处，只让人相信，他一定来自谁也不知道的远处，一定会去谁也不知道的前方，他一定会看到谁也无法想象的景物，一定会产生谁也无法想象的笔墨……

他也写过“举头望明月，低头思故乡”这样可以让任何人产生亲切感的诗句，但紧接着就产生了一个严峻的问题：既然如此思乡，为什么永远地不回家乡？他在时间和空间上都拥有足够的自由，偶尔回乡并不是一件难事。但是，这位写下“中华第一思乡诗”的诗人执意要把自己放逐在异乡，甚至不让任何一个异乡真正亲切起来，稍有亲密就拔脚远行。原来，他的生命需要陌生，他的生命属于陌生。

为此，他如不系之舟，天天在追赶陌生，并在追赶中保持惊讶。但是，诗人毕竟与地理考察者不同，他又要把陌生融入身心，把他乡拥入怀抱。帮助他完成这种精神转化的第一要素，是酒。“人分千里外，兴在一杯中”，“但使主人能醉客，不知何处是他乡”，都道出了此间玄机。帮助他完成这种精神转化的第二要素，那就是诗了。

对于朋友，李白也是生中求熟、熟中求生的。作为一个永远的野行者，他当然很喜欢交朋友。在马背上见到迎面而来的路人，一眼看去好像说得上话，他已经握着马鞭拱手行礼了。如果谈得知心，又谈到了诗，那就成了兄弟，可以吃住不分家了。他与杜甫结交后甚至到了“醉眠秋共被，携手日同行”的地步，可见一斑。

然而，与杜甫相比，李白算不上一个最专情、最深挚的朋友。刚刚道别，他又要亟亟地与奇异的山水相融，并在那些山水间频频地马背拱手，招呼新的好兄弟了。他老是想寻仙问道，很难把友情作为稳定的目标。他会要求新结识的朋友陪他一起去拜访一个隐居的道士。发现道士已经去世，便打听下一个值得拜访的对象，倒也并不要求朋友继续陪他。于是，又一番充满诗意的告别，云水依依，帆影渺渺。

历来总有人对李白与杜甫的友情议论纷纷，认为杜甫写过很多怀念李白的诗，而李白则写得很少。也有人为此做出解释，认为李白的诗失散太多，其中一定包括很多怀念杜甫的诗。这是一种善良的愿望，而且也有可能确实是如此。但是，应该看到，强求他们在友情上的平衡是没有意义的，因为这毕竟是相当不同的两种人。虽然不同，却并不影响他们在友情领域的同等高贵。

这就像大鹏和鸿雁相遇，一时间巨翅翻舞，山川共仰。但在它们分别之后，鸿雁不断地为这次相遇高鸣低吟，而大鹏则已经悠游于南溟北海，无牵无碍。差异如此之大，但它们都是长空伟翼、九天骄影。

四

李白与杜甫相遇是在公元七四四年。那一年，李白四十三岁，杜甫三十二岁，相差十一岁。

很多年前我曾对这个年龄产生疑惑，因为从小读唐诗时一直觉得杜甫比李白年长。李白英姿勃发，充满天真，无法想象他的年老；而杜甫则温良醇厚，恂恂然一长者也，怎么可能是颠倒的年龄？由此可见，艺术风格所投射的生命基调，会在读者心目中对换成不同的年龄形象。这种年龄形象，与实际年龄常常有重大差别。

事实上，李白不仅在实际年龄上比杜甫大十一岁，而且在诗坛辈分上整整先于杜甫一个时代。那就是，他们将分别代表安史之乱之前和之后两个截然不同的唐朝。李白的佳作，在安史之乱之前大多已经写出，而杜甫的佳作，则主要产生于安史之乱之后。

这种隔着明显界碑的不同时间、身份，使他们两人见面时有一种异样感。李白当时已名满天下，而杜甫还只是崭露头角。杜甫早就熟读过李白的很多名诗，此时一见真人，崇敬之情无以言表。一个取得巨大社会声誉的人往往会有一种别人无法模仿的轻松和洒脱，这种风范落在李白身上更是让他加倍地神采飞扬。眼前的杜甫恰恰是最能感受这种神采的，因此他一时全然着迷，被李白的诗化人格所裹卷。

李白见到杜甫也是眼睛一亮。他历来不太懂得识人，经常上当受骗，但那是在官场和市井。如果要他来识别一个诗人，他却很难看错。即便完全不认识，只要吟诵几首、交谈几句，便能立即做出判断。杜甫让他惊叹，因此两人很快成为好友。他当然不能预知，眼前的这个年轻人，将与他一起成为执掌华夏文明诗歌王国数千年的王者之尊而无人能够觊觎；但他已感受到，无法阻挡的天才之风正扑面而来。

他们喝了几通酒就骑上了马，决定一起去打猎。

他们的出发地也就是他们的见面地，在今天河南省开封市东南部，旧地名叫陈留。到哪儿去打猎呢？向东，再向东，经过现在的杞县、睢县、宁陵，到达商丘；从商丘往北，直到今天的山东地界，当时有一个大泽湿地，这便是我们的两位稀世大诗人纵马打猎的地方。

当时与他们一起打猎的，还有著名诗人高适。高适比李白小三岁，属于同辈。这位能够写出“莫愁前路无知己，天下谁人不识君”“借问梅花

何处落，风吹一夜满关山”这种慷慨佳句的诗人，当时正在这一带“混迹渔樵”“狂歌草泽”。也就是说，他空怀壮志在社会最底层艰难谋生、无聊晃悠。我不知道他当时熟悉杜甫的程度，但一听到李白前来，一定兴奋万分。这是他的土地，沟沟壑壑都了然于心，由他来陪猎，再合适不过。

挤在他们三人身边的，还有一个年轻诗人，不太有名，叫贾至，比杜甫还小六岁，当时才二十六岁。年龄虽小，他倒是当地真正的主人，因为他在这片大泽湿地北边今天山东单县的地方当着县尉，张罗起来比较方便。为了他的这次张罗，我还特地读了他的诗集——写得还算可以，却缺少一股气，尤其和那天在他身旁的大诗人一比，就显得更平庸了。贾至还带了一些当地人来凑热闹，其中也有几个能写写诗。

于是，一支马队形成了。在我的想象中，走在最前面的是高适，他带路；接着是李白，他是马队的主角，由贾至陪着；稍稍靠后的是杜甫，他又经常跨前两步与李白并驾齐驱；贾至带来的那些人，跟在后面。

当时的那个大泽湿地，野生动物很多。他们没走多远就挽弓抽箭，扬鞭跃马，奔驰呼啸起来。高适和贾至还带来几只猎鹰，这时也像闪电般蹿入草丛。箭声响处，猎物倒地，大家齐声叫好，所有人的表情都不像此地沉默寡言的猎人，更像追逐嬉戏中的小孩。马队中，喊得最响的当是李白，而骑术最好的应该是高适。

猎物不少，大家觉得在野地架上火烤着吃最香最新鲜，但贾至说早已在城里备好了酒席。盛情难却，那就到城里去吧。到了酒席上，几杯酒下肚，诗就出来了。这是什么地方啊，即席吟诗的不是别人，居然是李白和杜甫，连高适也只能躲在一边了，真是奢侈至极。

近年来我频频去陈留、商丘、单县一带，每次都会在路边长久停留，设想着那些马蹄箭鸣、那些呼啸惊叫。中国古代大文豪留下生命踪迹的地方，一般总是太深切、太怨愁、太悲壮，那样的地方我们见得太多了。而在这里，只有单纯的快乐，只有游戏的勇敢，既不是边塞，也不是沙场，好像没有千年重访的理由，但是，我怀疑我们以前搞错了。

诗有典雅的面容，但它的内质却是生命力的勃发。无论是诗的个体、诗的群体、诗的时代都是这样。没有生命力的典雅，并不是我们喜欢的诗。因此，诗人用马蹄写诗的旷野，实在可以看作被我们遗落已久的宏大课本。

诗人用马蹄写诗的地方也不少，但这儿，是李白、杜甫一起在写，这如何了得！

我曾动念，认认真真学会骑马，到那儿驰骋几天。那一带已经不是打猎的地方了，但是，总还可以高声呼啸吧？总还可以背诵他们的几首诗作吧？

在那次打猎活动中，高适长时间地与李白、杜甫在一起，并不断受到他们鼓舞，决定要改变一种活法。很快他就离开这一带游历去了。

李白和杜甫从秋天一直玩到冬天。分手后，第二年春天又在山东见面，高适也赶了过来。不久，又一次告别；又一次重逢，那已经是秋天了。当冬天即将来临的时候，李白和杜甫这两位大诗人永久地别离了。

当时他们都不知道这是永诀，李白在分别之际还写了"何时石门路，重有金樽开"的诗，但金樽再也没有开启。因此，这两大诗人的交往期一共也只有一年多一点儿，中间还有不少时间不在一起。

世间很多最珍贵的友情都是这样，看起来亲密得天荒地老、海枯石烂了，细细一问却很少见面。相反，半辈子坐在一个办公室面对面的，很可能尚未踏进友谊的最外层门槛。

就在李白、杜甫别离的整整十年之后，安史之乱爆发。那时，李白已经五十四岁，杜甫四十三岁。他们和唐代，都青春不再。

仍然是土地、马蹄，马蹄、土地，但内容变了。

五

在巨大的政治乱局中，最痛苦的是百姓，最狼狈的是诗人。

诗人为什么最狼狈？

第一，因为他们敏感，满目疮痍使他们五内俱焚；第二，是因为他们自信，一见危难就想按照自己的逻辑采取行动；第三，是因为他们幼稚，不知道乱世逻辑和他们的心理逻辑全然不同，他们的行动不仅处处碰壁，而且显得可笑、可怜。

历来总有一些中国文人隔着灾祸大谈“乱世应对学”“危局维持学”“借故隐潜学”“异己结盟学”“逆境窥测学”“败势翻盘学”，并把这一切说成是“中华谋略”“生存智慧”。而且，因为世上总是苦恼的人多、失意的人多、无助的人多，这种谈论常常颇受欢迎，甚至轰动一时。但是，这一切对真正的诗人而言毫无用处。他们听不懂，也不想听。这不是因为他们愚笨，而是因为他们在长期的诗人生涯中知道了人生的不同等级。降低了等级来察言观色、上下其手，打死他们也不会。

他们确实“不合时宜”，但是，也正因这样，才为人世间留下了超越一切“时宜”的灵魂，供不同时代的读者一次次贴近。

安史之乱爆发前夕，李白正往来于今天河南省的商丘和安徽省的宣城之间。商丘当时叫梁苑，李白结婚才四年的第三任妻子住在那里。安史之乱爆发时叛军攻击商丘，李白便带着妻子南下逃往宣城，后来又折向西南躲到江西庐山避祸。

李白是一个深明大义之人，对安禄山企图以血火争夺天下的叛乱行径十分痛恨。他祈望唐王朝能早日匡复，只恨自己不知如何出力。在那完全没有传媒、几乎没有通信的时代，李白在庐山的浓重云雾间焦虑万分。

当时的唐王朝，正在仓皇逃奔的荒路上。从西安逃往成都，半道上还出现了士兵哗变，唐玄宗被逼处死了杨贵妃。惊恐而又凄伤的唐玄宗已经很难料理政事，便对天下江山做了一个最简单的分派：指令儿子李亨守卫黄河流域，指令另一个儿子李璘守卫长江流域。李亨已经被封为太子，李璘已被封为永王。李白躲藏的庐山，由李璘管辖。

李璘读过李白的诗，偶尔得知他的藏躲处，便三次派一个叫韦子春的人上山邀请他加入幕府。所谓幕府，就是军政大吏的府署，李璘是想让李白参政，担任政治顾问之类的角色。

李白早有建功立业之志，更何况在这社稷蒙难之时，当然一口答应。在他心目中，黄河流域已被叛军糟践，帮着永王李璘把长江流域守卫住是当务之急。然后，还要打到黄河流域去，“誓欲清幽燕”，“不惜微躯捐”。

既然这样，李白立即下山就得了，为什么还要麻烦韦子春三度上山来请呢？这是因为，李白的妻子不同意。李白的这位妻子姓宗，是武则天时的宰相宗楚客的孙女，很有政治头脑。在她心目中，那么有政治经验的祖父也会因为不小心参与了一场宫廷角逐而被处死，仕途实在是不可预测。她并不怀疑丈夫参政的正义性，但几年的夫妻生活已使她深知自己这位可爱的丈夫在政治问题上的弱点，那就是充满理想而缺少判断力、自视过高而缺少执行力。她所爱的，就是这么一位天天只会喝酒、写诗，却又幻想着能像管仲、晏婴、范蠡、张良那样辅弼朝廷的丈夫，如果丈夫一旦真的要把幻想坐实，非坏事不可。

为此，夫妻俩发生了争吵。拖延了一些时日，李白终于写了《别内赴征三首》，下山“赴征”，投奔李璘去了。但是，离家的情景他一直记得：“出门妻子强牵衣……”

事实很快证明，妻子的担忧并非多余。李白确实分辨不了复杂的政局。

李璘固然接受了父亲唐玄宗的指令，但那个时候他的哥哥李亨已经以太子的身份在灵武（在今天的宁夏）即位，成了皇帝（唐肃宗），并把父亲唐玄宗尊为太上皇。悲悲戚戚的唐玄宗逃到了成都，他也是事后才获知从遥远的灵武传来的消息，并不得不接受的。这个局面给李璘带来了大麻烦。他正遵照父亲的指令，为了平叛在襄阳、江夏一带招兵买马，并顺长江东下，到达江西九江（当时叫浔阳），准备继续东进。但是，他的哥哥李亨却传来旨令，要他把部队顺江西撤到成都，侍卫父亲。李璘没听李亨的，还是东下金陵。李亨认为这是弟弟蔑视自己刚刚取得的帝位，故意抗旨，因此安排军事力量逼近李璘，很快就打起来了。

这一打，引起了李璘手下将军们的警觉。大将季广琛对大家说，我们

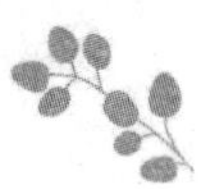

本来是为了保卫朝廷来与叛军作战的，怎么突然之间陷入了内战，居然与皇帝打了起来？这不成了另一种反叛？后代将怎么评价我们？大家一听，觉得有理，就纷纷脱离李璘，李璘的部队也就很快溃散。李璘本人在逃亡中被擒杀。他的罪名，是反叛朝廷、图谋割据。

这一下，李白蒙了。他明明是来参加征讨叛军，怎么转眼就成为另一支叛军的一员？他明明是来辅佐唐王朝的至亲的，怎么转眼这个至亲变成了唐王朝的至仇？

军人们都作鸟兽散了，而李白还在。更要命的是，在李璘幕府中他最著名，尽管他未必做过什么。

于是，大半个中国都知道，李白上了“贼船”。

按照中国人的一个不良心理习惯，越是有名的人出了事，越是能激发巨大的社会兴奋。不久，大家都认为李白该杀，不杀不足以平民愤。所有的慷慨陈词者，以前全是“李白迷”。

李白只能狼狈出逃。逃到江西彭泽时被捕，押解到了九江的监狱。妻子赶到监狱，一见就抱头痛哭。李白觉得，自己最对不起的是妻子。

唐肃宗下诏判李白流放夜郎（在今天的贵州）。公元七五七年寒冬，李白与妻子在浔阳江边泣别。一年多以后，唐肃宗因关中大旱而发布赦令，李白也在被赦的范围中。

听到赦令时，李白正行经至夔州一带，他欣喜莫名，立即转身搭船，东下江陵。他在船头上吟出了一首不知多少中国人都会随口背诵的诗：

朝辞白帝彩云间，
千里江陵一日还。
两岸猿声啼不住，
轻舟已过万重山。

快，快，快！赶快逃出连自己也完全没有弄明白的政治泥淖，去追赶失落已久的诗情。追赶诗情也就是追赶自我，那个曾经被九州所熟悉、被妻子抱住不放的自我，那个自以为找到了却反而失落了的自我。

这次回头追赶，有朝霞相送，有江流做证，有猿声鼓励，有万山让路，因此，负载得越来越沉重的生命之船又重新变成了轻舟。

只不过，习习江风感受到了，这位站在船头上的男子已经白发斑斑。这年他已经五十八岁，他能追赶到的生命只有四年了。

在这之前，很多朋友都在思念他，而焦虑最深的是两位老朋友。

第一位当然是杜甫。他听说朝廷在议论李白案件时出现过"世人皆欲杀"的舆论，后来又没有得到有关李白的音信，便写了一首五律。诗的标题非常直白，叫作"不见"，自注"近无李白消息"。全诗如下：

不见李生久，
佯狂真可哀。
世人皆欲杀，
吾意独怜才。
敏捷诗千首，
飘零酒一杯。
匡山读书处，
头白好归来。

第二位是高适。当初唐肃宗李亨下令向不听话的弟弟李璘用兵，其中一位接令的军官就是高适。那时正在李璘营帐中的李白，很快就知道了这个消息。

"高适？"十年前在大泽湿地打猎时的马蹄声，又在耳边响起。

高适当然更早知道，自己要去征伐的对象中，有一个竟然是李白。他已经在马背上苦恼了三天，担心什么时候在兵士们捆绑上来的一大群俘虏里发现那张熟悉的脸，那该怎么处理……

六

那么，杜甫自己又怎么样了呢？

安史之乱前夕，杜甫刚刚得到一个小小的官职，任务是看守兵甲器械、管理门禁钥匙。

让一个大诗人管兵器和门禁，实在是太委屈了，但我总觉得这件事有象征意义。上天似乎要让当时中国最敏感的神经系统来直接体验一下，赫赫唐王朝的兵器，如何对付不了动乱，巍巍长安城的门禁，如何阻挡不了叛军。

毕竟，公元八世纪中叶的长安太重要了，不仅对中国，而且对世界，都是这样。当时全世界的顶级繁华要走向衰落，无人能够阻挡，却总要找到具有足够资格的见证者。

最好的见证者当然是诗人。唐朝大，长安大，因此这个诗人也必须大。仿佛有冥冥中的安排，让杜甫领到了那几串铜钥匙。

身在首都，又拿着那几串铜钥匙，当然要比千里之外的李白清醒得多。杜甫注视着天低云垂、冷风扑面的气象，知道会有大事发生。

叛军攻陷长安后，杜甫很快就知道了李亨在灵武即位的消息。唐玄宗的时代已经变成了唐肃宗的时代，作为大唐官员，他当然要去报到。因此，他逃出长安城，把家人安置在鄜州羌村，自己则投入漫漫荒原，远走灵武。

但是，叛军的马队追上了杜甫和其他出逃者，将一众押回长安。杜甫被当作俘虏囚禁起来。这种囚禁毕竟与监狱不同，叛军也没有太多的力量严密看守，杜甫在八个月后趁着夏天来到，草木茂盛，找了一个机会在草木的掩蔽下逃出了金光门。这个时候他已听说，唐肃宗离开灵武到了凤翔。凤翔在长安西边，属于今天的陕西境内，比甘肃的灵武近得多了。杜甫就这样很快找到了流亡中的朝廷，见到了唐肃宗。唐肃宗只比杜甫大一岁，见到眼前这位大诗人脚穿麻鞋，两袖露肘，衣衫褴褛，有点儿感动，便留他在身边任谏官，叫“左拾遗”。

对此，杜甫很兴奋，就像李白在李璘幕府中的兴奋一样。

但是，不到一个月，杜甫就出事了，时间是公元七五七年旧历五月。请注意，这也正是李白面临巨大危机的时候。

两位大诗人，同时在唐玄宗的两位公子手下遇到危机，只是性质不同罢了。杜甫遇到的麻烦要比李白小一点儿，但同样，都是因为诗人不懂政事。

杜甫的事，与当时唐肃宗身边的一个显赫人物——房琯有关。

房琯本是唐玄宗最重要的近臣之一，安史之乱发生时跟从唐玄宗从长安逃到四川，是他建议任命李亨为天下兵马元帅来主持平叛并收复黄河流域的。后来李亨在灵武即位后，又是由他把唐玄宗的传国玉玺送到灵武，因此，李亨很感念他，对他十分器重。叛军攻陷长安后，他自告奋勇选将督师反攻长安，却大败而归，让唐肃宗丢尽了脸面。此人平日喜欢高谈虚论，因此就有贺兰进明等人趁机挑拨，说房琯只忠于唐玄宗，对唐肃宗有二心。这触到了唐肃宗心中的疑穴，便贬斥了房琯。

朝中又有人试图追查房琯的亲信，构陷了一个所谓“房党”。杜甫是认识房琯的，而所谓“房党”中更有一位曾与李白、杜甫、高适一起打猎的贾至。大家还记得，那时他在单县担任小小的县尉，才二十六岁，现在也快到四十岁了。那天大泽湿地间的青春马蹄，既牵连着今天东南方向李白和高适的对峙，又牵连着今天西北方向杜甫和贾至的委屈，当时奔驰呼啸着的四个诗人，哪里会预料到这种结果！

杜甫的麻烦来自他的善良，与司马迁当年遇到的麻烦一样，为突然被贬斥的人讲话。他上疏营救房琯，说房琯“少自树立，晚为醇儒，有大臣体”，希望皇上能“弃细录大”。唐肃宗正在气头上，听到这种教训式的话语，立即拉下脸来，要治罪杜甫，“交三司推问”。

这种涉及最高权力的事，一旦成了反面角色，总是凶多吉少。幸好杜

甫平日给人的印象不错，新任的宰相张镐和御史大夫韦陟站出来替他说情，说“甫言虽狂，不失谏臣体”。意思是，谏臣就是提意见的嘛，虽然口出狂言，也放过他吧。唐肃宗一听也对，就叫杜甫离开职位，回家探亲，后来又几经曲折将其贬为华州司功参军。贾至被贬为汝州刺史，而房琯本人，则被贬为邠州刺史。

华州也就是现在的陕西华县。杜甫去时，只见到处鸟死鱼涸，满目蒿莱，觉得自己这么一个被贬的草芥小官面对眼前的景象完全束手无策。既然如此，就不应该虚占其位，杜甫便弃官远走，带着家属到甘肃找熟人，结果饥寒交迫，又只得离开。他后来的经历，可以用他自己的诗句来概括：“五载客蜀郡，一年居梓州。如何关塞阻，转作潇湘游。”公元七七〇年冬天，杜甫病死在洞庭湖的船中，终年五十八岁。

杜甫一生几乎都在颠沛流离中度过，安史之乱之后的中国大地被他看了个够。他与李白很不一样：李白常常意气扬扬地佩剑求仙，一路有人接济，而杜甫则只能为了妻小温饱屈辱奔波，有的时候甚至像难民一样不知夜宿何处。但是，就在这种情况下，他创造了一种稀世的伟大。

那就是，他为苍生大地投注了极大的关爱和同情。再小的村落，再穷的家庭，再苦的场面，都逃不过他的眼睛。他静静观看，细细倾听，长长叹息，默默流泪。他无钱无力，很难给予具体帮助，能给的帮助就是这些眼泪和随之而来的笔墨。

一种被关注的苦难就已经不是最彻底的苦难，一种被描写的苦难更加不再是无望的泥潭。中国从来没有一个文人，像杜甫那样用那么多诗句告诉全社会苦难存在的方位和形态，以及苦难承受者的无辜和无奈。因此，杜甫成了中国文化史上最完整的“同情语法”的创建者。后来中国文人在面对民间疾苦时所产生的心理程序，至少有一半与他有关。

人是可塑的。一种特殊的语法能改变人们的思维，一种特殊的程序能塑造人们的人格。中国文化因为有过了杜甫，增添了不少善的成分。

在我看来，这是一件真正的大事。

与这件大事相关的另一件大事是，杜甫的善，全部经由美来实现。这是很难做到的，但他做到了。在他笔下，再苦的事、再苦的景、再苦的人、再苦的心，都有美的成分。他尽力把它们挖掘出来，使美成为苦的背景，或者使苦成为美的映衬，甚至干脆把美和苦融为一体，难分难解。

试举一个最小的例子。他逃奔被擒而成了叛军的俘虏，中秋之夜在长安的俘虏营里写了一首思家诗。他在诗中想象：孩子太小不懂事，因此在这中秋之夜，只有妻子一人在抬头看月，思念自己。妻子此刻是什么模样呢？他写道："香雾云鬟湿，清辉玉臂寒。"这寥寥几字，把嗅觉、视觉、触觉等感觉都调动起来了。为什么妻子的鬟发湿了？因为夜雾很重，她站在外面看月的时间长了，不能不湿；既然站了那么久，那么，她裸露在月光下的洁白手臂，也应该有些凉意了吧？

这样的鬟发之湿和手臂之寒，既是妻子的感觉，又包含着丈夫似幻似真的手感，实在是真切至极。当然，这种笔墨也只能极有分寸地回荡在灾难时期天各一方的夫妻之间，如果不是这样的关系、这样的时期，就会觉得有点儿腻味了。

我花这么多笔墨分析两句诗，是想具体说明，杜甫是如何用美来制服苦难的。顺便也让读者领悟，他与李白又是多么不同。换了李白，绝不会那么细腻、那么静定、那么含蓄。

但是，这种风格远不是杜甫的全部。"无边落木萧萧下，不尽长江滚滚来"；"白帝城门水云外，低身直下八千尺"；"向来皓首惊万人，自倚红颜能骑射"；"云来气接巫峡长，月出寒通雪山白"……这样的诗句，连李白也要惊叹其间的浩大气魄了。

杜甫的世界，是什么都可以进入、哪儿都可以抵达的。你看，不管在哪里，"舍南舍北皆春水，但见群鸥日日来"；"窗含西岭千秋雪，门泊东吴万里船"……这就是他的无限空间。

正因为这样，他的诗歌天地包罗万象、应有尽有。不仅在内容上是这样，而且在形式、技法、风格上也是这样。杜甫成了中国古典诗歌的集大

成者，既承接着他之前的一切，又开启着他之后的一切。

人世对他，那么冷酷，那么吝啬，那么荒凉；而他对人世却完全相反，竟是那么热情、那么慷慨、那么丰美。这就是杜甫。

十几年前，日本 NHK 电视台曾经花好几天时间直播我和一群日本汉学家在长江的江轮上讨论李白与杜甫。几位汉学家对于应该更喜欢李白还是更喜欢杜甫的问题各有执持，天天都发生有趣的争论。他们问我的意见，我说，我会以终生不渝的热情一直关注着李白天使般的矫健身影，但是如果想在哪一个地方坐下来长时间地娓娓谈心，然后商量怎么去救助一些不幸的人，那么，一定找杜甫，没错。

七

这篇文章本来是只想谈谈李白、杜甫的，而且也已经写得不短。但是，在说到这两个人在安史之乱中的奇怪遭遇时，决定还要顺带说几句另一位诗人，因为他在安史之乱中的遭遇也是够奇怪的。三种奇怪合在一起，可以让我们更清楚地看到一个重大的共同命题。

这个诗人，就是王维。在唐代诗人的等级排名上，把他与李白、杜甫放在一起也正合适。当然白居易也有资格与王维争第三名，我也曾对此反复犹豫过，因此在一次讲课时曾对北京大学中文系、历史系、艺术系的学生进行问卷调查，结果王维第三，白居易第四。尤其是女学生，特别喜欢王维。

王维与李白，生卒年几乎一样。好像王维比李白大几个月，李白比王维又晚走一年。但在人生一开始，王维比李白得意多了。王维才二十岁就凭着琵琶演奏、诗歌才华和英俊外表而引起皇族赞赏，并获得推荐而登第为官，而李白，直到三十岁还在终南山的客舍里等待皇族接见而未能如愿。

当李白终于失望于仕途而四处漫游的时候，走上了仕途的王维却受到了仕途的左右。当信任他的宰相张九龄被李林甫取代的时候，他的日子就不好过了。再加上丧母丧妻，王维从心中挥走了最后一丝豪情，进入了半仕半隐的清静生态。在这期间，他写了大量传世好诗。

在朝廷同僚们眼中，这是一个下朝后匆匆回家的背影。在长安乐师们心中，这是一个源源不断输出顶级歌词的秘库。在后代文人的笔下，这是一个把诗歌、音乐、绘画全都融化在手中并把它们一起推上高天的奇才。

安史之乱时王维本想跟着唐玄宗一起逃到成都去，但是没跟上，被叛军俘虏了。安禄山知道王维是大才子，要他在自己手下做官。一向温文尔雅的王维不知如何反抗，便服了泻药称病，又假装自己的喉咙也出了问题，发不出声音了。安禄山不管，把他迎置于洛阳的普施寺中，并授予他“给事中”的官职，与他原先在唐王朝中的官职一样。算起来，这也是要职了，负责“驳正政令违失”，相当于行政稽查官。王维逃过，又被抓回，强迫任职。

但是，这无论如何是一个大问题了。后来唐肃宗反攻长安得胜，所有在安禄山手下任伪职的官员，都成了被全国朝野共同声讨的叛臣孽臣，必判重罪，可怜的王维也在其列。

按照当时的标准，王维的“罪责”确实要比李白、杜甫严重得多。李白只是在讨伐安禄山的队伍中跟错了人；杜甫连人也没跟错，只是为一位打了败仗的官员说了话；而王维，硬是要算作安禄山一边的人了。如果说，连李白这样的事情都到了“世人皆欲杀”的地步，那么，该怎么处置王维？一想都要让人冒冷汗了。

但是，王维得救了。

救他的，是他自己。

原来，就在王维任伪职的时候，曾经发生过一个事件。那天安禄山在凝碧宫举行庆功宴，强迫梨园弟子伴奏。梨园弟子个个都在流泪，奏不成曲，乐工雷海青更是当场扔下琵琶，向着西方号啕痛哭。安禄山立即下令，用残酷的方法处死雷海青。王维听说此事，立即写了一首诗，题为“闻逆

贼凝碧池作乐”。“逆贼”二字，把他心中的悲愤都凝结了。

万户伤心生野烟，
百官何日再朝天？
秋槐叶落空宫里，
凝碧池头奏管弦。

这首诗，因为是出自王维之手，很快就悄悄地传开了，而且还传出城墙，一直传到唐肃宗耳朵里。唐肃宗从这首诗知道长安城对自己的期盼，因此在破城之后，下令从轻发落王维。再加上王维的弟弟王缙是唐肃宗身边的有功之将，要求削降自己的官职来减轻哥哥的罪。结果，王维只是被贬了一下，后来很快又官复原职，再后来升至尚书右丞。

能够传出这么一首诗，能够站出来这么一个弟弟，毕竟不是必然。因此，我们还是要为王维喊一声：好险！

李白、杜甫、王维，三位巨匠，三个好险。由此足可说明，一切伟大的文化现象在实际生存状态上，都是从最狭窄的独木桥上颤颤巍巍走过来的，都是从最脆弱的攀崖藤上抖抖索索爬过来的。稍有不慎，便粉身碎骨，烟消云散。

三个人的危机还说明，如果想把不属于文化范畴的罪名强加在文化天才身上，实在是易如反掌。而且，他们确实也天天给别人提供着这方面的把柄。他们的名声又使他们的这些弱点被无限地放大，使他们无法逃遁。

他们的命运像软面团一样被老老少少的手掌随意搓捏，他们的傻事像肥皂泡一样被各种各样的“事后诸葛亮”不断吹大。在中国，没有人会问，这些捏软面团和吹肥皂泡的人，自己当初在干什么，又从何处获得了折磨李白、杜甫、王维的资格和权力。

但是，不管什么样的手和嘴可以在这些人身上做尽一切，却不能把这些人的文化创造贬低一分一毫。不必很久，“世人皆欲杀”的“世人”就都慢慢地集体转向了。他们终于宣称：他们的手，并没有捏过软面团，而是在雕塑大师；他们的嘴，并没有吹过肥皂泡，而是在亲吻伟人。

能够这样也就罢了，不管他们做过什么，历史留给他们的唯一身份不是别的，只是李白、杜甫、王维的同时代人。他们的后代将以此为傲，很久很久。

既然写到了王维，我实在忍不住，要请读者朋友们再一起品味一下大家都背得出的他的诗句。他的诗不必分析，因为太平易了，谁都能看懂；又太深邃了，谁都难于找到评论言辞。

> 大漠孤烟直，长河落日圆。(《使至塞上》)
> 明月松间照，清泉石上流。(《山居秋暝》)
> 江流天地外，山色有无中。(《汉江临眺》)
> 日落江湖白，潮来天地青。(《送邢桂州》)
> 山路元无雨，空翠湿人衣。(《山中》)

还有这一首：

> 人闲桂花落，夜静春山空。
> 月出惊山鸟，时鸣春涧中。

一个“惊”字，把深夜静山全部激活了。在我看来，这是作为音乐家的王维用一声突然的琵琶高弦，在挑逗作为画家的王维所布置好的月下山水，最后交付给作为诗人的王维，用最省俭的笔墨勾画出来。

王维像陶渊明一样，使世间一切华丽、嘈杂的文字无地自容。他们像明月一样安静，不想惊动谁，却实实在在地惊动了方圆一大片，这真可谓“月出惊山鸟”了。

与陶渊明的安静相比，王维的安静更有一点儿贵族气息、更有一点儿

精致设计。他的高明，在于贵族得比平民还平民、设计得比自然还自然。

八

与李白、杜甫、王维相比，在安史之乱中也有一些艺术家表现了另一番单纯，那就是义无反顾、激烈反抗，如磬碎帛裂，让天地为之一震。我前面提到的乐工雷海青，以及首先领兵反抗叛军以致全家做出可怕牺牲的大书法家颜真卿，便是其中的杰出代表。他们不仅把政治抗争放在第一位，而且立即采取最响亮的行动，一下子把朝廷的政治人物、军事人物比下去了，把民间的江湖大侠、血性汉子比下去了，当然，也把李白、杜甫、王维比下去了。这一点，连李白、杜甫、王维也诚恳承认，否则王维就不会快速写出那首《闻逆贼凝碧池作乐》的诗了。

对多数诗人而言，任何英雄壮举都能激动他们，但他们自己却不是英雄。他们心中有英雄之气，但要让英雄之气变成英雄之行，他们还少了一点儿条件、多了一点儿障碍。他们的精彩，在另外一些领域。

在那些领域，虽然无法直接抗击安史之乱这样的具体灾难，却能淬砺中华文明的千古光泽，让它的子民永远不愿离去，就像我在本文开头所说的那样。

在安史之乱爆发的十七年后，一个未来的诗人诞生，那就是白居易。烽烟已散，浊浪已平，这个没有经历过那场灾难的孩子，将以自己的目光来写这场灾难，而且写得比谁都好，那就是《长恨歌》。

那场灾难曾经疏而不漏地“俘虏”了几位前辈大诗人，而白居易却以诗“俘虏”那场灾难，几经调理，以一种个体化、人性化的情感逻辑，让它也完整地进入了审美领域。

与白居易同岁的刘禹锡，同样成了咏史的高手。他的《乌衣巷》《石头城》《西塞山怀古》《蜀先主庙》，为所有的后世中国文人开拓了感悟历史的情怀。李白、杜甫、王维真要羡慕他们了，羡慕他们能够那么潇洒地来观赏历史，就像他们当年观赏山水一样。

再过三十年，又一个未来的诗人诞生。他不仅不太愿意观赏山水，连历史也不想观赏了，而只愿意观赏自己的内心。他，就是晚唐诗人李商隐。

唐代，就这样浓缩地概括了诗歌的必然走向。一步也不停滞，一步也不重复，一路繁花，一路云霓。

一群男子，一路辛苦，成了一个民族迈向美的天域的里程碑。他们，都是中国文脉的高贵主宰。

黄州突围

一

这便是黄州赤壁，或者说是东坡赤壁。赭红色的陡坡直逼着浩荡大江，坡上有险道可供俯瞰，江面有小船可供仰望。

地方不大，但一俯一仰之间就有了气势，有了伟大与渺小的比照，有了时间和空间的倒错，因此也就有了冥思的价值。

苏东坡走过的地方很多，其中不少地方远比黄州美丽。但是，这个僻远的黄州却给了他巨大的惊喜和震动，他甚至把黄州当作他一生中最重要的人生驿站。这一切，决定于他来黄州的原因和心态。

他从监狱里走来，带着一个极小的官职，实际上以一个流放罪犯的身份走来。他带着官场和文坛泼给他的浑身脏水走来，他满心侥幸又满心绝望地走来。他被人押着，远离自己的家眷，没有资格选择黄州之外的任何一个地方，朝着这个当时还很荒凉的小镇走来。

他很疲倦，他很狼狈。出汴梁，过河南，渡淮河，进湖北，抵黄州。萧条的黄州没有给他预备任何住所，他只得在一所寺庙中住下。他擦一把脸，喘一口气，四周一片静寂，连一个朋友也没有。他闭上眼睛摇了摇头。

二

人们有时也许会傻想，像苏东坡这样让中国人共享千年的大文豪，应该是他所处的时代的无上骄傲，他周围的人一定会小心地珍惜他，虔诚地仰望他，总不愿意去找他的麻烦吧？

事实恰恰相反，越是超时代的文化名人，往往越不能相容于他所处的具体时代。中国世俗社会的机制非常奇特，它一方面愿意播扬和哄传一位文化名人的声誉，利用他、榨取他、引诱他，另一方面从本质上却把他视为异类，迟早会排拒他、糟践他、毁坏他。起哄式的传扬，转化为起哄式的贬损，两种起哄都起源于自卑而狡黠的觊觎心态，两种起哄都与健康的文化氛围南辕北辙。

苏东坡到黄州来之前正陷于一个被文学史家称为“乌台诗案”的案件中。这个案件的具体内容是特殊的，但集中反映了文化名人在中国社会中的普遍遭遇，很值得说一说。

为了不使读者把注意力耗费在案件的具体内容上，我们不妨先把案件的底交代出来。即便站在朝廷的立场上，这也完全是一个莫须有的可笑事件。一群大大小小的文化官僚硬说苏东坡在很多诗中流露了对政府的不满和不敬，方法是对他诗中的词句作上纲上线的诠释，搞了半天连神宗皇帝也不太相信——他在将信将疑之间，几乎不得已地判了苏东坡的罪。

在中国古代的皇帝中，宋神宗确实是不算坏的。在他内心并没有迫害苏东坡的任何企图，他深知苏东坡的才华。他的祖母光献太皇太后甚至竭力要保护苏东坡，而他又是尊重祖母的。在这种情况下，苏东坡不是非常安全吗？然而，完全不以神宗皇帝和太皇太后的意志为转移，名震九州、官居太守的苏东坡还是下了大狱。这一股强大而邪恶的力量，很值得研究。

使神宗皇帝动摇的，是突然之间批评苏东坡的言论几乎不约而同地聚合到了一起。他为了维护自己尊重舆论的形象，不能为苏东坡说话了。

那么，批评苏东坡的言论为什么会不约而同地聚合在一起呢？我想最简要的回答是他弟弟苏辙说的那句话："东坡何罪？独以名太高。"

他太出色、太响亮，能把四周的笔墨比得十分寒碜，能把同代的文人比得有点儿狼狈，于是引起一部分人酸溜溜的嫉恨，然后你一拳我一脚地糟践，这几乎是不可避免的。在这场可耻的围攻中，一些品格低劣的文人充当了急先锋。

例如，舒亶。

这人可称为"检举揭发专业户"，在揭发苏东坡的同时他还揭发了另一个人，那人正是以前推荐他做官的大恩人。这位大恩人给他写了一封信，拿了女婿的课业请他提意见、加以辅导。这本是朋友间正常的小事往来，没想到他竟然忘恩负义，给皇帝写了一封莫名其妙的检举揭发信，说我们两人都是官员，我又在舆论领域，他让我辅导他女婿总不大妥当。皇帝看了他的检举揭发信，也就降了那个人的职。这简直是翻版东郭先生和狼的故事。

就是这么一个让人恶心的人，与何正臣等人相呼应，写文章告诉皇帝，苏东坡到湖州上任后写给皇帝的感谢信中"有讥切时事之言"。苏东坡的这封感谢信皇帝早已看过，没发现问题；舒亶却"苦口婆心"地一款一款分析给皇帝听，苏东坡正在反您呢，反得可凶呢，而且已经反到了"流俗翕然，争相传诵，忠义之士，无不愤惋"的程度！"愤"是愤苏东坡，"惋"是惋皇上。有多少忠义之士在"愤惋"呢？他说是"无不"，也就是百分之百，无一遗漏。这种数量统计完全无法验证，却能使注重社会名声的神宗皇帝心头一咯噔。

又如，李定。

这是一个曾因母丧之后不服孝而引起人们唾骂的高官，他对苏东坡的攻击最凶。他归纳了苏东坡的许多罪名，但我仔细鉴别后发现，他特别关注的是苏东坡早年的贫寒出身、现今在文化界的地位和社会名声。这些都不能列入犯罪的范畴，但他似乎压抑不住地对这几点表示出最大的愤慨。

他说苏东坡“起于草野垢贱之余”，“初无学术，滥得时名”，“所为文辞，虽不中理，亦足以鼓动流俗”，如此等等。苏东坡的出身引起他的不服且不去说它，硬说苏东坡不学无术、文辞不好，实在使我惊讶不已。但他如果不这么说，也就无法断言苏东坡的社会名声是“滥得”。总而言之，李定的攻击在种种表层理由里边显然埋藏着一个最神秘的元素：妒忌。

无论如何，诋毁苏东坡的学问和文采毕竟是太愚蠢了，这在当时加不了苏东坡的罪，而在以后却成了千年笑柄。但是，妒忌一深就会失控，他只会找自己最痛恨的部位来攻击，已顾不得哪怕是装装样子的合理性了。

又如，王珪。

这是一个跛扈和虚伪的老人。他凭着资格和地位自认为文章天下第一，实际上他写诗作文绕来绕去都离不开“金玉锦绣”这些字眼，大家暗暗掩口而笑，他还自我感觉良好。现在，一个后起之秀苏东坡名震文坛，他当然要想尽一切办法来对付。

有一次他对皇帝说：“苏东坡对皇上确实有二心。”皇帝问：“何以见得？”他举出苏东坡一首写桧树的诗中有“蛰龙”二字为证。皇帝不解，说：“诗人写桧树，和我有什么关系？”他说：“写到了龙还不是写皇帝吗？”皇帝倒是头脑清醒，反驳道：“未必，人家叫诸葛亮还叫卧龙呢！”

这个王珪用心如此低下，文章能好到哪儿去呢？更不必说与苏东坡来较量了。几缕白发有时能够冒充师长、掩饰邪恶，却欺骗不了历史。历史最终也没有因为年龄把他的名字排列在苏东坡的前面。

又如，李宜之。

这又是另一种特例。做着一个芝麻绿豆小官，在安徽灵璧县听说苏东坡以前为当地一个园林写的一篇园记中有劝人不必热衷于做官的词句，竟也写信向皇帝检举揭发。他在信中分析说，这种思想会使人们缺少进取心，也会影响取士。看来这位李宜之除了心术不正之外，智力也大成问题，你

而更早就具有这种微笑的唐代，却没有把它的自信延续久远。阳关的风雪，竟越见凄迷。——《阳关雪》

看他连诬陷的口子都找得不伦不类。但是，在没有理性法庭的情况下，再愚蠢的指控也能成立，因此这对散落全国各地的“李宜之”们构成了一个鼓励。

为什么档次这样低下的人也会挤进来围攻苏东坡？当代苏东坡研究者李一冰先生说得很好：“他也来插上一手，无他，一个默默无闻的小官，若能参加一件扳倒名人的大事，足使自己增重。”

从某种意义上说，他的这种目的确实也部分地达到了。例如，我今天写这篇文章竟然还会写到李宜之这个名字，便完全是因为他参与了对苏东坡的围攻，否则他没有任何理由哪怕是被同一时代的人印写在印刷品里。

我的一些青年朋友根据他们对当今世俗心理的多方位体察，觉得李宜之这样的人未必是为了留名于历史，而是出于一种可称作“砸窗子”的恶作剧心理。晚上，一群孩子站在一座大楼前指指点点，看谁家的窗子亮就捡一块石子扔过去，谈不上什么目的，只图在几个小朋友中间出点儿风头而已。

我觉得我的青年朋友们把李宜之看得过于现代派，也过于城市化了。李宜之的行为主要出于一种政治投机，听说苏东坡有点儿麻烦，就把麻烦闹得大一点儿，反正对内不会负道义责任，对外不会负法律责任，乐得投井下石、撑顺风船。这样的人倒是没有胆量像李定、舒亶和王珪那样首先向一位文化名人发难，说不定前两天还在到处吹嘘在什么地方有幸见过苏东坡，硬把苏东坡说成是自己的朋友甚至老师呢。

又如——我真不想写出这个名字，但再一想又没有讳避的理由，还是写出来吧——沈括。这位在中国古代科技史上占有不小地位的著名科学家也因嫉妒而伤害过苏东坡，批评苏东坡的诗中有讥讽政府的倾向。如果他与苏东坡是政敌，那倒也罢了，问题是他们曾是好朋友，他所提到的诗句正是苏东坡与他分别时手录近作送给他留作纪念的。这实在有点儿不是味道了。历史学家们分析，这大概与皇帝在沈括面前说过苏东坡的好话有关，沈括心中产生了一种默默的对比。另一种可能是他深知王安石与苏东坡政见不同，他站到了王安石一边。但王安石毕竟是一个讲究人品的文化大师，重视过沈括，但最终却觉得沈括不可亲近。当然，不可亲近并不影响我们对沈括科学成就的肯定。

围攻者还有一些，我想，举出这几个也就差不多了，苏东坡突然陷入困境的原因已经可以大致看清，我们也领略了一组超越时空的中国式批评者的典型。他们中的任何一个人要单独搞倒苏东坡都是很难的，但是在社会上没有一种强大的反诽谤、反诬陷机制的情况下，一个人探头探脑的冒险会很容易地招来一堆凑热闹的人，于是七嘴八舌地组合成一种舆论。

苏东坡开始很不在意。有人偷偷告诉他，他的诗被检举揭发了，他先是一怔，后来还幽默地说："今后我的诗不愁皇帝看不到了。"但事态的发展却越来越不幽默，一〇七九年八月二十七日，朝廷派人到湖州的州衙来逮捕苏东坡。苏东坡事先得知风声，然而不知所措。

文人终究是文人。他完全不知道自己犯了什么罪，从来者气势汹汹的样子看，估计会被处死，他害怕了，躲在后屋里不敢出来。朋友说，躲着不是办法，人家已在前面等着了，要躲也躲不过。

正要出来，他又犹豫了：出来该穿什么服装呢？已经犯了罪，还能穿官服吗？朋友说，什么罪还不知道，还是穿官服吧。

苏东坡终于穿着官服出来了，朝廷派来的差官装模作样地半天不说话，故意要演一个压得人气都透不过来的场面出来。苏东坡越来越慌张，说："我大概把朝廷惹恼了，看来总得死，请允许我回家与家人告别。"

差官说："还不至于这样。"便叫两个差人用绳子捆扎了苏东坡，像驱赶鸡犬一样上路了。家人赶来，号啕大哭，湖州城的市民也在路边流泪。

长途押解，犹如一路示众。可惜当时几乎没有什么传播媒介，沿途百姓不认识这就是苏东坡。贫瘠而愚昧的国土上，绳子捆扎着一个世界级的伟大诗人，一步步行进。苏东坡在示众，整个民族在丢人。

全部遭遇还不知道半点儿起因。苏东坡只怕株连亲朋好友，在途经太湖和长江时几度想投水自杀，由于看守严密而未成。

当然也很可能成，那么，江湖淹没的将是一大截特别明丽的中华文明。文明的脆弱性就在这里，一步之差就会全盘改易。而把文明的代表者逼到这一步之差境地的则是一群小人。

一群小人能做成如此大事，只能归功于中国的独特国情。

小人牵着大师，大师牵着历史。小人顺手把绳索重重一抖，于是大师和历史全都成了罪孽的化身。一部中国文化史，有很长时间一直把诸多文化大师捆押在被告席上，而法官和原告大多是一群群挤眉弄眼的小人。

究竟是什么罪？审起来看！

怎么审？打！

一位官员曾关在同一监狱里，与苏东坡的牢房只有一墙之隔，他写诗道：

遥怜北户吴兴守，
诟辱通宵不忍闻。

通宵侮辱到了其他犯人也听不下去的地步，而侮辱的对象竟然就是苏东坡！

请允许我在这里把笔停一下。我相信一切文化良知都会在这里战栗。中国几千年间有几个像苏东坡那样可爱、高贵而有魅力的人呢？但可爱、高贵、魅力之类往往既构不成社会号召力也构不成自我卫护力，真正厉害的是邪恶、低贱、粗暴，它们几乎战无不胜、攻无不克、所向无敌。现在，苏东坡被它们抓在手里搓捏着——越是可爱、高贵、有魅力，搓捏得越起劲。

温和柔雅如林间清风、深谷白云的大文豪，面对这彻底陌生的语言系统和行为系统，不可能做任何像样的辩驳。他一定变得非常笨拙，无法调动起码的言辞，无法完成简单的逻辑推断。他在牢房里的应对，绝对比不过一个普通的盗贼。

因此，审问者们愤怒了，也高兴了：原来这么个大名人竟是草包一个！你平日的滔滔文辞被狗吃掉了？看你这副熊样还能写诗作词？纯粹是抄人家的吧！

接着就是轮番扑打，诗人用纯银般的嗓子哀号着，哀号到嘶哑。这本是一个只需要哀号的地方，你写那么美丽的诗就已荒唐透顶了，还不该打？打，打得你“淡妆浓抹”，打得你“乘风归去”，打得你“密州出猎”！

开始，苏东坡还试图拿点儿正常逻辑顶几句嘴。审问者咬定他的诗里有讥讽朝廷的意思，他说：“我不敢有此心，不知什么人有此心，造出这种意思来。”一切诬陷者都喜欢把自己打扮成某种“险恶用心”的发现者，苏东坡指出，他们不是发现者而是制造者，应该由他们自己来承担。

但是，苏东坡的这一思路招来了更凶猛的侮辱和折磨。当诬陷者和办案人完全合成一体、串成一气时，只能这样。

终于，苏东坡经受不住了，经受不住日复一日、通宵达旦的连续逼供。他想闭闭眼、喘口气，唯一的办法就是承认。于是，他以前的诗中有“道旁苦李”，是在说自己不被朝廷重视；诗中有“小人”字样，是讥刺当朝大人。特别是苏东坡在杭州做官时兴冲冲去看钱塘潮，回来写了咏弄潮儿的诗“吴儿生长狎涛渊”，据说竟是在影射皇帝兴修水利！

这种大胆联想，连苏东坡这位浪漫诗人都觉得实在不容易跳跃过去，因此在承认时还不容易“一步到位”。审问者有本事耗时间一点点儿逼过去，案卷记录上经常出现的句子是：“逐次隐讳，不说情实，再勘方招。”苏东坡全招了，同时他也就知道自己必死无疑了。

他一心想着死。他觉得连累了家人，对不起老妻，又特别想念弟弟。他请一位善良的狱卒带了两首诗给苏辙，其中有这样的句子：“是处青山可埋骨，他年夜雨独伤神。与君世世为兄弟，更结来生未了因。”

埋骨的地点，他希望是杭州西湖。

不是别的，是诗句，把他推上了死路。我不知道那些天他在铁窗里是否痛恨诗文。没想到，就在这时，隐隐约约地，一种散落四处的文化良知开始汇集起来了——他的读者们慢慢抬起了头，要说几句对得起自己内心

的话了。

很多人不敢说，但毕竟还有勇敢者；他的朋友大多躲避了，但毕竟还有侠义人。

杭州的父老百姓想起他在当地做官时的种种美好行迹，在他入狱后公开做了解厄道场，求告神明保佑他。

狱卒梁成知道他是大文豪，在审问人员离开时尽力照顾他的生活，连每天晚上的洗脚热水都准备了。

他在朝中的朋友范镇、张方平不怕受到牵连，写信给皇帝，说他在文学上“实天下之奇才”，希望宽大。

他的政敌王安石的弟弟王安礼也仗义执言，对皇帝说，“自古大度之君，不以言语罪人”，如果严厉处罚了苏东坡，“恐后世谓陛下不能容才”。

最动情的是那位我们前文提到过的太皇太后，她病得奄奄一息，神宗皇帝想大赦犯人来为她求寿，她竟说：“用不着去赦免天下的凶犯，放了苏东坡一人就够了！”

最直截了当的是当朝左相吴充，有次他与皇帝谈起曹操，皇帝对曹操评价不高。吴充立即接口说：“曹操猜忌心那么重还容得下祢衡，陛下怎么容不下一个苏东坡呢？”

对这些人，不管是狱卒还是太皇太后，我们都要深深感谢。他们有意无意地在验证着文化的感召力。就连那盆洗脚水，也充满了文化的热度。

据王巩《甲申杂记》记载，那个带头诬陷、调查、审问苏东坡的李定，整日得意扬扬。有一天他与满朝官员一起在崇政殿的殿门外等候早朝时，向大家叙述审问苏东坡的情况。他说：“苏东坡真是奇才，一二十年前的诗文，审问起来都记得清清楚楚！”

他以为，对这么一个哄传朝野的著名大案，一定会有不少官员感兴趣。但奇怪的是，他说了这番引逗别人提问的话之后，没有一个人搭腔，没有一个人提问，崇政殿外一片静默。

他有点儿慌神，故作感慨状，叹息几声，回应他的仍是一片静默。

这静默算不得抗争，也算不得舆论，但着实透着点儿高贵。相比之下，历来许多诬陷者周围常常会出现一些不负责任的热闹，以嘈杂助长了诬陷。

就在这种情势下，皇帝释放了苏东坡，将其贬谪黄州。黄州对苏东坡的重要性，不言而喻。

三

我很喜欢读林语堂先生的《苏东坡传》，但又觉得他把苏东坡在黄州的境遇和心态写得太理想了。其实，就我所知，苏东坡在黄州还是很凄苦的，优美的诗文是一种挣扎和超越。

苏东坡在黄州的生活状态，已在他自己写给李端叔的一封信中描述得非常清楚。

信中说：

> 得罪以来，深自闭塞，扁舟草履，放浪山水间，与樵渔杂处，往往为醉人所推骂，辄自喜渐不为人识。平生亲友，无一字见及，有书与之亦不答，自幸庶几免矣。

我初读这段话时十分震动，因为谁都知道苏东坡这个平素乐呵呵的大名人是有很多很多朋友的。日复一日的应酬，连篇累牍的唱和，几乎成了他生活的基本内容，他一半是为朋友们活着。但是，一旦出事，朋友们不仅不来信，而且也不回信了。

他们都知道苏东坡是被冤屈的，现在事情大体已经过去，却仍然不愿意写一两句哪怕是问候起居的安慰话。苏东坡那一封封用美妙绝伦、光照中国书法史的笔墨写成的信，千辛万苦地从黄州带出去，却换不回一丁点儿友谊的信息。

我相信这些朋友都不是坏人，但正因为不是坏人，更让我深长地叹息。

总而言之，原来的世界已在身边轰然消失，于是一代名士也就混迹于樵夫渔民间不被人认识。原本这很可能换来轻松，但他又觉得远处仍有无数双眼睛注视着自己，只能在寂寞中惶恐。即使这封无关宏旨的信，他也特别注明不要给别人看。

日常生活，在家人接来之前，大多是白天睡觉，晚上一个人出去溜达；见到淡淡的土酒也喝一杯，但绝不喝多，怕醉后失言。

他真的害怕了吗？也是也不是。他怕的是麻烦，而绝不怕大义凛然地为道义、为百姓，甚至为朝廷、为皇帝捐躯。他经过“乌台诗案”已经明白，一个人蒙受了诬陷即便是死也死不出一个道理来。

你找不到慷慨陈词的目标，你抓不住从容赴死的理由。你想做个义无反顾的英雄，不知怎么一来把你打扮成了小丑；你想做个坚贞不屈的烈士，闹来闹去却成了一个深深忏悔的俘虏。

无法洗刷，无处辩解，更不知如何来提出自己的抗议，发表自己的宣言。这确实很接近柏杨先生提出的“酱缸文化”，一旦跳在里边，怎么也抹不干净。

苏东坡怕的是这个，没有哪个高品位的文化人会不怕。但他的内心仍有无畏的一面，或者说灾难使他更无畏了。

他给李常的信中说：

> 吾侪虽老且穷，而道理贯心肝，忠义填骨髓，直须谈笑于死生之际……虽怀坎壈于时，遇事有可尊主泽民者，便忘躯为之，祸福得丧，付与造物。

这么真诚的勇敢，这么洒脱的情怀，出自天真了大半辈子的苏东坡笔下，是完全可以相信的。但是，让他在何处做这篇人生道义的大文章呢？没有地方，没有机会，没有观看者，也没有裁决者，只有一个把是非曲直、忠奸善恶染成一色的大酱缸。于是，苏东坡刚刚写了上面这几句，支颐一想，又立即加一句："此信看后烧毁。"

这是一种真正精神上的孤独无告。对于一个文化人，没有比这更痛苦的了。那阕著名的《卜算子》，用极美的意境道尽了这种精神遭遇：

缺月挂疏桐，漏断人初静。谁见幽人独往来？缥缈孤鸿影。
惊起却回头，有恨无人省。拣尽寒枝不肯栖，寂寞沙洲冷。

正是这种难言的孤独，使他彻底洗去了人生的喧闹，去寻找无言的山水，去寻找远逝的古人。在无法对话的地方寻找对话，于是对话也一定会变得异乎寻常。

像苏东坡这样的灵魂竟然寂静无声，那么，迟早会突然冒出一种宏大的奇迹，让这个世界大吃一惊。

然而，现在他即便写诗作文，也不会追求社会轰动了。他在寂寞中反省过去，觉得自己以前最大的毛病是才华外露、缺少自知之明。

他想，一段树木靠着瘿瘤取悦于人，一块石头靠着晕纹取悦于人，其实能拿来取悦于人的地方，恰恰正是它们的毛病所在，它们的正当用途绝不在这里。我苏东坡三十余年来想博得别人叫好的地方也大多是我的弱项所在。例如，从小为考科举学写政论、策论，后来更是津津乐道于考论历史是非、直言陈谏曲直。做了官以为自己真的很懂得这一套了，扬扬自得地炫耀，其实我又何尝懂呢？直到一下子面临死亡才知道，我是在炫耀无知。三十多年来最大的弊病就在这里。现在终于明白了，到黄州的我是觉悟了的我，与以前的苏东坡是两个人。（参见《答李端叔书》）

苏东坡的这种自省，不是一种走向乖巧的心理调整，而是一种极其诚恳的自我剖析，目的是想找回一个真正的自己。他在无情地剥除自己身上每一点异己的成分，哪怕这些成分曾为他带来过官职、荣誉和名声。

他渐渐回归于清纯和空灵。在这一过程中，佛教帮了他大忙，使他习

惯于淡泊和静定。艰苦的物质生活，又使他不得不亲自垦荒种地，体味着自然和生命的原始意味。

这一切，使苏东坡经历了一次整体意义上的脱胎换骨，也使他的艺术才情获得了一次蒸馏和升华。他，真正地成熟了——与古往今来许多大家一样，成熟于一场灾难之后，成熟于灭寂后的再生，成熟于穷乡僻壤，成熟于几乎没有人在他身边的时刻。

幸好，他还不年老，他在黄州期间是四十四岁至四十八岁，对一个男人来说，正是最重要的年月，今后还大有可为。中国历史上，许多人觉悟在过于苍老的暮年，刚要享用成熟所带来的恩惠，脚步却已踉跄蹒跚。与他们相比，苏东坡真是好命。

成熟是一种明亮而不刺眼的光辉，一种圆润而不腻耳的音响，一种不再需要对别人察言观色的从容，一种终于停止向周围申述求告的大气，一种不理会哄闹的微笑，一种洗刷了偏激的淡漠，一种无须声张的厚实，一种并不陡峭的高度。勃郁的豪情发过了酵，尖利的山风收住了劲，湍急的溪流汇成了湖，结果——

引导千古杰作的前奏已经鸣响，一道神秘的天光射向黄州，《念奴娇·赤壁怀古》和前、后《赤壁赋》马上就要产生。

田园何处

一

任何一个时代，文化都会分出很多层次，比社会生活的其他方面复杂得多。

你看，我们要衡量曹操和诸葛亮这两个人在文化上的高低，就远不如对比他们在军事上的输赢方便，因为他们的文化人格判然有别，很难找到统一的数字化标准。但是，如果与后来那批沉溺于清谈、喝酒、吃药、打铁的魏晋名士比，他们两个人的共性反倒显现出来了。不妨设想一下，他们如果多活一些年月，听到了那些名士们的清谈，一定完全听不懂，宁肯回过头来对着昔日疆场的对手眨眨眼、耸耸肩。这种情景就像当代两位年迈的军人，不管曾经举着不同的旗帜对抗了多少年，今天一脚陷入孙儿们的摇滚乐天地，才发现真正的知音还是老哥儿俩。

然而，如果再放宽视野，引出另一个异类，那么就会发现，连曹操、诸葛亮与魏晋名士之间也有共同之处了，例如，他们都名重一时，他们都意气高扬，他们都喜欢扎堆……而我们要引出的异类正相反，鄙弃功名，

追求无为，固守孤独。

他，就是陶渊明。

于是，我们眼前出现了这样的重峦叠嶂——

第一重，慷慨英雄型的文化人格；

第二重，游戏反叛型的文化人格；

第三重，安然自立型的文化人格。

这三重文化人格，层层推进，逐一替代，构成了那个时期文化演进的深层原因。

其实，这种划分也进入了寓言化的模式，因为几乎每一个文化转型期都会出现这几种人格类型。

荣格说，一切文化都会沉淀为人格。因此，深刻意义上的文化史，也就是集体人格史。

二

不同的文化人格，在社会上被接受的程度很不一样。正是这种不一样，决定了一个民族、一个社会的素质。

一般说来，在我们中国，最容易接受的，是慷慨英雄型的文化人格。

这种文化人格，以金戈铁马为背景，以政治名义为号召，以万民观瞻为前提，以惊险故事为外形，总是特别具有可讲述性和可鼓动性。正因为这样，这种文化人格又最容易被民众的口味所改造，而民众的口味又总是偏向于夸张化和漫画化的。例如我们最熟悉的三国人物，刘、关、张的人格大抵被夸张了其间的道义色彩而接近于圣，曹操的人格大抵被夸张了其间的邪恶成分而接近于魔，诸葛亮的人格大抵被夸张了其间的智谋成分而接近于仙（鲁迅说“近于妖”），然后变成一种易读易识的人格图谱，传之后世。

有趣的是，民众的口味一旦形成就相当顽固。这种乱世群雄的漫画化人格图谱会长久延续，即便在群雄退场之后，仍然对其他人格类型保持着强大的排他性。中国每次社会转型，总是很难带动集体文化人格的相应推进，便与此有关。

中国民众最感到陌生的，是游戏反叛型的文化人格。

魏晋名士对于三国群雄，是一种反叛性的脱离。这种脱离，并不是敌对。敌对看似势不两立，其实大多发生在同一个语法系统之内，就像同一盘棋中的黑白两方。魏晋名士则完全离开了棋盘，他们虽然离三国故事的时间很近，但对那里的血火情仇已经毫无兴趣。开始，他们是迫于当时司马氏残酷的专制极权采取“佯谬”的方式来自保，但是这种“佯谬”一旦开始就进入了自己的逻辑，不再去问社会功利，不再去问世俗目光，不再去问礼教规范，不再去问文坛褒贬。如此几度不问，等于几度隔离，他们在宁静和孤独中发现了独立精神活动的快感。

从此开始，他们在玄谈和奇行中，连向民众作解释的过程也舍弃了；只求幽虚飘逸，不怕惊世骇俗，沉浮于一种自享自足的游戏状态。这种思维方式，很像二十世纪德国布莱希特提倡的“间离效果”，或曰“陌生化效果”。在布莱希特看来，人们对社会事态和世俗心态的过度关注，是深思的障碍、哲学的坟墓。因此，必须追求故意的间离、阻断和陌生化。

我发觉即使是今天的文化学术界，对于魏晋名士的评价也往往包含着很大的误解。例如，肯定他们的，大多着眼于他们“对严酷社会环境的侧面反抗”。其实，他们注重的是精神主体，对社会环境真的不太在意，更不会用权谋思维来选择正面反抗还是侧面反抗。否定他们的，总是说他们“清谈误国”。其实，精神文化领域的最高标准永远不应该是实用主义，这些文人的谈论虽然无助于具体社会问题的解决，却把中国文化的形而上部位打通了，就像打通了仙窟云路。一种大文化，不能永远匍匐在“立竿见影”的泥土上。

以魏晋名士为代表的游戏反叛型文化人格，直到今天还常常能够见到

现代化身。每当文化观念严重滞后的历史时刻，一些人出现了，他们绝不和种种陈旧观念辩论，也不把自己打扮成受害者或反抗者的形象，而只是在社会一角专注地做着自己的事，唱着奇奇怪怪的歌，写着奇奇怪怪的诗，穿着奇奇怪怪的服装，说着奇奇怪怪的话。他们既不正统，也不流行。当流行的风潮撷取他们的局部创造而风靡世间的时候，他们又走向了孤独的小路。随着年岁的增长、家庭的建立，他们迟早会告别这种生态，但他们一定不会后悔，因为正是那些奇奇怪怪的岁月，使他们成了文化转型的里程碑。

当然，这里也会滋生某种虚假。一些既没有反叛精神又没有游戏意识的平庸文人常常会用一些故作艰深的空谈，来冒充魏晋名士的后裔，或换称现代主义的精英，而且队伍正日见扩大。要识破这些人并不难，因为什么都可以伪造，却很难伪造人格。魏晋名士再奇特，他们的文化人格还是强大而响亮的。

三

对于以陶渊明为代表的安然自立型的文化人格，中国民众不像对魏晋名士那样陌生，也不像对三国群雄那样热络，处在一种似远似近、若即若离的状态之中。

这就需要多说几句了。

现在有不少历史学家把陶渊明也归入魏晋名士一类，可能有点儿粗略。陶渊明比曹操晚了二百多年。他出生的时候，阮籍、嵇康也已经去世一百多年。他与这两代人，都有明显区别。他对三国群雄争斗权谋的无果和无聊看得很透，这一点与魏晋名士是基本一致的。但细加对比，他会觉得魏晋名士虽然喜欢老庄却还不够自然，在行为上有点儿故意、有点儿表演、有点儿“我偏要这样”的做作，这就与道家的自然观念有距离了。他还会觉得，魏晋名士身上残留着太多都邑贵族子弟的气息，清谈中过于互相依赖、过于在乎他人的视线，而真正彻底的放达应该进一步回归自然个体，回归僻静的田园。

于是，我们眼前出现了非常重要的三段跳跃：从漫长的古代史到三国群雄，中国的文化人格基本上是与军事人格和政治人格密不可分的；魏晋名士用极端的方式把它解救出来，让它回归个体，悲壮而奇丽地当众燃烧；陶渊明则更进一步，不要悲壮，不要奇丽，更不要当众，也未必燃烧，只在都邑的视线之外过自己的生活。

安静，是一种哲学。在陶渊明看来，魏晋名士的独立如果达不到安静，也就无法长时间保持，要么凄凄然当众而死，要么惶惶然重返仕途。中国历史上出现过大量立誓找回自我并确实做出了奋斗的人物，但他们没有为找回来的自我安排合适的去处，因此，找回不久又走失了，或者被绑架了。陶渊明说了，这个合适的去处只有一个，那就是安静。

在陶渊明之前，屈原和司马迁也得到过被迫的安静，但他们的全部心态已与朝廷兴衰割舍不开，因此即使身在安静处也无时无刻不惦念着那些不安静的所在。陶渊明正好相反，虽然在三四十岁之间也外出断断续续做点儿小官，但所见所闻使他越来越殷切地惦念着田园。回去吧，再不回去，田园荒芜了。他天天自催。

照理，这样一个陶渊明，应该更使民众感到陌生。尽管他的言辞非常通俗，绝无魏晋名士的艰涩，但民众的接受从来不在乎通俗，而在乎轰动，而陶渊明恰恰拒绝轰动。民众还在乎故事，而陶渊明又恰恰没有故事。

因此，陶渊明理所当然地处于民众的关注之外。同时，他也处于文坛的关注之外，因为几乎所有的文人都学不了他的安静，他们不敢正眼看他。他们的很多诗文其实已经受了他的影响，却还是很少提他。

到了唐代，陶渊明还是没有产生应有的反响。好评有一些，比较零碎。直到宋代，尤其是苏东坡，才真正发现陶渊明的光彩。苏东坡是热闹中人，由他来激赞一种远年的安静，容易让人信任。细细一读，果然是好。于是，

陶渊明成了热门。

由此可见，文化上真正的高峰是可能被云雾遮盖数百年之久的，这种云雾主要是朦胧在民众心间。大家只喜欢在一座座土坡前爬上爬下、狂呼乱喊，却完全没有注意那一抹与天相连的隐隐青褐色，很可能是一座惊世高峰。

陶渊明这座高峰，以自然为魂魄。他信仰自然，追慕自然，投身自然，耕作自然，再以最自然的文笔描写自然。

请看：

结庐在人境，
而无车马喧。
问君何能尔，
心远地自偏。
采菊东篱下，
悠然见南山。
山气日夕佳，
飞鸟相与还。
此中有真意，
欲辨已忘言。

这首诗非常著名。普遍认为，其中“采菊东篱下，悠然见南山”两句表现了一种无与伦比的自然生态意境，可以看成陶渊明整体风范的概括。但是王安石最推崇的却是前面四句，认为“奇绝不可及”，“有诗人以来，无此句也”。王安石做出这种超常的评价，是因为这几句诗用最平实的语言道出了人生哲理，那就是：在热闹的“人境”也完全能够营造偏静之境，其间关键就在于“心远”。

正是高远的心怀，有可能主动地对自己做边缘化处理。而且，即便处在边缘，也还是充满意味。什么意味？只可感受，不能细辨，更不能言状。因此最后他要说："此中有真意，欲辨已忘言。"

从这里我们不难看出哲理玄言诗的痕迹。陶渊明让哲理入境，让玄言具象，让概念模糊，因此大大地超越了魏晋名士。但是，魏晋名士对人生的高层次思考方位却被他保持住了，而且保持得那么平静、优雅。

他终于写出了自己的归结性思考：

纵浪大化中，
不喜亦不惧。
应尽便须尽，
无复独多虑。

一切依顺自然，因此所有的喜悦、恐惧、顾虑都被洗涤得干干净净，顺便把文字也洗干净了。你看这四句，干净得再也嗅不出一丝外在香气。我年轻时初读此诗便惊叹果然真水无色，前不久听到九旬高龄的大学者季羡林先生说，这几句诗，正是他毕生的座右铭。

"大化"——一种无从阻遏也无从更改的自然巨变，一种既造就了人类又不理会人类的生灭过程，一种丝毫未曾留意任何辉煌、低劣、咆哮、哀叹的无情天规，一种足以裹卷一切、收罗一切的飓风和烈焰，一种抚摸一切又放弃一切的从容和冷漠——成了陶渊明的思维起点。陶渊明认为我们既然已经跳入其间，那么，就要确认自己的渺小和无奈。而且，一旦确认，我们也就彻底自如了。彻底自如的物态象征，就是田园。

四

然而，田园还不是终点。

陶渊明自耕自食的田园生活虽然远离了尘世恶浊，却也要承担肢体的病衰、人生的艰辛。田园破败了，他日趋穷困，唯一珍贵的财富就是理想的权利。于是，他写下了《桃花源记》。

田园是“此岸理想”，桃花源是“彼岸理想”。终点在彼岸，一个可望而不可即的终点，因此也可以不把它当作终点。

《桃花源记》用娓娓动听的讲述，从时间和空间两度上把理想蓝图与现实生活清晰地隔离开来。这种隔离，初一看是艺术手法，实际上是哲理设计。

就时间论，桃花源中人的祖先为“避秦时乱”而躲进这里，其实也就躲开了世俗年代。“不知有汉，无论魏晋”。时间在这里停止了，历史在这里消失了，这在外人看来是一种可笑的落伍和背时，但刚想笑，表情就会凝冻。人们反躬自问：这里的人们生活得那么怡然自得，外面的改朝换代、纷扰岁月，究竟有多少真正的意义？于是，应该受到嘲笑的不再是桃花源中人，而是时间和历史的外部形式。这种嘲笑，对人们习惯于依附着历史寻找意义的惰性，颠覆得惊心动魄。

就空间论，桃花源更是与人们所熟悉的茫茫尘世切割得非常彻底。这种切割，并没有借用危崖险谷、铁闸石门，而是通过另外三种方式。

第一种方式是美丑切割。这是一个因美丽而独立的空间，在进入之前就已经是岸边数百步的桃花林，没有杂树，“芳草鲜美，落英缤纷”。那位渔人是惊异于这段美景才渐次深入的。这就是说，即便在门口，它已经与世俗空间在美丑对比上“势不两立”。

第二种方式是和乱世切割。这是一个凭着祥和安适而独立的空间，独立于乱世争逐之外。和平的景象极其平常又极其诱人：良田、美地、桑竹、阡陌、鸡犬相闻、黄发垂髫……这正是历尽离乱的人们心中的天堂。但一切离乱又总与功业有关，而所谓功业，大多是对玉阶、华盖、金杖、龙椅的争夺。人们即便是把这些耀眼的东西全都加在一起，又怎能及得上桃花源中的那些平常景象？因此，平常，反而有了超常的力度，成了人们最奢侈的盼望。很多人说，我们也过着很平常的生活呀。其实，即使是普通民众，也总是与试图摆脱平常状态的功利竞争有着千丝万缕的联系，因此都不是桃花源中人。桃花源之所以成为桃花源，就是在集体心理上不存在对外界的向往和窥探。外界，被这里的人们切除了。没有了外界，也就阻断了天下功利体系。这种自给自足的生态独立和精神独立，才是真正的空间独立。

第三种方式可以说得拗口一点儿，叫“不可逆切割”。桃花源的独自美好，容不得异质介入。那位渔人的偶尔进入引动传播，而传播又必然导致异质介入。因此，陶渊明选择了一个更具有哲学深度的结局——桃花源永久地消失于被重新寻找的可能性之外。桃花源中人虽不知外界，却严防外界，在渔人离开前叮嘱“不足为外人道也”。渔人背叛了这个叮嘱，出来时一路留下标记，并且终于让执政的太守知道了。但结果是，太守派人跟着他循着标记寻找，全然迷路。更有趣的是，一个品行高尚的隐士闻讯后也来找，同样失败。陶渊明借此划出一条界限，桃花源并不是一般意义上的隐士天地，那些以名声、学识、姿态相标榜的“高人”，也不能触及它。

这个“不可逆切割”，使《桃花源记》表现出一种近似洁癖的冷然。陶渊明告诉一切过于实用主义的中国人，理想的蓝图是不可以随脚出入的。在信仰层面上，它永远在；在实用层面上，它不可逆。

五

不管是田园还是桃花源，陶渊明都表述得极其浅显易懂，因此在宋代之后也就广泛普及，成为中国文化的通俗话语。但在精神领悟上却始终没有多少人趋近，我在上文所说的“似远似近、若即若离”，还是客气的。

例如，我为了探测中国文字在当代的实用性衰变，一直很注意国内新近建造的楼盘宅院的名称，发现大凡看得过去的总与中国古典有关，而

其中比较不错的又往往与陶渊明有关，“东篱别业”“墟里南山”“归去来居”“人境庐”“五柳故宅”……但稍加打量，那里不仅毫无田园气息，而且还竞奢斗华。既然如此物态，为什么还要频频搬用陶渊明呢？我想，这一半是遮盖式的附庸风雅，一半是逆反式的心理安慰。

更可笑的是，很多地方的旅游点都声称自己就是陶渊明的桃花源。我想，他们一定没有认真读过《桃花源记》。陶渊明早就说了，桃花源拒绝外人寻找，找到的一定不是桃花源。

当然，凡此种种，如果只是一种幽默构思，倒也未尝不可。只可惜所有的呈现形态都不幽默。

由今天推想古代，大体可以知道陶渊明在历史上一直处于寂寞之中的原因了。

历来绝大多数中国文人，对此岸理想和彼岸理想都不认真。陶渊明对他们而言，只是失意之后的一种临时精神填补。一有机会，他们又会双目炯炯地远眺三国群雄式的铁血谋略，然后再一次次跃上马背。过一些年头，他们中一些败落者又会踉踉跄跄地回来，顺便向路人吟几句“归去来兮”。

六

我想，这些情景不会使陶渊明难过。他知道这是人性使然、天地使然、大化使然。他不会把自己身后的名声和功用放在心上。

他不在乎历史，但拥有他，却是历史的骄傲。静静的他，使乱世获得了文化定力。因此，他是那个时代的文脉所在。

在陶渊明之后，文事不少，但文脉，却直接指向大唐了。

抱愧山西

一

十余年前的某一天，我在翻阅一堆史料的时候大吃一惊，便急速放下手上的其他工作，专心致志地研究起来。很长一段时间，我查检了一本又一本的书籍，阅读了一篇又一篇的文稿，终于将信将疑地接受了这样一个结论：在十九世纪乃至以前相当长的时期内，中国最富有的省份不是我们现在可以想象的那些地区，而竟是山西。直到二十世纪初，山西仍是中国的金融贸易中心。北京、上海、广州、武汉等城市里那些比较像样的金融机构，最高总部大抵都在山西平遥县和太谷县几条寻常的街道间。这些大城市，只不过是腰缠万贯的山西商人小试身手的码头而已。

山西商人之富，有许多数字可以引证，本文不做经济史的专门阐述，姑且省略了吧。反正在清代全国商业领域，人数最多、资本最厚、散布最广的是山西人；每次全国性募捐，捐出银两数最大的是山西人；要在全国排出最富的家庭和个人，最前面的一大串名字大多也是山西人；甚至，在京城宣告歇业回乡的各路商家中，携带钱财最多的又是山西人。

按照我们往常的观念，富裕必然是少数人残酷剥削多数人的结果。但事实是，山西商业的发达、豪富人家的消费，大大提高了所在地的就业幅度和整体生活水平。而那些大商人都是在千里万里间的金融流通过程中获利的，并不构成对当地人民的剥削。因此与全国相比，当时山西城镇民众的一般生活水平也不低。有一份材料有趣地说明了这个问题。一八二二年，文化思想家龚自珍在《西域置行省议》一文中提出了一个大胆的政治建议。他认为自乾隆末年以来，民风腐败，国运堪忧，城市中“不士、不农、不工、不商之人，十将五六”，因此建议把这种无业人员大批西迁，再把一些人多地少的省份如河北、河南、山东、陕西、江西、福建等地的民众大规模西迁，使之无产变为有产、无业变为有业。他觉得内地只有两个地方可以不考虑（“毋庸议”）西迁，一是江浙一带，那里的人民筋骨柔弱，吃不消长途跋涉；二是山西省：

> 山西号称海内最富，土著者不愿徙，毋庸议。
>
> （《龚自珍全集》，上海人民出版社第一百〇六页）

龚自珍这里所指的不仅仅是富商，而且也包括土生土长的山西百姓。

其实，细细回想起来，即便在我本人有限的见闻中，可以验证山西之富的信号也曾屡屡出现，可惜我把它们忽略了。例如，现在苏州有一个规模不小的“中国戏曲博物馆”，我多次陪外国艺术家去参观，几乎每次都让客人们惊叹不已。尤其是那个精妙绝伦的戏台和观剧场所，连贝聿铭这样的国际建筑大师都视为奇迹。但整个博物馆的原址却是“三晋会馆”，即山西人到苏州来做生意时的一个聚会场所。说起来苏州也算富庶繁华的了，没想到山西人轻轻松松来盖了一个会馆就把风光占尽。记得当时我也曾为此发了一阵呆，却没有往下细想。

又如，翻阅宋氏三姊妹的多种传记，总会读到宋霭龄到丈夫孔祥熙家乡去的描写，于是知道孔祥熙这位国民政府的财政部长也正是从山西太谷县走出来的。美国人罗比·尤恩森写的那本传记中说："霭龄坐在一顶十六个农民抬着的轿子里，孔祥熙则骑着马。但是，使这位新娘大为吃惊的是，在这次艰苦的旅行结束时，她发现了一种前所未闻的最奢侈的生活……因为一些重要的银行家住在太谷，所以这里常常称为'中国的华尔街'。"我初读这本传记时也曾经在这些段落间稍稍停留，却没有去琢磨让宋霭龄这样的人物吃惊、被美国传记作家称为"中国的华尔街"，意味着什么。

看来，山西之富在我们上一辈人的心目中一定是常识，我们的误解完全是出于对历史的无知。在我们这一辈，产生这种误解的远不止我一人。

因此，好些年来，我一直小心翼翼地期待着一次山西之行。

二

我终于来到了山西。为了平定一下慌乱的心情，我先把一些著名的常规景点看完，最后再郑重其事地逼近我心里埋藏的那个大问号。

我的问号吸引了不少山西朋友，他们陪着我在太原一家家书店的角角落落寻找有关资料。黄鉴晖先生所著的《山西票号史》是我自己在一个书架的底层找到的，而那部洋洋一百二十余万言、包罗着大量账单报表的大开本《山西票号史料》则是一直为我开车的司机李文俊先生从一家书店的库房里"挖"出来的，连他也因每天听我在车上讲这讲那知道了我的需要。

待到资料搜集得差不多，我就在电视编导章文涛先生、歌唱家单秀荣女士等一批山西朋友的陪同下，驱车向平遥和祁县出发了。在山西最红火的年代，财富的中心并不在省会太原，而在平遥、祁县和太谷，其中又以平遥为最。

朋友们都笑着对我说，虽然全车除了我之外都是山西人，但这次旅行的向导应该是我，原因只在于我读过比较多的史料。

连"向导"也是第一次来，那么这种旅行自然也就成了一种寻找。

我知道，首先该找的是平遥西大街上中国第一家专营异地汇兑和存、放款业务的“票号”——大名鼎鼎的“日昇昌”的旧址。这是今天中国大地上各式银行的“乡下外祖父”。

听我说罢，大家就对西大街上每一个门庭仔细打量起来。

这一打量不要紧，才两三家，我们就已经被一种从未领略过的气势所压倒。这实在是一条神奇的街，精雅的屋宇接连不断，森然的高墙紧密呼应。经过一二百年的风风雨雨，处处已显出苍老，但风骨犹在，竟然没有太多的破败和潦倒。

街道并不宽，每个体面门庭的花岗岩门槛上都有两道很深的车辙印痕，可以想见当年这儿是如何车水马龙地热闹。这些车马来自全国各地乃至国境之外，驮载着金钱，驮载着风险，驮载着扬鞭千里的英武气，驮载着远方的风土人情和方言，驮载出一个南来北往经济血脉的大流畅。

西大街上每一个像样的门庭我们都走进去了，乍一看都像是气吞海内的日昇昌，仔细一打听又都不是。直到最后，看到平遥县文物局立的一块说明牌，才认定日昇昌的真正旧址。它被一个机关占用着，但房屋结构基本保持原样，甚至连当年的匾额楹联还静静地悬挂着。

我站在这个院子里凝神遥想：就是这儿，在几个聪明的山西人的指挥下，古老的中国终于有了一种大范围的异地货币汇兑机制，卸下了实银运送重担的商业流通，被激活了。

我知道，每一家被我们怀疑成日昇昌的门庭当时都在做着近似的文章，不是大票号就是大商行。如此密集的金融商业构架必然需要更大的城市服务系统来配套，其中包括旅馆业、餐饮业和娱乐业，当年平遥城会繁华到何等程度，约略可以想见。

我很想找山西省的哪个领导部门建议，下一个不大的决心，尽力恢复平遥西大街的原貌。

因为基本的建筑都还保存完好，只要洗去那些现代涂抹，便会洗出一条充满历史厚度的老街，洗出山西人上几个世纪的自豪。

恢复西大街后，如果力量允许，应该再设法恢复整个平遥古城。平遥的城墙、街道还基本完好，如果能恢复，就可以成为中国明清时代中小型城市的一个标本。

平遥西大街是当年山西商人的工作场所，那他们的生活场所又是怎么样的呢？离开平遥后我们来到了祁县的乔家大院，一踏进大门就立即理解了当年宋霭龄女士在长途旅行后大吃一惊的原因。我到过全国各地的很多大宅深院，但一进这个宅院，记忆中的诸多名园便立即显得过于柔雅小气。万里驰骋收敛成一个宅院，宅院的无数飞檐又指向着无边无际的云天。钟鸣鼎食不是靠着先祖庇荫，而是靠着不断地创业，因此，这个宅院没有任何避世感、腐朽感或诡秘感，而是处处呈现出一代巨商的人生风采。

为此，我在阅读相关资料的时候经常抬起头来想象：创建了“海内最富”奇迹的人们，你们究竟是何等样人，是怎么走进历史又从历史中消失的呢？

我只在《山西票号史料》中看到过一幅模糊不清的照片：日昇昌票号门外，为了拍照，端然站立着两个白色衣衫的年长男人，仪态平静，似笑非笑。这就是你们吗？

三

山西平遥、祁县、太谷一带，自然条件并不好，没有太多的物产。经商的洪流从这里卷起，重要的原因恰恰在于这一带客观环境欠佳。

万历《汾州府志》卷二记载：“平遥县地瘠薄，气刚劲，人多耕织少。”

乾隆《太谷县志》卷三说太谷县“民多而田少，竭丰年之谷，不足供两月。故耕种之外，咸善谋生，跋涉数千里，率以为常。士俗殷富，实由此焉。”

读了这些疏疏落落的官方记述，我不禁对山西商人深深地敬佩起来。

家乡那么贫困、那么拥挤，怎么办呢？可以你争我夺，蝇营狗苟；可以自甘潦倒，忍饥挨饿；可以埋首终身，聊以糊口；当然，也可以破门入户，抢掠造反。按照我们所熟悉的历史观，过去的一切贫困都出自政治原因，因此唯一值得称颂的道路只有让所有的农民都投入政治性的反抗。

但是，在山西的这几个县，竟然有这么多农民做出了完全不同于以上任何一条道路的选择。

他们不甘受苦，却又毫无政权欲望。他们感觉到了拥挤，却又不愿意倾轧乡亲同胞。他们不相信不劳而获，却又不愿将一生的汗水都向一块狭小的泥土上灌浇。

他们把迷惘的目光投向家乡之外的辽阔天地，试图用一个男子汉的强韧筋骨走出另外一条摆脱贫困的大道。他们多数没有多少文化，却向中国传统的文化观念提供了一些另类思考。

他们首先选择的，正是“走西口”。口外，驻防军、垦殖者和游牧者需要大量的生活用品，塞北的毛皮又吸引着内地的贵胄之家，商事往返一出现，还呼唤出大量旅舍、客店、饭庄……总而言之，口外确实能创造出很大的生命空间。

自明代“承包军需”和“茶马互市”，很多先驱者已经做出了出关远行的榜样。从清代前期开始，山西农民“走西口”的队伍越来越大，于是我们都听到过的那首民歌也就响起在许多村口、路边：

哥哥你走西口，
小妹妹我实在难留。
手拉着哥哥的手，
送哥送到大门口。

哥哥你走西口，
小妹妹我有话儿留：

走路要走大路口，
人马多来解忧愁。

紧紧拉着哥哥的手，
汪汪泪水扑沥沥地流。
只恨妹妹我不能跟你一起走，
只盼哥哥早回家门口。
…………

我怀疑，我们以前对这首民歌的理解过于肤浅了。我怀疑，我们直到今天也未必有理由用怜悯的目光去俯视这一对对年轻夫妻的离别。

听听这些多情的歌词就可明白，远行的男子在家乡并不孤苦伶仃。他们不管是否成家，都有一份强烈的爱恋，都有一个足可生死与之的伴侣。他们本可过一种艰辛而温馨的日子了此一生，但他们还是狠狠心踏出了家门。他们的恋人竟然也都能理解，把绵绵的恋情从小屋里释放出来，交付给朔北大漠。

哭是哭了，唱是唱了，走还是走了。我相信，那些多情女子在大路边滴下的眼泪，为山西终成“海内最富”的局面播下了最初的种子。

这不是臆想。你看乾隆初年山西“走西口”的队伍中，正挤着一个来自祁县乔家堡村的贫苦的青年农民，他叫乔贵发，来到口外一家小当铺里当了伙计。就是这个青年农民，开创了乔家大院的最初家业。

乔贵发和他后代所开设的“复盛公”商号，奠定了整整一个包头市的商业基础，以至出现了这样一句广泛流传的民谚：“先有复盛公，后有包头城。”

谁能想到，那一个个擦一把眼泪便匆忙向口外走去的青年农民，竟然有可能成为一座偌大的城市、一种宏伟的文明的缔造者！因此，当我看到山西电视台拍摄的专题片《走西口》以大气磅礴的交响乐来演奏这首民歌时，不禁热泪盈眶。

山西人经商当然不仅仅是“走西口”，到后来，他们东南西北几乎无所不往了。由“走西口”到闯荡全中国，多少山西人一生都颠簸在漫漫长途中。当时交通落后、邮递不便，其间的辛劳和酸楚也实在是说不完。一个成功者背后隐藏着无数的失败者，在宏大的财富积累后面，山西人付出了极其昂贵的人生代价。黄鉴晖先生曾经记述过乾隆年间一些山西远行者的辛酸故事：

临汾有一个叫田树楷的人，从小没有见过父亲的面，他出生的时候父亲就在外面经商，一直到他长大，父亲还没有回来。他依稀听说，父亲走的是西北一路，因此就下了一个大决心，到陕西、甘肃一带苦苦寻找、打听。整整找了三年，最后在酒泉街头遇到一个山西老人，竟是他的父亲。

阳曲县的商人张瑛外出做生意，整整二十年没能回家。他的大儿子张廷材听说他可能在宣府，便去寻找他，但张廷材去了多年也没有了音信。小儿子张廷楌长大了再去找父亲和哥哥，找了一年多没有找到，盘缠用完了，成了乞丐。在行乞时他遇见一个农民，似曾相识，仔细一看竟是哥哥。哥哥告诉他，父亲的消息已经打听到了，在张家口卖菜。

交城县徐学颜的父亲远行关东做生意二十余年杳无音信。徐学颜长途跋涉到关东寻找，一直找到吉林省东北端的一个村庄，才遇到一个乡亲。乡亲告诉他，他父亲早已死了七年。

…………

不难想象，这一类真实的故事可以没完没了地讲下去，一切“走西口”、闯全国的山西商人，心头都埋藏着无数这样的故事。于是，年轻恋人的歌声更加凄楚了：

> 哥哥你走西口，
> 小妹妹我苦在心头，
> 这一去要多少时候，
> 盼你也要白了头！

被那么多失败者的故事重压着，被恋人凄楚的歌声拖牵着，山西商人却越走越远。他们要走出一个好听一点儿的故事，他们迈出的步伐既悲怆又沉静。

四

义无反顾地出发，并不一定能到达预想的彼岸，在商业领域尤其如此。

山西商人全方位的成功，与他们良好的人格素质有关。

我接触的材料不多，只是朦胧感到，山西商人在人格素质上至少有以下几个方面十分引人注目——

其一，坦然从商。

做商人就是做商人，没有什么遮遮掩掩、羞羞答答的。这种心态，在我们中国长久未能普及。士、农、工、商，是人们心目中的社会定位序列，商人处于末位，虽不无钱财却地位卑贱，与仕途官场几乎绝缘。为此，许多人即便做了商人也竭力打扮成“儒商”，发了财则急忙办学，让子弟正正经经做个读书人。在这一点上可以构成对比的是安徽商人，本来徽商也是一支十分强大的商业势力，完全可与山西商人南北抗衡。但徽州民风又十分重视科举，使一大批很成功的商人在后代的人生取向上进退维谷。

这种情景在山西没有出现，小孩子读几年书就去学着做生意了，大家都觉得理所当然。最后连雍正皇帝也认为山西的社会定位序列与别处不同，竟是：第一经商，第二务农，第三行伍，第四读书。（见雍正二年对刘于义奏疏的朱批）

在这种独特的心理环境中，山西商人对自身职业没有太多的精神负担，把商人做纯粹了。

其二，目光远大。

山西商人本来就是背井离乡的远行者，因此经商时很少有空间框范，

而这正是商业文明与农业文明的本质差异。整个中国版图都在其视野之内，谈论天南海北就像谈论街坊邻里，这种在地理空间上的心理优势，使山西商人最能发现各个地区在贸易上的强项和弱项、潜力和障碍，然后像下一盘围棋一样把它一一走通。

你看，当康熙皇帝开始实行满蒙友好政策、停息边陲战火之后，山西商人反应最早，很快知道自己该干什么了。面向蒙古、新疆乃至西伯利亚的庞大商队组建起来了，光“大盛魁”的商队就拴有骆驼十万头。商队带出关的商品必须向华北、华中、华南各地采购，因而他们又把整个中国的物产特色和运输网络掌握在手中。

又如，清代南方以盐业赚钱最多，但盐业由政府实行专卖，许可证都捏在两淮盐商手上，山西商人本难插足。但他们不着急，只在两淮盐商资金紧缺的时候给予慷慨借贷，条件是稍稍让给他们一点儿盐业经营权。久而久之，两淮盐业便越来越多地被山西商人所控制。可见山西商人始终凝视着全国商业大格局，不允许自己在哪个重要块面上有缺漏。人们可以称赞他们“随机应变”，但对“机”的发现，正由于视野的开阔、目光的敏锐。

当然，最能显现山西商人目光的，莫过于一系列票号的建立了。他们先人一步看出了金融对于商业的重要，于是就把东南西北的金融脉络梳理通畅，稳稳地把自己放在全国民间钱财流通主宰者的地位上。我想，拥有如此的气概和谋略，大概与三晋文明的长久陶冶有关，我们只能抬头仰望了。

其三，讲究信义。

山西商人能快速地打开大局面，往往出自于结队成帮的群体行为，而不是偷偷摸摸的个人冒险。

只要稍一涉猎山西的商业史料，便立即会看到一批又一批的所谓“联号”。或是兄弟，或是父子，或是朋友，或是乡邻，组合成一个有分有合、互通有无的集团势力，大模大样地铺展开去，不仅气势压人，而且呼应灵活、左右逢源，构成一种商业大气候。

其实，山西商人即便对联号系统之外的商家也会尽力帮助。其他商家借了巨款而终于无力偿还，借出的商家便大方地一笔勾销，这样的事情在山西商人间所在多有，不足为奇。

例如，我经常读到这样一些史料：有一家商号欠了另一家商号白银六万两，到后来实在还不起了，借入方的老板就到借出方的老板那里磕了个头，说明困境，借出方的老板就挥一挥手，算了事了；一个店欠了另一个店千元现洋，还不起，借出店为了照顾借入店的自尊心，就让他象征性地还了一把斧头、一个箩筐，哈哈一笑也算了事。山西人机智而不小心眼，厚实而不排他，不愿意为了眼前小利而背信弃义，这可称之为“大商人心态”——在南方商家中虽然也有，但不如山西坚实。

众所周知，当时我国的金融信托事业还没有公证机制和监督机制，即便失信也几乎不存在惩处机制，一切全都依赖信誉和道义。金融信托事业的竞争，说到底是信誉和道义的竞争。在这场竞争中，山西商人长久地处于领先地位，他们能给远远近近的异乡人一种极其稳定的可靠感，这实在是很了不得的事情。

其四，严于管理。

山西商人最早发迹的年代，全国商业、金融业的管理基本上处于无政府状态。例如，众多的票号就从来不必向官府登记、领执照、纳税，也基本上不受法律的约束。面对这么多的自由，山西商人却没有表现出放纵习气，而是加紧制定行业规范和经营守则，通过严格的自我约束，在无序中求得有序。因为他们明白，无序的行为至多得益于一时，不能立业于长久。

我曾恭敬地读过清代许多山西商家的“号规”，内容不仅严密、切实，而且充满智慧，即便从现代管理学的眼光去看也很有价值，足可证明在当时山西商人中已经出现了一批真正的管理专家。例如，规定所有的职员必须订立从业契约，并划出明确等级，收入悬殊，定期考查升迁；高级职员与财东共享股份，到期分红，使整个商行在利益上休戚与共、情同一家；总号对于遍布全国的分号容易失控，因此制定分号向总号和其他分号的报账规则，以及分号职工的汇款、省亲规则……凡此种种，使许多山西商号

的日常运作越来越正规。一代巨贾也就分得出精力去开拓新的领域了。

以上几个方面，不知道是否大体勾勒出了山西商人的人格素质？不管怎么说，有了这几个方面，当年“走西口”的小伙子们也就像模像样地掸一掸身上的尘土，堂堂正正地走进了一代中国富豪的行列。

何谓山西商人？我的回答是：“走西口”的哥哥回来了，回来在一个十分强健的人格水平上。

五

然而，一切逻辑概括总带有“提纯”后的片面性。实际上，只要再往深处窥探，山西商人的人格素质中还有脆弱的一面。

他们人数再多，在整个中国还是一个稀罕的群落；他们敢作敢为，却也经常遇到自信的边界。他们奋斗了那么多年，却从来没有遇到过一个能够代表他们说话的思想家。他们的行为缺少高层理性力量的支撑，他们的成就没有被赋予雄辩的历史理由。几乎所有的文化学者都一直在躲避着他们。他们已经有力地改变了中国社会，但社会改革家们却一心注目于政治，把他们冷落在一边。

说到底，他们只能靠钱财发言，但钱财的发言在当时又是那样缺少道义力量，究竟能产生多少社会效果呢？没有外在的社会效果，也就难以抵达人生的大安详。

是时代，是历史，是环境，使这些商业实务上的成功者没能成为历史意志的觉悟者，他们只能是一群缺少皈依的强人，一拨精神贫乏的富豪，一批在根本性的大问题上还不能掌握得住自己的掌柜。

他们的出发地和终结点都在农村，当他们成功发迹而执掌一大门户时，封建家长制是他们可追慕的唯一范本。于是他们的商业人格不能不自相矛盾乃至自相分裂，有时还会做出与创业时判若两人的作为。在我看来，这正是山西商人在风光数百年后终于困顿、迷乱、内耗、败落的内在原因。

在这里，我想谈一谈几家票号历史上一些不愉快的人事纠纷。

最大的纠纷发生在日昇昌总经理雷履泰和副总经理毛鸿翙之间。毫无疑问，两位都是那个时候堪称全国一流的商业管理专家，一起创办了日昇昌票号，因此也是中国金融史上一个新阶段的开创者，都应该名垂史册。雷履泰气度恢宏，能力超群，又有很大的交际魅力，几乎是天造地设的商界领袖；毛鸿翙虽然比雷履泰年轻十七岁，却也是才华横溢、英气逼人。两位强人撞到了一起，开始时亲如手足、相得益彰，但在事业获得成功之后却不可避免地遇到了一个中国式的大难题：究竟谁是第一功臣？

一次，雷履泰生了病在票号中休养，日常事务不管，但遇到大事还要由他拍板。这使毛鸿翙觉得有点儿不大痛快，便对财东老板说："总经理在票号里养病不太安静，还是让他回家休息吧。"财东老板就去找了雷履泰，雷履泰说："我也早有这个意思。"当天就回家了。

过几天财东老板去雷家探视，发现雷履泰正忙着向全国各地的分号发信，便问他干什么。雷履泰说："老板，日昇昌票号是你的，但全国各地的分号却是我安设在那里的，我正在一一撤回来好交代给你。"

老板一听大事不好，立即跪在雷履泰面前，求他千万别撤分号。雷履泰最后只得说："起来吧，我也估计到让我回家不是你的主意。"老板求他重新回票号视事，雷履泰却再也不去上班。老板没办法，只好每天派伙计送酒席一桌、银子五十两。

毛鸿翙看到这个情景，知道自己不能再在日昇昌待下去了，便辞职去了蔚泰厚布庄。

这事件乍一听都会为雷履泰叫好，但转念一想又觉得不是味道。是的，雷履泰获得了全胜，毛鸿翙一败涂地，然而这里无所谓是非，只是权术。用权术击败的对手是一段辉煌历史的共创者，于是这段历史也立即破残。中国许多方面的历史总是无法写得痛快淋漓、有声有色，很大一部分原因就在于这种代表性人物之间必然会产生的恶性冲突。商界的竞争较量不可

没有焚毁的，是天一阁本身。这幢楼像一位见过世面的老人，再大的灾难也承受得住。但它又不仅仅是承受，而是以满脸的哲思注视着一切后人，姓范的和不是姓范的，看得他们一次次低下头去又仰起头来。——《风雨天一阁》

避免，但一旦脱离业务的轨道，在人生的层面上把对手逼上绝路，总与健康的商业动作规范相去遥遥。

毛鸿翙当然也要咬着牙齿进行报复。他到了蔚泰厚之后，就把日昇昌票号中两个特别精明能干的伙计挖走并委以重任，三个人配合默契，把蔚泰厚的业务快速地推上了新台阶。雷履泰气恨难纾，竟然写信给自己的各个分号，揭露被毛鸿翙勾走的两名“小卒”出身低贱，只是汤官和皂隶之子罢了。

事情做到这个份儿上，这位总经理已经很失身份，但他还不罢休，不管在什么地方，只要一有机会就拆蔚泰厚的台，例如，由于雷履泰的谋划，蔚泰厚的苏州分店就无法做成分文的生意。这就不是正常的商业竞争了。

最让我难过的是，雷、毛这两位智商极高的杰出人物在钩心斗角中采用的手法越来越庸俗，最后竟然都让自己的孙子起一个与对方一样的名字，以示污辱——雷履泰的孙子叫雷鸿翙，而毛鸿翙的孙子则叫毛履泰！

这种污辱方法当然是纯粹中国化的，我不知道他们在憎恨敌手的同时是否还爱惜儿孙，也不知道他们用这种名字呼叫孙子的时候会用一种什么样的口气和声调。

可敬可佩的山西商人啊，难道这是你们给后代的遗赠？你们创业之初的吞天豪气和动人信义都到哪里去了？怎么会让如此无聊的诅咒来长久地占据你们日渐苍老的心？

也许，最终使他们感到温暖的还是早年跨出家门时听到的那首《走西口》。但是，庞大的家业也带来了家庭内部情感关系的复杂化，《走西口》所吐露的那种单纯性已不复再现。据乔家后裔回忆，乔家大院的内厨房偏院中曾有一位神秘的老妪专干粗活，玄衣愁容，旁若无人，但气质又绝非用人。

有人说，这就是“大奶奶”，主人的首席夫人。主人与夫人产生了什么麻烦，谁也不清楚，但毫无疑问，当他们偶尔四目相对时，当年《走西口》的旋律立即就会走音。

写到这里我已经知道，我所碰撞到的问题虽然发生在山西却又远远超越了山西。由这里发出的叹息，应该属于我们父母之邦更广阔的天地。

六

当然，我们不能因此而把山西商人败落的原因全然归之于他们自身。一两家铺号的兴衰，自身的原因可能至关重要；而牵涉到山西无数商家的整体败落，一定会有更深刻、更宏大的社会历史原因。

首先是因为中国近代社会的极度动荡。一次次激进主义的暴力冲撞，表面上都有改善民生的口号，实际上却严重地破坏了各地的商业活动，往往是“死伤遍野”“店铺俱歇”“商贾流离”。山西票号不得不撤回分号，龟缩回乡。有时也能发一点儿“国难财”，例如，太平天国时官方饷银无法解送，只能赖仗票号；八国联军时朝廷银库被占，票号也发挥了自己的作用。但是，当国家正常的经济脉络已被破坏时，这种临时的风光也只能是昙花一现。

二十世纪初，英、美、俄、日的银行在中国各大城市设立分支机构，清政府也随之创办大清银行，开始邮电汇兑。票号遇到了真正强大的对手，完全不知怎么应对。辛亥革命时随着一个个省份的独立，各地票号的存款者纷纷排队挤兑，而借款者又不知逃到哪里去了，山西票号终于走上了末路。

走投无路的山西商人傻想，新当政的北洋军阀政府总不会见死不救吧，便公推六位代表向政府请愿，希望政府能贷款帮助，或由政府担保向外商借贷。政府对请愿团的回答是：山西商号信用久孚，政府从保商恤商考虑，理应帮助维持，可惜国家财政万分困难，他日必竭力斡旋。

满纸空话，一无所获，唯一落实的决定十分出人意料：政府看上了请愿团首席代表范元澍，发给月薪二百元，委派他到破落了的山西票号中物色能干的伙计到政府银行任职。这一决定如果不是有意讽刺，那也足以说

明这次请愿活动是真正的惨败了。国家财政万分困难是可信的，山西商家的最后一线希望彻底破灭。“走西口”的旅程，终于走到了终点。

于是，人们在一九一五年三月份的《大公报》上读到了一篇发自山西太原的文章，文中这样描写那些一一倒闭的商号：

> 彼巍巍灿烂之华屋，无不铁扉双锁，黯淡无色。门前双眼怒突之小狮，一似泪涔涔下，欲作河南之吼，代主人鸣其不平。前月北京所宣传倒闭之日昇昌，其本店耸立其间，门前尚悬日昇昌金字招牌，闻其主人已宣告破产，由法院捕其来京矣。

这便是一代财雄们的下场。

七

有人觉得山西票号乃至整个晋商的败落是理所当然，没有什么可惋惜的。但是，问题在于，在它们败落之后，中国在很长时间之内并没有找到新的经济活力，并没有创建新的富裕和繁华。

社会改革家们总是充满了理想和愤怒，一再宣称要在血火之中闯出一条壮丽的道路。他们不知道，这条道路如果是正道，终究还要与民生接轨，那里，晋商骆驼队留下的辙印仍清晰可辨。

在没有明白这个道理之前，他们一直处于两难的困境之中。他们立誓要带领民众摆脱贫困，而要用革命的手段摆脱贫困，最简单的办法就是剥夺富裕。要使剥夺富裕的行为变得合理，又必须把富裕和罪恶画上等号。当富裕和罪恶真的画上等号了，他们的努力也就失去了通向富裕的目标，因为那里全是罪恶。这样一来，社会改革的船舶也就成了无处靠岸的孤舟，时时可能陷入沼泽，甚至沉没。

中国的文人学士更加奇怪。他们鄙视贫穷，又鄙视富裕，更鄙视商业，尤其鄙视由农民出身的经商队伍。他们喜欢大谈“天下兴亡，匹夫有责”，却从来没有把“兴亡”两字与民众生活、社会财富连在一起，好像一直着眼于朝廷荣衰，但朝廷对他们又完全不予理会。他们在苦思冥想中听到有骆驼队从窗外走过，声声铃铛有点儿刺耳，便伸手关住了窗户。

山西商人曾经创造过中国最庞大的财富，居然，在中国文人浩如烟海的著作中，几乎没有留下什么记述。

一种庞大的文化如此轻慢一种与自己有关的庞大财富，以及它的庞大的创造群体，实在不可思议。

为此，就要抱着惭愧的心情，在山西的土地上多站一会儿。

秋雨注：此文发表于一九九三年，距今已经整整二十年了。发表时被评为中国第一篇向海内外报告晋商和清代商业文明的散文。由这篇文章，我拥有了无数山西朋友。平遥民众为了保护我在文章中记述的城内遗迹，在古城外面兴建市民新区，作为搬迁点。市民新区竟命名为“秋雨新城”，真让我汗颜。更有趣的是，有一度外地几个嫉妒者对我发起了规模不小的诽谤，山西的出版物也有涉及，但很快就有山西学者在报纸上发表文章《山西应该对得起余秋雨》。厚道的山西人立即围起了一道保护我的墙，让我非常感动。

莫高窟

一

公元三六六年，有一位僧人在敦煌东南方鸣沙山东麓的断崖上开始开凿石窟，后来代代有人继续，这就成了著名的莫高窟。

佛教在印度传播之初，石窟是僧人修行的场所，却不在里边雕塑和描绘佛像，要表现也只用象征物来替代，用得比较多的有金牛、佛塔、法柱等。后来到了犍陀罗时期，受到亚历山大大帝东征时带来的希腊雕塑家们的影响，开始开凿佛像石窟。因此，人们往往可以从那里发现希腊雕塑的明显痕迹。

这就是说，仅仅是佛像石窟，就已经把印度文明和希腊文明包罗在里边了。这些石窟大多处于荒山野岭之间，远远看去很不起眼，哪里知道里面所蕴藏的，却是两个伟大文明的精彩。

佛教从印度一进入中国，立即明白这是一个需要用通俗、形象的方式来讲故事的国度，因此在石窟造像艺术中又融入了越来越浓重的中华世俗文明。结果，以人类的几大文明为背景，一代代的佛像都在石窟里深刻而又通俗地端庄着，微笑着，快乐着，行动着，苦涩着，牺牲着。渐渐地，这一切都与中华历史接通了血脉，甚至成了一部由坚石雕刻的历史。

莫高窟，便是其中的典型。

二

看莫高窟，不是看死了一千年的标本，而是看活了一千年的生命。

让人惊奇的是，历来在莫高窟周边的各种政治势力，互相之间打得你死我活，却都愿意为莫高窟做一点儿好事。

北魏的王室、北周的贵族都对莫高窟的建造起了很大的作用，更不必说隋代、初唐、盛唐时莫高窟的欢快景象了。连安史之乱以后占领敦煌的吐蕃势力，以及驱逐吐蕃势力的张议潮军队，本是势不两立的敌人，却也都修护了莫高窟。

五代十国时期的曹氏政权对莫高窟贡献很大，到宋代，先后占领这一带的西夏政权和蒙古政权，也没有对莫高窟造成破坏。莫高窟到元代开始衰落，主要是由于蒙古军队打通了欧亚商贸路线，丝绸之路的作用减弱，敦煌变得冷清了。

为什么那么多赳赳武将、权谋强人都会在莫高窟面前低下头来？我想，第一是因为这里关及人间信仰，第二是因为这里已经构成历史。宗教的力量和时间的力量足以让那些燥热的心灵冷却下来，产生几分敬畏。他们突然变得像个孩子，一路撒野下来，到这里却睁大了眼睛，希望获得宗教裁判和时间裁判。

在这个过程中，更值得关注的是全民参与。佛教在莫高窟里摆脱了高深的奥义，通俗地展现因果报应、求福消灾、丰衣足食、繁衍子孙等内容，与民众非常亲近。除了壁画和雕塑外，莫高窟还是当地民众举行巡礼斋会的活动场所，也是享受日常娱乐的游览场所。但是，这种大众化趋向并没

有使它下降为一个乡村庙会，因为敦煌地区一直拥有不少高僧大德、世族名士、博学贤达，维系着莫高窟的信仰主体。

于是，在莫高窟，我常常走神。不明亮的自然光亮从洞窟上方的天窗中淡淡映入，壁画上的人群和壁画前的雕塑融成了一体，在一片朦胧中似乎都动了起来。在他们身后，仿佛还能看到当年来这里参加巡礼的民众，一群又一群地簇拥着身穿袈裟的僧侣。还有很多画工、雕塑家在周边忙碌。这么多人渐渐走了，又来了一批。一批一批构成一代，一代代接连不断。

也有了声音：佛号、磬钹、诵经声、木鱼声、旌旗飘荡声、民众笑语声，还有石窟外的山风声、流水声、马蹄声、驼铃声。

看了一会儿，听了一会儿，我发觉自己也被裹卷进去了。身不由己，踉踉跄跄，被人潮所挟，被声浪所融，被一种千年不灭的信仰所化。

这样的观看是一种晕眩，既十分陶醉又十分模糊。因此，我不能不在闭馆之后的黄昏，在人群全都离去的山脚下独自徘徊，一点点儿地找回记忆、找回自己。

晚风起了，夹着细沙，吹得脸颊发疼。沙漠的月亮分外清冷，山脚前有一泓泉流，在月色下波光闪烁。总算，我的思路稍见头绪。

三

记得每进一个洞窟，我总是抢先走到年代标示牌前，快速地算出年龄，然后再恭敬地抬起头来。

年龄最高的，今年正好一千六百岁，在中国历史上算是十六国时期的作品。壁画上的菩萨还是西域神貌，甚至还能看出从印度起身时的样子，深线粗画，立体感强，还裸着上身，余留着恒河岸边的热气。另一些壁画，描绘着在血腥苦难中甘于舍身的狠心，看上去有点儿恐怖，可以想见当时世间的苦难气氛。

接下来应该是我非常向往的魏晋南北朝了：青褐的色泽依然浑厚，豪迈的笔触如同剑戟。中原一带有那么多潇洒的名士傲视着乱世，此地洞窟里也开始出现放达之风，连菩萨也由粗短身材变得修长活泼。某些形象，一派秀骨清相，甚至有病态之美，似乎与中原名士们的趣味遥相呼应。

不少的场面中出现了各种乐器，我叫不全它们的名字。

有很多年轻的女子衣带飘飘地飞了起来，是飞天。她们预示出全方位舞动的趋势，那是到了隋代。一个叫维摩诘的居士被频频描绘，让人联想到当时一些士族门阀企图在佛教理想中提升自己。壁画上已经找不到苦行，只有华丽。连病态之美也消失了，肌肤变得日渐圆润。那些雕塑略显腿短头大，马背上的历练，使他们气定神闲。

整个画面出现了扬眉吐气般的欢乐，那只能是唐代。春风浩荡，万物苏醒，连禽鸟都是舞者，连繁花都卷成了图案。天堂和人间连在了一起，个个表情生动，笔笔都有创造。女性越来越占据主导地位，而且不管是菩萨还是供养人，都呈现出充分的女性美。由于自信，他们的神情反而更加恬静、素淡和自然。画中的佛教道场已经以净土宗为主，启示人们只要念佛就能一起进入美好的净土。连这种简明的理想，也洋溢着只有盛唐才有的轻快和乐观。

唐代画面中的那些世间人物，不管是盔甲将军、西域胡商，还是壮硕力士、都督夫人，都神情飞扬、炯炯有神。更难得的是，我在这些人物形象中分明看到了吴道子画派的某种骨力，在背景山水中发现了李思训、李昭道父子那一派的辉煌笔意。欢乐，就此走向了经典。走向了经典还在欢乐，一点儿也没有装腔作态。

除了壁画，唐代的塑像更是风姿无限，不再清癯，不再呆板，连眉眼嘴角都洋溢着笑意，连衣褶薄襞都流泻得像音乐一般。

唐代洞窟中的一切都不重复，也不刻板。我立即明白，真正的欢乐不可能重复，就像真正的人性容不得刻板。结果，唐代的欢乐诱发了长久的欢乐，唐代的人性贴合了永恒的人性，一切都融合得浑然一体。恍惚间，

热闹的洞窟里似乎什么也没有了，没有画，没有雕塑，没有年代，也没有思考，一切都要蒸腾而去，但又哪里也不想去，只在这里，在洞窟，在唐代，在吴道子笔下。

突然，精神一怔，我看到了一个异样的作品，表现了一个尽孝报恩的故事。与一般同类故事不同，这个佛家弟子是要帮助流亡的父母完成复国事业。我心中立即产生一种猜测，便俯身去看年代标示牌——果然，创作于安史之乱之后。

安史之乱，像一条长鞭，哗啦一声把唐代划成了两半。敦煌因为唐军东去讨逆而被吐蕃攻陷，因此，壁画中帮助流亡父母完成复国事业的内容，并非虚设。

悲壮的意志刻在了洞壁上，悲惨的岁月却刻在了大地上，赫赫唐代已经很难再回过神来。此后的洞窟，似乎一个个活气全消。也有看上去比较热闹的场面，但是，模仿的热闹只能是单调。

在单调中，记得还有一个舞者背手反弹琵琶的姿态，让我眼睛一亮。

再看下去，洞窟壁画的内容越来越世俗，连佛教题材也变成了现实写生，连天国道场也变成了家庭宅院，连教义演讲也变成了说书人的故事会。当然这也不错，颇有生活气息，并让我联想到了中国戏剧史上的瓦舍和诸宫调。

唐宋之间，还算有一些呆滞的华丽；而到了宋代，则走向了一种冷漠的贫乏。对此，我很不甘心。宋代，那是一个让中国人拥有苏东坡、王安石、司马光、朱熹、陆游、李清照、辛弃疾的时代啊，在敦煌怎么会是这样？我想，这与河西走廊上大大小小的政权纷争有关。在没完没了的轮番折腾中，文化之气受阻，边远之地只能消耗荒凉。

到了元代，出现了藏传密宗的壁画，题材不再黏着于现实生活，出现了一种我们不太习惯的神秘和恐怖。但是笔触精致细密，颇具装饰性，使人想到唐卡。

这是一个民族之间互窥互征的时代，蒙古文化和西藏文化在这一带此起彼伏。倒是有一个欧洲旅行家来过之后向外面报告，这里很安定，他就是马可·波罗。

明清时期的莫高窟，已经没有太多的东西可以记住。

四

当我在夜色中这么匆匆回想一遍后，就觉得眼前这个看上去十分寻常的“小山包”，实在是一个奇怪的所在。

它是河西走廊上的一个博物馆，也是半部中国艺术史，又是几大文明的交汇点。它因深厚而沉默，也许，深厚正是沉默的原因。

但是，就像世界上的其他事情一样，兴旺发达时什么都好说，一到了衰落时期，一些争夺行动便接连而至。

二十世纪二十年代莫高窟曾经成为白俄士兵的滞留地。那些士兵在洞窟里支起了锅灶，生火做饭，黑烟和油污覆盖了大批壁画和雕塑。他们还用木棒蘸着黑漆，在壁画上乱涂乱画。

这些士兵走了以后，不久，一群美国人来了。他们是学者，大骂白俄士兵的胡作非为，当场立誓，要拯救莫高窟文物。他们的“拯救”方法是，用化学溶剂把壁画粘到纱布上剥下墙壁，带回美国去。

为首的是两位美国学者，我要在这里记一下他们的名字：一位是哈佛大学的兰登·华尔纳，一位是宾夕法尼亚博物馆的霍勒斯·杰恩。

兰登·华尔纳带回美国的莫高窟壁画引起轰动，他非常后悔自己当初没有带够化学溶剂，因此又来了第二次。这次他干脆带来了一名化学溶剂的调配专家，眼看就要在莫高窟里大动手脚。

但是，他后来在回忆录里写道，这次在莫高窟遇到了极大的麻烦：

> 事态变得十分棘手，约有几十个村民放下他们的工作，从大

> 约十五公里外的地方跑来监视我们的行动……以便有理由对我们进行袭击，或者用武力把我们驱逐出境。

结果，他们只是拍了一些遗迹的照片，什么也无法拿走。化学溶剂更是一滴也没有用。

后来华尔纳在美国读到一本书，是他第二次去莫高窟时从北京雇请一位叫陈万里的翻译写的。这才知道，那些村民所得到的信息正是这位翻译透露的。陈万里先生到敦煌的第二天，就借口母亲生病离开了华尔纳，其实是向村民通报美国人准备干什么了。

为此，我要向这位陈万里先生致敬。

一位名不见经传的普通知识分子，加上几十个他原先不可能认识的当地村民，居然在极短的时间内做成了这么一件大事。对比之下，我看那些不负责任的官员，以及那些助纣为虐的翻译，还怎么来寻找遁词?

陈万里先生不仅是翻译，还是一位医生和学者。中国另有一位姓陈的学者曾经说过一句话："敦煌者，吾国学术之伤心史也。"这位陈先生叫陈寅恪，后来两眼完全失去了视力。

陈寅恪先生看不见了，我们还张着眼。陈万里先生和村民没有来得及救下的那些莫高窟文物，还在远处飘零。既然外人如此眼热，可见它们确实是全人类的精粹，放在外面也罢了。只是，它们记录了我们历代祖先的信仰和悲欢，我们一有机会总要赶过去探望它们，隔着外国博物馆厚厚的玻璃，长久凝视，百般叮咛。

莫高窟被那些文物拉得很长很长，几乎环绕了整个地球。那么，我们的心情也被拉长了，随着唐宋元明清千年不枯的笑容，延伸到整个世界。

道士塔

一

莫高窟门外，有一条河。过河有一片空地，高高低低建着几座僧人圆寂塔。塔呈圆形，状近葫芦，外敷白色。我去时，有几座已经坍弛，还没有修复。只见塔心是一个个木桩，塔身全是黄土，垒在青砖基座上。夕阳西下，朔风凛冽，整个塔群十分凄凉。

有一座塔显得比较完整，大概是修建年代比较近吧。好在塔身有碑，移步一读，猛然一惊：它的主人，竟然就是那个王圆箓！

再小的个子，也能给沙漠留下长长的身影；再小的人物，也能让历史吐出重重的叹息。王圆箓既是小个子，又是小人物。我见过他的照片，穿着土布棉衣，目光呆滞，畏畏缩缩，是那个时代随处可以见到的一个中国平民。他原是湖北麻城的农民，在甘肃当过兵，后来为了谋生做了道士。几经转折，当了敦煌莫高窟的家。

莫高窟以佛教文化为主，怎么会让一个道士来当家？中国的民间信仰本来就是羼杂互融的，王圆箓几乎是个文盲，对道教并不专精，对佛教也

不抵拒，却会主持宗教仪式，又会化缘募款，由他来管管这一片冷窟荒庙，也算正常。

但是，世间很多看起来很正常的现象常常掩盖着一个可怕的黑洞。莫高窟的惊人蕴藏，使王圆箓这个守护者与守护对象之间产生了文化等级上的巨大的落差。这个落差，就是黑洞。

我曾读到潘絜兹先生和其他敦煌学专家写的一些书，其中记述了王道士的日常生活。他经常出去化缘，得到一些钱后，就找来一些很不高明的当地工匠，先用草刷蘸上石灰把精美的古代壁画刷去，再抡起铁锤把塑像打毁，用泥巴堆起灵官之类，因为他是道士。但他又想到这里毕竟是佛教场所，于是再让那些工匠用石灰把下寺的墙壁刷白，绘上唐代玄奘到西天取经的故事。他四处打量，觉得一个个洞窟太憋气了，便要工匠们把它们打通。大片的壁画很快灰飞烟灭，成了走道。做完这些事，他又去化缘，准备继续刷，继续砸，继续堆，继续画。

这些记述的语气都很平静，但我每次读到，脑海里也总像被刷了石灰一般，一片惨白。我几乎不会言动，眼前一直晃动着那些草刷和铁锤。

“住手！”我在心底呼喊，只见王道士转过脸来，满脸困惑不解。我甚至想低声下气地恳求他：“请等一等，等一等……”但是等什么呢？我脑中依然一片惨白。

二

一九〇〇年六月二十二日（农历五月二十六日），王道士从一个姓杨的帮工那里得知，一处洞窟的墙壁里面好像是空的，里边可能还隐藏着一个洞穴。两人挖开一看，嗬，果然一个满满实实的藏经洞！

王道士完全不明白，此刻，他打开了一扇轰动世界的门户。一门永久性的学问，将靠着这个洞穴建立。无数才华横溢的学者，将为这个洞穴耗尽终生。而且，从这一天开始，他的实际地位已经直蹿而上，比世界上很多著名博物馆馆长还高。但是，他不知道，他不可能知道。

他随手拿了几个经卷到知县那里鉴定，知县又拿给其他官员看。官员中有些人知道一点儿轻重，建议运到省城，却又心疼运费，便要求原地封存。在这个过程中，消息已经传开，有些经卷已经流出，引起了在新疆的一些外国人士的注意。

当时，英国、德国、法国、俄国等列强，正在中国的西北地区进行着一场考古探险的大拼搏。这个态势，与它们瓜分整个中国的企图紧紧相连。因此，我们应该稍稍离开莫高窟一会儿，看一看全局。

就在王道士发现藏经洞的前几天，在北京，英、德、法、俄、美等外交使团又一次集体向清政府递交照会，要求严惩义和团。恰恰在王道士发现藏经洞的当天，列强决定联合出兵——这就是后来攻陷北京，迫使朝廷外逃，最终又迫使中国赔偿四亿五千万两白银的“八国联军”。

时间，怎么会这么巧?

好像是北京东交民巷外国使馆里的一个决定，立即刺痛了一个庞大机体的神经系统。于是，西北沙漠中一个洞穴的门，霎时打开了。

更巧的是，仅仅在几个月前，甲骨文也被发现了。

我想，藏经洞与甲骨文一样，最能体现一个民族的文化自信。因此，必须猛然出现在这个民族即将失去自信的时刻。

即使是巧合，也是一种伟大的巧合。

遗憾的是，中国学者不能像解读甲骨文一样解读藏经洞了，因为那里的经卷已被悄悄转移。

三

产生这个结果，是因为莫高窟里三个男人的见面。

第一个就是“主人”王圆箓，不多说了。

第二个是匈牙利人斯坦因，刚加入英国籍不久，此时受印度政府和大英博物馆指派，到中国的西北地区考古。他博学、刻苦、机敏、能干，其考古专业水准堪称世界一流，却又具有一个殖民主义者的文化傲慢。他精通七八种语言，却不懂中文，因此引出了第三个人——翻译蒋孝琬。

蒋孝琬长得清瘦文弱，湖南湘阴人。这个人是中国十九世纪后期出现的买办群体中的一个。这个群体在沟通两种文明的过程中常常备受心灵煎熬，又两面不讨好。我一直建议艺术家们在表现中国近代题材的时候不要放过这种桥梁式的悲剧性典范。但是，蒋孝琬好像是这个群体中的异类，他几乎没有感受任何心灵煎熬。

斯坦因到达新疆喀什时，发现聚集在那里的外国考古学家们有一个共识，就是千万不要与中国学者合作。理由是，中国学者一到关键时刻，例如，在关及文物所有权的当口上，总会在心底产生“华夷之防”的敏感，给外国人带来种种阻碍。但是，蒋孝琬完全不是这样，那些外国人告诉斯坦因：“你只要带上了他，敦煌的事情一定成功。”

事实果然如此。从喀什到敦煌的漫长路途上，蒋孝琬一直在给斯坦因讲述中国官场和中国民间的行事方式。到了莫高窟，所有联络、刺探、劝说王圆箓的事，都是蒋孝琬在做。

王圆箓从一开始，就对斯坦因抱着一种警惕、躲闪、拒绝的态度。蒋孝琬蒙骗他说，斯坦因从印度过来，是要把当年玄奘取来的经送回原处去，为此还愿意付一些钱。

王圆箓像很多中国平民一样，对《西游记》里的西天取经故事既熟悉又崇拜，听蒋孝琬绘声绘色地一说，又看到斯坦因神情庄严地一次次焚香拜佛，竟然心有所动。因此，当蒋孝琬提出要先“借”几个“样本”看看时，王圆箓虽然迟疑、含糊了很久，但终于还是塞给了他几个经卷。

于是，又是蒋孝琬，连夜挑灯研读那几个经卷。他发现，那正巧是玄奘取来的经卷的译本。这几个经卷，明明是王圆箓随手取的，居然果真与玄奘有关。王圆箓激动地看着自己的手指，似乎听到了佛的旨意。洞穴的门，向斯坦因打开了。

当然，此后在经卷堆里逐页翻阅选择的，也是蒋孝琬，因为斯坦因本人不懂中文。

蒋孝琬在那些日日夜夜所做的事，也可以说成是一种重要的文化破读，因为这毕竟是千年文物与能够读懂它的人的第一次隆重相遇。而且，事实证明，蒋孝琬对中国传统文化有着广博的知识、不浅的根底。

那些寒冷的沙漠之夜，斯坦因和王圆箓都睡了，只有他在忙着。睡着的两方都不懂得这一堆堆纸页上的内容，只有他懂得，由他做出取舍裁断。

就这样，一场天下最不公平的“买卖”开始了。斯坦因用极少的钱，换取了中华文明长达好几个世纪的大量文物。而且由此形成惯例，各国冒险家们纷至沓来，满载而去。

有一天王圆箓觉得斯坦因实在要得太多了，就把部分挑出的文物又搬回到藏经洞。斯坦因要蒋孝琬去谈判，用四十块马蹄银换回那些文物。蒋孝琬谈判的结果，居然只花了四块就解决了问题。斯坦因立即赞扬他，说这是又一场“中英外交谈判”的胜利。

蒋孝琬一听，十分得意。我对他的这种得意有点儿厌恶。因为他应该知道，自从鸦片战争以来，所谓的“中英外交谈判”意味着什么。我并不奢望在他心底会对当时已经极其可怜的父母之邦产生一点点儿惭愧，而只是想，这种桥梁式的人物如果把一方河岸完全扒塌了，他们以后还能干什么？

由此我想，对那些日子莫高窟里的三个男人，我们还应该多看几眼。前面两个一直遭世人非议，而最后一个总是被轻轻放过。

比蒋孝琬更让我吃惊的是，近年来中国文化界有一些评论者一再宣称，斯坦因以考古学家的身份取走敦煌藏经洞的文物并没有错，是正大光明的事业，而像我这样耿耿于怀，却是“狭隘的民族主义”。

是“正大光明”吗？请看斯坦因自己的回忆：

深夜我听到了细微的脚步声，那是蒋在侦察，看是否有人在我的帐篷周围出现。一会儿他扛了一个大包回来，那里装有我今天白天挑出的一切东西。王道士鼓足勇气同意了我的请求，但条件很严格，除了我们三个外，不得让任何人得知这笔交易，哪怕是丝毫暗示。

从这种神态动作，你还看不出他们在做什么吗？

四

斯坦因终于取得了九千多个经卷、五百多幅绘画，打包装箱就整整花了七天时间。最后打成了二十九个大木箱，原先带来的那些骆驼和马匹不够用了，又雇来了五辆大车，每辆都拴上三匹马来拉。

那是一个黄昏，车队启动了。王圆箓站在路边，恭敬相送。斯坦因“购买”这二十九个大木箱的稀世文物，所支付给王圆箓的全部价钱，我一直不忍心写出来，此刻却不能不说一说了。那就是，三十英镑！但是，这点儿钱对王圆箓来说，毕竟比他平时到荒村野郊去化缘来的，多得多了。因此，他认为这位“斯大人”是“布施者”。

斯坦因向他招过手，抬起头来看看天色。

一位年轻诗人写道，斯坦因看到的，是凄艳的晚霞。那里，一个古老民族的伤口在流血。

我又想到了另一位年轻诗人的诗——他叫李晓桦，诗是写给下令火烧圆明园的额尔金勋爵的：

我好恨
恨我没早生一个世纪
使我能与你对视着站立在

阴森幽暗的古堡
晨光微露的旷野
要么我拾起你扔下的白手套
要么你接住我甩过去的剑
要么你我各乘一匹战马
远远离开遮天的帅旗
离开如云的战阵
决胜负于城下

对于斯坦因这些学者，这些诗句也许太硬。但是，除了这种办法，还有什么方式能阻拦他们呢？

我可以不带剑，也不骑马，只是伸出双手做出阻拦的动作，站在沙漠中间，站在他们车队的正对面。

满脸堆笑地走上前来的，一定是蒋孝琬。我扭头不理他，只是直视着斯坦因，要与他辩论。

我要告诉他，把世间文物统统拔离原生的土地，运到地球的另一端收藏展览，是文物和土地的双向失落、两败俱伤。我还要告诉他，借口别人管不好家产而占为己有，是一种掠夺……

我相信，也会有一种可能，尽管概率微乎其微——我的激情和逻辑终于压倒了斯坦因，于是车队果真被我拦了下来。

那么，接下来该怎么办呢？当然应该送缴京城。但当时，藏经洞文物不是也有一批送京的吗？其情景是，没有木箱，只用席子捆扎，沿途官员缙绅伸手进去就取走一把。有些官员还把大车赶进自己的院子里精挑细选，择优盗取。盗取后又怕到京后点数不符，便把长卷撕成几个短卷来凑数搪塞。

当然，更大的麻烦是，那时的中国处处军阀混战，北京更是乱成一团。在兵丁和难民的洪流中，谁也不知道脚下的土地明天将会插上哪家的

军旗。几辆装载古代经卷的车，怎么才能通过？怎样才能到达？

那么，不如叫住斯坦因，还是让他拉到伦敦的博物馆里去吧。但我当然不会这么做。我知道斯坦因看出了我的难处，因为我发现，被迫留下了车队而离去的他，正一次次回头看我。

我假装没有看见，只用眼角余光默送他和蒋孝琬慢慢远去，终于消失在黛褐色的山丘后面。然后，我再回过身来。

长长一排车队，全都停在苍茫夜色里，由我掌管。但是，明天该去何方？

这里也难，那里也难，我左思右想，最后只能跪倒在沙漠里，大哭一场。

哭声，像一匹受伤的狼在黑夜里嗥叫。

五

一九四三年十月二十六日，八十二岁的斯坦因在阿富汗的喀布尔去世。

此时是中国抗日战争进行得最艰苦的日子。中国，又一次在生死关头被世人认知，也被自己认知。

在斯坦因去世的前一天，伦敦举行“中国日”活动，博物馆里的敦煌文物又一次引起热烈关注。

在斯坦因去世的同一天，中国历史学会在重庆成立。

我知道处于弥留之际的斯坦因不可能听到这两个消息。

有一件小事让我略感奇怪，那就是斯坦因的墓碑铭文：

> 马克·奥里尔·斯坦因
> 印度考古调查局成员
> 学者、探险家兼作家
> 通过极为困难的印度、中国新疆、波斯、伊拉克之行，扩展

了知识领域

他平生带给西方世界最大的轰动是敦煌藏经洞，为什么在墓碑铭文里故意回避了，只提“中国新疆”？敦煌并不在新疆，而是在甘肃。

我约略知道此间原因。那就是，他在莫高窟的所作所为，已经受到文明世界越来越严厉的谴责。

阿富汗的喀布尔，是斯坦因非常陌生的地方。整整四十年他一直想进去而未被允许，刚被允许进入，却什么也没有看到就离开了人世。

他被安葬在喀布尔郊区的一个外国基督教教徒公墓里，但他的灵魂又怎么能安定下来？

直到今天，这里还备受着贫困、战乱和宗教极端主义的包围。而且，蔓延四周的宗教极端主义，正好与他信奉的宗教完全对立。小小的墓园，是那样孤独、荒凉和脆弱。

我想，他的灵魂最渴望的，是找一个黄昏，一个与他赶着车队离开时一样的黄昏，再潜回敦煌去看看。

如果真有这么一个黄昏，那么，他见了那座道士塔，会与王圆箓说什么呢？

我想，王圆箓不会向他抱怨什么，却会在他面前稍稍显得有点儿趾高气扬。因为道士塔前，天天游人如潮，虽然谁也没有投来过尊重的目光。而斯坦因的墓地前，永远阒寂无人。

至于另一个男人，那个蒋孝琬的坟墓在哪里，我就完全不知道了。有知道的朋友，能告诉我吗？

宁古塔

一

东北终究是东北，现在已是盛夏的尾梢，江南的西瓜早就收藤了，而这里似乎还刚刚开旺。大路边高高低低地延绵着一堵用西瓜砌成的墙，瓜农们还在从绿油油的瓜地里一个个捧出来往上面堆。买了好几个搬到车上，先切开一个在路边啃起来。一口下去又是一惊，竟是我平生很少领略过的清爽和甘甜！

这片土地，竟然会蕴藏着这么多的甘甜吗？

我提这个问题的时候心头不禁一颤，因为我正站在从牡丹江到镜泊湖去的半道上，脚下是黑龙江省宁安县，清代称之为“宁古塔”的所在。只要对清史稍有涉猎的读者都能理解我的心情。在漫长的数百年间，不知有多少“犯人”的判决书上写着：“流放宁古塔。”

有那么多的朝廷大案以它作为句点，因此“宁古塔”这三个字成了全国官员心底最不吉利的符咒。任何人都有可能一夜之间与这里产生终身性的联结，就像堕入一个漆黑的深渊，不大可能再泅得出来。金銮殿离这里很远又很近，因此这三个字常常悄悄地潜入高枕锦衾间的噩梦，把那么多的人吓出一身身冷汗。

清代统治者特别喜欢流放江南人，因此这块土地与我的出生地和谋生地也有着很深的缘分。几百年前的江浙口音和现在一定会有不少差别了吧，但是，云还是这样的云，天还是这样的天。

地可不是这样的地。有一本叫作《研堂见闻杂记》的书上写道，当时的宁古塔几乎不是人间的世界，流放者去了，往往半道上被虎狼恶兽吃掉，甚至被饿昏了的当地人分而食之，能活下来的不多。当时另有一个著名的流放地叫尚阳堡，也是一个让人毛骨悚然的地方，但与宁古塔一比，尚阳堡还有房子可住，还能活得下来，简直好到天上去了。也许有人会想，有塔的地方总该有点儿文明的遗留吧？这就搞错了。宁古塔没有塔，这三个字完全是满语的音译，意为“六个”（“宁古”为“六”，“塔”为“个”），据说很早的时候曾有兄弟六人在这里住过，而这六个人可能还与后来的清室攀得上远亲。

由宁古塔又联想到东北其他几个著名的流放地，例如，今天的沈阳（当时称盛京）、辽宁开原市（当时的尚阳堡）、黑龙江齐齐哈尔（当时称卜魁）等处。我，又想来触摸中国历史身上某些让人不大舒服的部位了。

二

中国古代历朝对犯人的惩罚，条例繁杂，但粗粗说来无外乎打、杀、流放三种。打是轻刑，杀是极刑，流放“不轻不重”，嵌在中间。

打的名堂就很多，打的工具（如鞭、杖之类）、方式和数量都不一样。民间罪犯姑且不论，即便在朝堂之上，也时时刻刻晃动着被打的可能。再道貌岸然的高官，再斯文儒雅的学者，从小接受“非礼勿视”的教育，举手投足蕴藉有度，刚才站到殿堂中央来讲话时还细声慢气地调动一连串深

奥典故，用来替代一切世俗词汇，突然不知是哪句话讲错了，立即被一群宫廷侍卫按倒在地，在众目睽睽之下被一五一十地打将起来。苍白的肌肉，殷红的鲜血，不敢大声发出的哀号，乱作一团的白发，强烈地提醒着端立在一旁的其他文武官员：你们说到底只是一种生理性的存在；用思想来辩驳思想，以理性来面对理性，从来没有那回事儿。

杀的花样就更多了。我早年在一本旧书中读到嘉庆朝廷如何杀戮一个行刺者的具体记述，好几天都吃不下饭。后来我终于对其他杀人花样也有所了解了，真希望我们下一代不要再有人去知道这些事情。他们的花样，是把死这件事情变成一个可供细细品味、慢慢咀嚼的漫长过程。在这一过程中，组成人的一切器官和肌肤全部成了痛苦的由头，因此受刑者只能怨恨自己竟然是个人。我相信中国的宫廷、官府所实施的杀人办法，是人类成为人类以来百十万年间最为残酷的自戕游戏，即便是豺狼虎豹在旁看了也会瞠目结舌。

残忍，对统治者来说，首先是一种恐吓，其次是一种快感。越到后来，恐吓的成分越来越少，而快感的成分则越来越多。这就变成了一种心理毒素，扫荡着人类的基本尊严。统治者以为这样便于统治，却从根本上摧残了中华文明的人性、人道基础。这个后果非常严重，直到已经废止酷刑的今天，还没有恢复过来。

现在可以说说流放了。

与杀相比，流放是一种长时间的折磨。死了倒也罢了，可怕的是人还活着，种种残忍都要用心灵去一点点儿消受，这就比死都繁难了。

就以当时流放东北的江南人和中原人来说，最让人受不了的是流放的株连规模。有时不仅全家流放，而且祸及九族，所有远远近近的亲戚，甚至包括邻里，全都成了流放者，往往是几十人、百余人的队伍，浩浩荡荡。

别以为这样热热闹闹一起远行并不差，须知道这些几天前还是锦衣玉食的家都已被查抄，家产财物荡然无存，而且到流放地之后做什么也早已定下，如“赏给出力兵丁为奴”“给披甲人为奴”，等等，连身边的孩子也都已经是奴隶。一路上怕他们逃走，便枷锁千里。我在史料中见到这样一条记载：明宣德八年，一次有一百七十名犯人流放到东北，死在路上的就有三分之二，到东北只剩下五十人。

好不容易到了流放地，这些奴隶分配给了主人，主人见美貌的女性就随意糟蹋，怕其丈夫碍手碍脚就先把其丈夫杀了。流放人员那么多用不了，选出一些女的卖给娼寮，选出一些男的去换马。

最好的待遇是在所谓“官庄”里做苦力，当然也完全没有自由。照清代被流放的学者吴兆骞记述，“官庄人皆骨瘦如柴”“一年到头，不是种田，即是打围、烧石灰、烧炭，并无半刻空闲日子”。

在一本叫《绝域纪略》的书中描写了流放在那里的江南女子汲水的镜头：“春余即汲，霜雪井溜如山，赤脚单衣悲号于肩担者，不可纪，皆中华富贵家裔也。”

在这些可怜的汲水女里面，肯定有着不少崔莺莺和林黛玉，昨日的娇贵矜持根本不敢再回想，连那点儿哀怨悱恻的恋爱悲剧，也全都成了奢侈。

康熙时期的诗人丁介曾写过这样两句诗：

南国佳人多塞北，
中原名士半辽阳。

这里该包含着多少让人不敢细想的真正大悲剧啊！诗句或许会有些夸张，但当时中原各省在东北流放地到了“无省无人”的地步是确实的。据李兴盛先生统计，单单清代东北流人（其概念比流放犯略大），总数在一百五十万以上。普通平民百姓很少会被流放，因而其间“名士”和“佳人”的比例确实不低。

如前所说，这么多人中，很大一部分是株连者，这个冤屈就实在太大了。那些远亲，可能根本没见过当事人，他们的亲族关系要通过老一辈曲曲折折的比画才能勉强厘清，现在却一股脑儿都被赶到了这儿。在统治者

看来，中国人都不是个人，只是长在家族大树上的叶子，一片叶子看不顺眼了，证明从根上就不好，于是一棵大树连根儿拔掉。我看“株连”这两个字的原始含义就是这样来的。

树上叶子那么多，不知哪一片会出事而祸及自己，更不知自己的一举一动什么时候会危害到整棵大树，于是只能战战兢兢，如临深渊，如履薄冰。如此这般，中国怎么还会有独立的个体意识呢？

我们也见过很多心底明白而行动窝囊的人物：有的事，他们如果按心底所想的再坚持一下，就坚持出人格来了；但皱眉一想妻儿老小、亲戚朋友，也就立即改变了主意。既然大树上没有一片叶子敢于面对风的吹拂、露的浸润、霜的飘洒，那么，整个树林也便成了没有风声鸟声的死林。

三

我常常设想，那些当事人在东北流放地遇见了以前从来没有听见过、这次却因自己而罹难的远房亲戚，该会说什么话？有何种表情？而那些远房亲戚又会做什么反应？

当事人极其内疚是毫无疑问的，但光内疚够吗？而且内疚什么呢？他或许会解释一下案情，但他真能搞得清自己的案情吗？

能说清自己案情的是流放者中那一部分真正的反清斗士。还有一部分属于宫廷内部钩心斗角的失败者，他们大体也说得清自己流放的原因。最说不清楚的是那些文人，不小心沾上了文字狱、科场案，一夜之间成了犯人，与一大群受株连者一起跌跌撞撞地发配到东北来了，他们大半搞不清自己的案情。

文字狱的无法说清已有很多人写过，不想再说什么了。科场案是针对科举考试中的作弊嫌疑而言的，牵涉面更大。

明代以降，特别是清代，壅塞着接二连三的所谓科场案，好像鲁迅的祖父后来也挨到了这类案子——幸好没有全家流放，否则我们就没有《阿Q正传》好读了。

依我看，科场中真作弊的有，但是很大一部分是被恣意夸大甚至无中生有的。例如，一六五七年发生过两个著名的科场案，被杀、被流放的人很多。我们不妨选其中较严重的一个即所谓“南闱科场案”稍稍多看几眼。

一场考试过去，发榜了，没考上的士子们满腹牢骚，议论很多。被说得最多的是考上举人的安徽青年方章钺，可能与主考大人是远亲，即所谓“联宗”吧，理应回避，不回避就有可能作弊。

落第考生的这些道听途说被一位官员听到了，就到顺治皇帝那里奏了一本。顺治皇帝闻奏后立即下旨，正副主考一并革职，把那位考生方章钺捉来严审。

这位安徽考生的父亲叫方拱乾，也在朝中做着官，上奏说我们家从来没有与主考大人联过宗，联宗之说是误传，因此用不着回避，以前几届也考过，朝廷可以调查。

本来这是一件很容易调查清楚的事情，但麻烦的是，皇帝已经表了态，而且已把两个主考革职了，如果真的没有联过宗，皇帝的脸往哪儿搁？

因此朝廷上下一口咬定，你们两家一定联过宗，不可能不联宗，没理由不联宗，为什么不联宗？不联宗才怪呢！既然肯定联过宗，那就应该在子弟考试时回避，不回避就是犯罪。

刑部花了不少时间琢磨这个案子，再琢磨皇帝的心思，最后心一横，拟了个处理方案上报，大致意思无非是，正副主考已经激起圣怒，被皇帝亲自革了职，那就干脆处死算了，把事情做到底别人也就没话说了；至于考生方章钺，朝廷不承认他是举人，作废。

这个处理方案送到了顺治皇帝那里。大家原先以为皇帝也许会比刑部宽大一点儿，做点儿姿态，没想到皇帝的回旨极其可怕：正副主考斩首，没什么客气的；还有他们统领的其他所有考官到哪里去了？一共十八名，全部绞刑，家产没收，他们的妻子儿女一概罚做奴隶。听说已经死了一个

姓卢的考官了？算他幸运，但他的家产也要没收，他的妻子儿女也要去做奴隶。还有，就让那个安徽考生不做举人就算啦？不行，把八个考取的考生全都收拾一下，他们的家产也应全部没收，每人狠狠打上四十大板。更重要的是，他们这群考生的父母、兄弟、妻子，要与这几个人一起，全部流放到宁古塔！（参见《清世祖实录》卷一百二十一）

这就是典型的中国古代判决，处罚之重，到了完全离谱的程度。不就是仅仅一位考生与主考官有点儿沾亲带故的嫌疑吗？他父亲出面已经把嫌疑排除了，但结果还是如此惨烈，而且牵涉的面又如此之大。这二十个考官应该是当时中国第一流的学者，居然不明不白地全部杀掉，他们的家属随之遭殃。这种暴行，今天想来还令人发指。

这中间，唯一能把嫌疑的来龙去脉说得稍稍清楚一点儿的只有安徽考生一家——方家，其他被杀、被打、被流放的人可能连基本缘由也一无所知。但不管，刑场上早已头颅滚滚、血迹斑斑，去东北的路上也已经排成长队。

这些考生的家属在长途跋涉中想到前些天身首异处的那二十来个大学者，心也就平下来了——比上不足比下有余，何况人家那么著名的人物临死前也没吭声，要我冒出来喊冤干啥？

这是中国人面临最大的冤屈和灾难时的惯常心理逻辑。一切理由都没什么好问的，就算是遇到了一场自然灾害。

且看历来流离失所的灾民，有几个问清过台风形成的原因和山洪暴发的理由？算啦，低头干活吧，能这样就不错啦。

四

灾难，对于常人而言也就是灾难而已，但对文人而言就不一样了。在灾难降临之初，他们会比一般人更紧张、更痛苦，但在渡过这一关口之后，他们中一部分人的文化意识有可能觉醒，开始面对灾难寻找生命的底蕴。以前的价值系统也可能被解构，甚至解构得比较彻底。

有些文人，刚流放时还端着一副孤忠之相，等着哪一天圣主来平反昭雪。有的则希望自己死后有一位历史学家来说两句公道话。但是，茫茫的塞外荒原否定了他们，浩浩的北国寒风嘲笑着他们。

流放者都会记得宋金战争期间，南宋的使臣洪皓和张邵被金人流放到黑龙江的事迹。洪皓和张邵算得上为大宋朝廷争气的了，在捡野菜充饥、拾马粪取暖的情况下还凛然不屈。

出人意料的是，这两人在东北为宋廷受苦受难十余年，好不容易回来后却立即遭受贬谪。倒是金人非常尊敬这两位与他们作对的使者，每次宋廷有人来总要打听他们的消息，甚至对他们的子女也倍加怜惜。

这种事例，使后来的流放者们陷入深思：既然朝廷对自己的使者都是这副模样，那它真值得大家为它守节效忠吗？我们过去头脑中认为至高无上的一切，真是那样有价值吗？

顺着这一思想脉络，东北流放地出现了一个奇迹：不少被流放的清朝官员与反清义士结成了好朋友，甚至到了生死莫逆的地步。原先各自的政治立场都消解了，消解在对人生价值的重新确认里。

当官衔、身份、家产一一被剥除时，剩下的就是生命对生命的直接呼唤。著名的反清义士函可，在东北流放时最要好的那些朋友李裀、魏琯、季开生、李呈祥、郝浴、陈掖臣等人，几乎都是被贬的清朝官吏。但他却以这些人为骨干，成立了一个“冰天诗社”。

函可的那些朋友，在个人人品上都很值得敬重。例如，李裀获罪是因为上谏朝廷，指陈当时的“逃人法”立法过重，株连太多；魏琯因上疏主张一个犯人的妻子“应免流徙”而自己反被流徙；季开生是谏阻皇帝到民间选美女；郝浴是弹劾吴三桂骄横不法……总之都是一些善良而正直的人。现在他们的发言权被剥夺了，但善良和正直却剥夺不了。

函可与他们结社是在顺治七年，那个时候，江南很多知识分子还在以

仕清为耻，因此是看不起仕清反被清害的汉族官员的。但函可却完全不理这一套，以毫无障碍的心态发现了他们的善良与正直，把他们作为一个个有独立人品的个人来尊重。

政敌不见了，对立松懈了，只剩下一群赤诚相见的朋友。

有了朋友，再大的灾害也会消去大半；有了朋友，再糟的环境也会风光顿生。

我敢断言，在漫长的中国古代社会中，最珍贵、最感人的友谊必定产生在朔北和南荒的流放地，产生在那些蓬头垢面的文士们中间。其他那些著名的友谊佳话，外部雕饰太多了。

除了流放者之间的友谊外，外人与流放者的友谊也有一种特殊的重量。

在株连之风极盛的时代，与流放者保持友谊是一件十分危险的事。何况地处遥远，在当时的交通和通信条件下要维系友谊又非常艰难。因此，流放者们完全可以凭借往昔友谊的维持程度，来重新评验自己原先置身的世界。

元朝时，浙江人骆长官被流放到东北，他的朋友孙子耕竟从杭州一路相伴到东北。清康熙年间，兵部尚书蔡毓荣获罪流放黑龙江，他的朋友上海人何世澄不仅一路护送，而且陪着蔡毓荣在黑龙江住了两年多才返回江南。

让我特别倾心的是，康熙年间顾贞观把自己的老友吴兆骞从东北流放地救出来的那番苦功夫。

顾贞观知道老友在边荒时间已经很长，吃足了各种苦头，很想晚年能赎他回来让他过几天安定日子，为此他愿意叩拜座座朱门来集资。但这事不能光靠钱，还要让当朝最有权威的人点头。他好不容易结识了当朝太傅明珠的儿子纳兰容若。纳兰容若是一个人品和文品都不错的人，也乐于帮助朋友，但对顾贞观提出的这个要求却觉得事关重大，难以点头。

顾贞观没有办法，只得拿出他因思念吴兆骞而写的词作《金缕曲》两首给纳兰容若看。两首词的全文是这样的：

季子平安否？便归来，平生万事，那堪回首！行路悠悠谁慰藉？母老家贫子幼。记不起，从前杯酒。魑魅搏人应见惯，总输他覆雨翻云手。冰与雪，周旋久。　　泪痕莫滴牛衣透，数天涯，依然骨肉，几家能够？比似红颜多命薄，更不如今还有。只绝塞，苦寒难受。廿载包胥承一诺，盼乌头马角终相救。置此札，君怀袖。

我亦飘零久。十年来，深恩负尽，死生师友。宿昔齐名非忝窃，试看杜陵消瘦。曾不减，夜郎僝僽。薄命长辞知己别，问人生到此凄凉否？千万恨，为君剖。　　兄生辛未吾丁丑，共些时，冰霜摧折，早衰蒲柳。词赋从今须少作，留取心魂相守。但愿得，河清人寿。归日急翻行戍稿，把空名料理传身后。言不尽，观顿首。

不知读者诸君读了这两首词作何感想，反正纳兰容若当时刚一读完就声泪俱下，对顾贞观说："给我十年时间吧，我当作自己的事来办，今后你完全不用再叮嘱我了。"

顾贞观一听急了："十年？他还有几年好活？五年为期，好吗？"

纳兰容若擦着眼泪点了点头。

经过很多人的努力，吴兆骞终于被赎了回来。

我常常想，今天东北人的豪爽、好客、重友情、讲义气，一定与流放者们的精神遗留有某种关联。流放，创造了一个味道浓厚的精神世界，使我们得惠至今。

五

在享受友情之外，流放者还想干一点儿自己想干的事情。由于气候和管理方面的原因，流放者也有不少空余时间。有的地方，甚至处于一种放

任自流的状态。这就给了文化人一些微小的自我选择的机会。

我，总要做一点儿别人不能替代的事情吧？总要有一些高于捡野菜、拾马粪、烧石灰、烧炭的行为吧？想来想去，这种事情和行为，都与文化有关。因此，这也是一种回归，不是地理意义上的而是文化意义上的回归。

比较常见的是教书，例如，洪皓曾在晒干的桦叶上默写出《四书》，教村人子弟；张邵甚至在流放地开讲《大易》，“听者毕集”；函可作为一位佛学家利用一切机会传授佛法。

其次是教耕作和商贾，例如，杨越就曾花不少力气在流放地传播南方的农耕技术，教当地人用“破木为屋”来代替原来的“掘地为屋”，又让流放者用随身带的物品与当地土著交换渔牧产品，培养了初步的市场意识，同时又进行文化教育，几乎是全方位地推动了这块土地上文明的进步。

文化素养更高一点儿的流放者则把东北作为自己进行文化考察的对象，并把考察结果留诸文字，至今仍为地域文化研究者所钟爱。例如，方拱乾所著《宁古塔志》，吴桭臣所著《宁古塔纪略》，张缙彦所著《宁古塔山水记》，杨宾所著《柳边纪略》，英和所著《龙沙物产咏》，等等，这些著作具有很高的历史学、地理学、风俗学、物产学等多方面的学术价值。

我们知道，中国古代的学术研究除了李时珍、徐霞客等少数例外，多数习惯于从书本来到书本去，缺少野外考察精神，致使我们的学术传统至今还常缺乏实证意识。这些流放者却在艰难困苦之中克服了这种弊端，写下了中国学术史上让人惊喜的一页。

他们脚下的这块土地给了他们那么多无告的陌生，那么多绝望的辛酸，但他们却无意怨恨它，而用温热的手掌抚摸着它，让它感受文明的热量，使它进入文化的史册。

在这方面，有几个代代流放的南方家族所起的作用特别大。例如，清代浙江的吕留良家族，安徽的方拱乾、方孝标家族，浙江的杨越、杨宾父子等。近代国学大师章太炎先生在民国初年曾说到因遭文字狱而世代流放东北的吕留良（吕用晦）家族的贡献：“后裔多以塾师、医药、商贩为业。

土人称之曰老吕家，虽为台隶，求师者必于吕氏，诸犯官遣戍者，必履其庭，故土人不敢轻，其后裔亦未尝自屈也。”“齐齐哈尔人知书，由吕用晦后裔谪戍者开之。”

说到方家，章太炎说：“初，开原、铁岭以外皆胡地也，无读书识字者。宁古塔人知书，由孝标后裔谪戍者开之。”（《太炎文录续编》）当代历史学家认为，太炎先生的这种说法，史实可能有所误，评价可能略嫌高，但肯定两个家族在东北地区文教上的启蒙之功，是完全不错的。

一个家族世世代代流放下去，对这个家族来说是莫大的悲哀，但他们对东北的开发事业却进行了一代接一代的连续性攻坚。他们是流放者，但他们实际上又成了老资格的“土著”。那么他们的故乡究竟在何处呢？面对这个问题，我在同情和惆怅中又包含着对胜利者的敬意，因为在文化意义上，他们是英勇的占领者。

六

我希望上面这些叙述不至于构成这样一种误解，以为流放这件事从微观来说造成了许多痛苦，而从宏观来说却并不太坏。

不。从宏观来说，流放无论如何也是对文明的一种摧残。部分流放者从伤痕累累的苦痛中挣扎出来，手忙脚乱地创造出了那些文明，并不能给流放本身增色添彩。且不说多数流放者不再有什么文化创造，即便是我们在上文中评价最高的那几位，也无法成为我国文化史上的第一流人才。

第一流人才可以受尽磨难，却不能让磨难超越基本的生理限度和物质限度。尽管屈原、司马迁、曹雪芹也受了不少苦，但宁古塔那样的流放方式却永远也出不了《离骚》《史记》和《红楼梦》。

文明可能产生于野蛮，却绝不喜欢野蛮。我们能熬过苦难，却绝不赞美苦难。我们不害怕迫害，却绝不肯定迫害。

在真正的“大现场”，一切形容词、抒情腔都显得微弱可笑。这里的海鸟，不能帮助任何人写散文，不能帮助任何人画画，也不能帮助任何人创作交响乐。我们也许永远也猜不透它们翅膀下所夹带的秘密。人类常常产生“高于自然”的艺术梦想，在这里必须放弃。——《远方的海》

部分文人之所以能在流放的苦难中显现人性、创建文明，本源于他们内心的高贵。他们的外部身份可以一变再变，甚至终身陷于囹圄，但内心的高贵却未曾全然销蚀。这正像有的人，不管如何追赶潮流或身居高位，却总也掩盖不住内心的卑贱一样。

毫无疑问，最让人动心的是苦难中的高贵，最让人看出高贵之所以高贵的，也是这种高贵。凭着这种高贵，人们可以在生死存亡线的边缘上吟诗作赋，可以用自己的一点儿温暖去化开别人心头的冰雪，继而可以用屈辱之身去点燃文明的火种。他们为了文化和文明，可以不顾物欲利益，不顾功利得失，义无反顾，一代又一代。

我站在这块古代称为宁古塔的土地上，长时间地举头四顾又终究低下头来，我向一些远年的灵魂祭奠——为他们大多来自浙江、上海、江苏、安徽那些我很熟悉的地方，更为他们在苦难中的高贵。

都江堰

一

一位年迈的老祖宗，没有成为挂在墙上的画像，没有成为写在书里的回忆，而是直到今天还在给后代挑水、送饭，这样的奇事你相信吗？

一匹千年前的骏马，没有成为泥土间的化石，没有成为古墓里的雕塑，而是直到今天还踯躅在家园四周的高坡上，守护着每一个清晨和夜晚，这样的奇事你相信吗？

当然无法相信。但是，由此出现了极其相似的第三个问题：

一个两千多年前的水利工程，没有成为西风残照下的废墟，没有成为考古学家们的难题，而是直到今天还一直执掌着亿万人的生计，这样的奇事你相信吗？

仍然无法相信，但它真的出现了。

它就是都江堰。

这是一个不大的工程，但我敢说，把它放在全人类文明奇迹的第一线，也毫无愧色。

世人皆知万里长城，其实细细想来，它比万里长城更激动人心。万里长城当然也非常伟大，展现了一个民族令人震惊的意志力。但是，万里长城的实际功能历来并不太大，而且早已废弛。都江堰则不同，有了它，旱涝无常的四川平原成了天府之国，每当中华民族有了重大灾难，天府之国总是沉着地提供庇护和濡养。有了它，才有历代贤臣良将的安顿和向往，才有唐宋诗人出川入川的千古华章。说得近一点儿，有了它，抗日战争时的中国才有一个比较稳定的后方。

它细细渗透，节节延伸，延伸的距离并不比万里长城短。或者说，它筑造了另一座万里长城。而一查履历，那座名声显赫的万里长城还是它的后辈。

二

我去都江堰之前，以为它只是一个水利工程罢了，不会有太大的游观价值。只是要去青城山玩，要路过灌县县城，它就在近旁，就乘便看一眼吧。因此，在灌县下车，心绪懒懒的，脚步散散的，在街上胡逛，一心只想看青城山。

七转八弯，从简朴的街市走进了一个草木茂盛的所在。脸面渐觉滋润，眼前愈显清朗，也没有谁指路，只是本能地向更滋润、更清朗的去处去。

忽然，天地间开始有些异常，一种隐隐然的骚动，一种还不太响却一定是非常响的声音，充斥周际。如地震前兆，如海啸将临，如山崩即至，浑身骤起一种莫名的紧张，又紧张得急于趋附。

不知是自己走去的还是被它吸去的，终于陡然一惊，我已站在伏龙观前——眼前，急流浩荡，大地震颤。

即便是站在海边礁石上，也没有像这里这样强烈地领受到水的魅力。海水是雍容大度的聚汇，聚汇得太多太深，茫茫一片，让人忘记它是切切实实的水、可掬可捧的水。这里的水却不同，要说多也不算太多，但股股叠叠都精神焕发，合在一起比赛着飞奔的力量，踊跃着喧嚣的生命。

这种比赛又极有规矩，奔着奔着，遇到江心的分水堤，唰的一下裁割为二，直蹿出去，两股水分别撞到了一道坚坝，立即乖乖地转身改向，再在另一道坚坝上撞一下，于是又根据筑坝者的指令来一番调整……

也许水流对自已的驯顺有点儿恼怒了，突然撒起野来，猛地翻卷咆哮，但越是这样越是显现出一种更壮丽的驯顺。已经咆哮到让人心魄俱夺，也没有一滴水溅错了方向。

水在这里，吃够了苦头，也出足了风头，就像一大拨翻越各种障碍的马拉松健儿，把最强悍的生命付之于规整，付之于企盼，付之于众目睽睽。

看云看雾看日出各有胜地，要看水，万不可忘了都江堰。

三

这一切，首先要归功于遥远的李冰。

四川有幸，中国有幸，公元前三世纪出现过一项并不惹人注目的任命：李冰任蜀郡守。

据我所知，这项任命与秦统一中国的宏图有关。本以为只有把四川作为一个富庶的根据地和出发地，才能从南线问鼎长江流域。然而，这项任命到了李冰那里，却从一个政治计划变成了一个生态计划。

他要做的事，是浚理，是消灾，是滋润，是灌溉。

他是郡守，手握一把长锸，站在滔滔江边，完成了一个“守”字的原始造型。

没有资料可以说明他作为郡守在其他方面的才能，但因为有过他，中国也就有了一种冰清玉洁的行政纲领。

中国后来官场的惯例，是把一批批杰出学者选拔为无所专攻的官僚，

而李冰却因官位而成了一名实践科学家。

他当然没有在哪里学过水利。但是，以使命为学校，竭力钻研几载，他总结出治水三字经（“深淘滩，低作堰”）、八字真言（“遇湾截角，逢正抽心”），直到二十世纪仍是水利工程的圭臬。

他的这点儿学问，永远水气淋漓。而比他年轻的很多典籍却早已风干，松脆得难以翻阅。

他没有料到，他治水的韬略很快被偷换成了治人的谋略。他没有料到，他想灌溉的沃土都将成为战场。他只知道，这个人种要想不灭绝，就必须要有清泉和米粮。

他大愚，又大智。他大拙，又大巧。他以田间老农的思维，进入了最清澈的人类学思考。

他未曾留下什么生平故事，只留下硬扎扎的水坝一座，让人们去猜详。

人们到这儿一次次纳闷：这是谁啊，死于两千年前，却明明还在指挥水流。站在江心的岗亭前，“你走这边，他走那边”的吆喝声、劝诫声、慰抚声，声声入耳。

李冰在世时已考虑事业的承续，命令自己的儿子做三个石人，镇于江间，测量水位。李冰逝世四百年后，也许三个石人已经损缺，汉代水官重造高及三米的“三神石人”以测量水位。这“三神石人”其中一尊，居然就是李冰的雕像。

这位汉代水官一定是承接了李冰的伟大精魂，竟敢把自己尊敬的祖师放在江中用于镇水测量。他懂得李冰的心意，唯有那里才是其最合适的岗位。

石像终于被岁月的淤泥掩埋。二十世纪七十年代出土时，有一尊石像头部已经残缺，手上还紧握着长锸。有人说，这是李冰的儿子。

即使不是，我仍然把他看成是李冰的儿子。一位现代女作家见到这尊塑像怦然心动——“没淤泥而蔼然含笑，断颈项而长锸在握”，她由此向现代官场衮衮诸公诘问：活着或死了，应该站在哪里？

出土的石像现正在伏龙观里展览。人们在轰鸣如雷的水声中向他们默默祭奠。在这里，我突然产生了对中国历史的某种乐观：只要李冰的精魂不散，李冰的儿子会代代繁衍。轰鸣的江水，便是至圣至善的遗言。

四

看到了一条横江索桥。桥很高，桥索由麻绳、竹篾编成。跨上去，桥身就猛烈摆动。越是犹豫进退，摆动就越大。

在这样高的地方偷看桥下，一定会神志慌乱。但这是索桥，到处漏空，由不得你不看。一看之下，先是惊吓，后是惊叹。

脚下的江流，从那么遥远的地方奔来，一派义无反顾的决绝势头，挟着寒风，吐着白沫，凌厉锐进。我站得这么高还能感觉到它的砭肤冷气，估计是从雪山赶来的吧。但是，再看桥的另一边，它硬是化作许多亮闪闪的河渠，一片慈眉善目。人对自然力的调理，居然做得这么爽利。如果人类做什么事都这么爽利，地球早已是另一副模样。

都江堰调理自然力的本事，被近旁的青城山做了哲学总结。

青城山是道教圣地，而道教是唯一在中国土生土长的大宗教。道教汲取了老子和庄子的哲学，把水作为教义的象征。水，看似柔顺无骨，却能变得气势滚滚，波涌浪叠，无比强大；看似无色无味，却能挥洒出茫茫绿野，累累硕果，万紫千红；看似自处低下，却能蒸腾九霄，为云为雨，为虹为霞……

看上去，是人在治水；实际上，却是人领悟了水，顺应了水，听从了水。只有这样，才能天人合一，无我无私，长生不老。

这便是道。

道之道，也就是水之道，天之道，生之道。因此也是李冰之道、都江堰之道。道无处不在，却在都江堰做了一次集中呈现。

因此，都江堰和青城山相邻而居，互相映衬，彼此佐证，成了研修中

国哲学的最浓缩课堂。

那天我带着都江堰的浑身水气，在青城山的山路上慢慢攀登。忽见一道观，进门小憩。道士认出了我，便铺纸研墨，要我留字。我当即写下了一副最朴素的对子：

> 拜水都江堰，
> 问道青城山。

我想，若能把“拜水”和“问道”这两件事当作一件事，那么，也就领悟了中华文化的一大秘密。

阳关雪

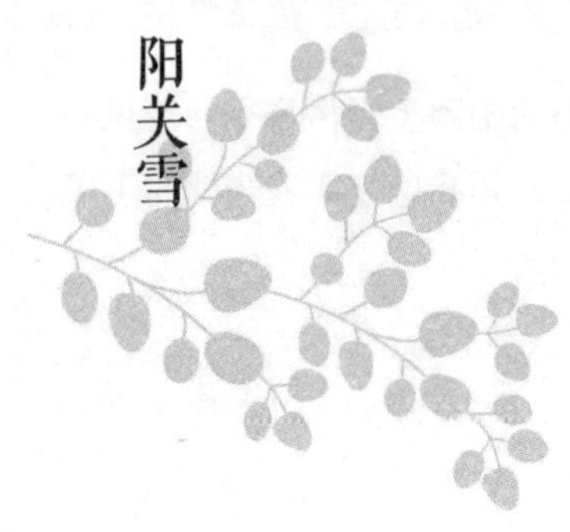

在中国古代，文官兼有文化身份和官场身份。在平日，自己和别人关注的大多是官场身份，但奇怪的是，当峨冠博带早已零落成泥，崇楼华堂也都沦为草泽之后，那一杆竹管毛笔偶尔涂画的诗文，却有可能镌刻山河、雕镂人心，永不漫漶。

我曾有缘，在黄昏的江船上仰望过白帝城，在浓冽的秋霜中登临过黄鹤楼，还在一个除夕的深夜摸到了寒山寺。我的周围人头济济，可以肯定，绝大多数人的心头，都回荡着那几首不必引述的古诗。

人们来寻景，更来寻诗。这些诗，他们在孩提时代就能背诵。孩子们的想象，诚恳而逼真。因此，这些城，这些楼，这些寺，早在心头自行搭建。

待到年长，当他们刚刚意识到有足够脚力的时候，也就给自己负上了一笔沉重的宿债，焦渴地企盼着对诗境实地的踏访，为童年，为想象，为无法言传的文化归属。

有时候，这种焦渴，简直就像对失落的故乡的寻找，对离散的亲人的查访。

文人的魔力，竟能把偌大一个世界的生僻角落，变成人人心中的故乡。

他们薄薄的青衫里，究竟藏着什么法术呢？

今天，我冲着王维的那首《渭城曲》，去寻阳关了。出发前曾在下榻的县城向老者打听，回答是：“路又远，也没什么好看的。这雪一时下不停，别去受这个苦了。”我向他鞠了一躬，转身钻进雪里。

一走出小小的县城，便是沙漠。除了茫茫一片雪白，什么也没有，连一个褶皱也找不到。在别地赶路，总要每一段为自己找一个目标，盯着一棵树，赶过去，然后再盯着一块石头，赶过去。在这里，睁疼了眼也看不见一个目标，哪怕是一片枯叶、一个黑点。于是，只好抬起头来看天。

从未见过这样完整的天，一点儿没有被吞食、被遮蔽，边沿全是挺展展的，紧扎扎地把大地罩了个严实。

有这样的地，天才叫天；有这样的天，地才叫地。在这样的天地中独个儿行走，侏儒也变成了巨人；在这样的天地中独个儿行走，巨人也变成了侏儒。

天竟晴了，风也停了，阳光很好。没想到沙漠中的雪化得这样快，才片刻，地上已见斑斑沙底，却不见湿痕。

天边渐渐飘出几缕烟迹，并不动，却在加深。疑惑半晌，才发现，那是刚刚化雪的山脊。

地上有一些奇怪的凹凸，越来越多，终于构成了一种令人惊骇的铺陈。我猜了很久，又走近前去蹲下身来仔细观看，最后得出结论：那全是远年的坟堆。

这里离县城已经很远，不大会成为城里人的丧葬之地。这些坟堆被风雪所蚀，因年岁而塌，枯瘦萧条，显然从未有人祭扫。它们为什么会有那么多，排列得又是那么密呢？只可能有一种理解：这里是古战场。

我在望不到边际的坟堆中茫然前行，心中浮现出艾略特的《荒原》。这里正是中华历史的荒原：如雨的马蹄，如雷的呐喊，如注的热血。中原慈母的白发，江南春闺的遥望，湖湘稚儿的夜哭。故乡柳荫下的诀别，将军咆哮时的怒目，丢盔弃甲后的军旗。随着一阵烟尘，又一阵烟尘，都飘散远去。

我相信，死者临死时都是面向朔北敌阵的；我相信，他们又很想在最后一刻回过头来，给熟悉的土地投注一个目光。于是，他们扭曲地倒下了，化作沙堆一座座。

这繁星般的沙堆，不知有没有换来史官们的几行墨迹？堆积如山的中国史籍，写在这个荒原上的篇页还算是比较光彩的，因为这儿是历代王朝的边远地带，担负着保卫华夏疆域的使命。所以，这些沙堆还铺陈得较为自在，这些篇页也还能哗哗作响。就像眼下单调的土地一样，出现在这里的历史命题也比较单纯。在中原内地就不同了，那儿没有这么大大咧咧铺陈开来的坦诚，一切都在花草掩映中发闷，无数不知为何而死的冤魂，只能悲愤懊丧地深潜地底，使每片土地都疑窦重重。相比之下，这片荒原还算荣幸。

远处已有树影。疾步赶去，树下有水流，沙地也有了高低坡斜。登上一个坡，猛一抬头，看见不远的山峰上有荒落的土墩一座，我凭直觉确信，这便是阳关了。

树愈来愈多，开始有房舍出现。这是对的，重要关隘所在，屯扎兵马之地，不能没有这一些。转几个弯，再直上一道沙坡，爬到土墩底下，四处寻找，近旁正有一碑，上刻“阳关古址”四字。

这是一个俯瞰四野的制高点。西北风浩荡万里，直扑而来，踉跄几步，方才站住。脚是站住了，却分明听到自己牙齿打战的声音，鼻子一定是立即冻红了的。呵一口热气到手掌，捂住双耳用力蹦跳几下，才定下心来睁眼。

这儿的雪没有化，当然不会化。所谓古址，已经没有什么故迹，只有近处的烽火台还在，这就是刚才在下面看到的土墩。土墩已坍了大半，可以看见一层层泥沙，拌和着一层层苇草。苇草飘扬出来，在千年之后的寒风中抖动。

向前俯视，是西北的群山，都积着雪，直伸天际。我突然觉得自己是

站在大海边的礁石上，那些山全是冰海冻浪。

王维的笔触实在是温厚。对于这么一个阳关，他仍然不露凌厉惊骇之色，而只是文静淡雅地写道："劝君更尽一杯酒，西出阳关无故人。"他瞟了一眼渭城客舍窗外青青的柳色，看了看友人已打点好的行囊，微笑着举起了酒壶——再来一杯吧，阳关之外，也许就找不到可以这样对饮畅谈的老朋友了。

这杯酒，友人一定是毫不推却、一饮而尽的。

这便是唐人风范。他们多半不会声声悲叹，执袂劝阻。他们的目光放得很远，他们的人生道路铺展得很广。告别是经常的，步履是放达的。这种神貌，在李白、高适、岑参那里，焕发得越加豪迈。由此联想到，在南北各地的古代造像中，唐人造像一看便可识认，形体那么健美，目光那么平静，笑容那么肯定，神采那么自信。

在欧洲看蒙娜丽莎的微笑，你立即就能感受，这种恬然的自信只属于那些真正从中世纪的梦魇中苏醒、对前路挺有把握的艺术家们。这些艺术家以多年的奋斗，执意要把微笑输送进历史的魂魄。而更早就具有这种微笑的唐代，却没有把它的自信延续久远。阳关的风雪，竟越见凄迷。

王维诗画皆称一绝，莱辛等西方哲人反复论述过的诗与画的界限，在他是可以随脚出入的。但是，长安的宫殿只为艺术家们开了一个狭小的边门，只允许他们以文化侍从的身份躬身而入。这里，不需要艺术闹出太大的人文局面，不需要对美有太深的人性寄托。

于是，九州的文风渐渐刻板。阳关，再也难以享用温醇的诗句。西出阳关的文人越来越少，只有陆游、辛弃疾等人一次次在梦中抵达，倾听着穿越沙漠冰河的马蹄声。但是，梦毕竟是梦，他们都在梦中死去。

即便是土墩、石城，也受不住见不到诗人的寂寞。阳关坍弛了，坍弛在一个民族的精神疆域中。它终成废墟，终成荒原。身后，沙坟如潮；身前，寒峰如浪。谁也不能想象，这儿，一千多年之前曾经验证过人生旅途的壮美、艺术情怀的宏广。

这儿应该有几声胡笳和羌笛的，如壮汉啸吟，与自然浑和，却夺人心魄。可惜它们后来都不再欢跃，成了兵士们心头的哀音。既然一个民族都不忍听闻，它们也就消失在朔风之中。

回去吧，时间已经不早，怕还要下雪。

风雨天一阁

一

已经决定，明天去天一阁。

没有想到，这天晚上，台风袭来，暴雨如注，整个宁波城都在柔弱地颤抖。第二天上午来到天一阁时，只见大门内的前后天井、整个院子，全是一片汪洋。打落的树叶在水面上翻卷，重重砖墙间透出湿冷冷的阴气。

是宁波市文化局副局长裴明海先生陪我去的。看门的老人没想到局长会在这样的天气陪着客人前来，慌忙从清洁工人那里借来半高筒雨鞋要我们穿上，还递来两把雨伞。但是，院子里积水太深，才下脚，鞋筒已经进水，唯一的办法是干脆脱掉鞋子，挽起裤管蹚水进去。

本来浑身早已被风雨搅得冷飕飕的了，赤脚进水立即通体一阵寒噤。就这样，我和裴明海先生相扶相持，高一脚低一脚地向藏书楼走去。

我知道天一阁的分量，因此愿意接受上苍的这种安排，剥除斯文，剥除悠闲，脱下鞋子，卑躬屈膝，哆哆嗦嗦，恭敬朝拜。今天这里没有其他参观者，这个朝拜仪式显得既安静，又纯粹。

二

作为一个藏书楼，天一阁的分量已经远远超过它的实际功能。它是一个象征，象征意义之大，不是几句话所能说得清楚的。

人类成熟文明的传承，主要是靠文字。文字的选择和汇集，就成了书籍。如果没有书籍，那么，我们祖先再杰出的智慧、再动听的声音，也早已随风飘散，杳无踪影。大而言之，没有书籍，历史就失去了前后贯通的缆索，人群就失去了远近会聚的理由；小而言之，没有书籍，任何个体都很难超越庸常的五尺之躯，成为有视野、有见识、有智慧的人。

中国最早发明了纸和印刷术。书，已经具备了一切制作条件的书，照理应该大量出版、大量收藏、大量传播。但是，实际情况并不是这样，它遇到了太多太多的生死冤家。

例如，朝廷焚书。这是一些统治者为了实行思想专制而采取的野蛮手段。可叹的是，早在纸质书籍出现之前，焚书的传统已经形成，那时焚的是竹简、木牍、帛书。自秦始皇、李斯开头，隋炀帝、蔡京、秦桧、明成祖都有焚书之举，更不必说清代文字狱的毁书惨剧了。

又如，战乱毁书。中国历史上战火频频，逃难的人要烧书，占领的人也要烧书。史籍上出现过这样的记载：董卓之乱，毁书六千余车；西魏军攻破江陵时，一日之间焚书十四万卷；隋朝末年农民起义，焚书三十七万卷；唐朝末年农民起义，焚书八万卷……

再如，水火吞书。古代运书多用船只，汉末和唐初都发生过大批书籍倾覆在黄河中的事件。大水也一次次地淹没过很多藏书楼。比水灾更严重的是火灾，宋代崇文院的火灾，明代文渊阁的火灾，把皇家藏书烧成灰烬。至于私家藏书毁于火灾的，更是数不胜数。除水火之外，虫蛀、霉烂也是难于抵抗的自然因素，成为书的克星。

凡此种种，说明一本书要留存下来，非常不易。它是那样柔弱脆薄，而扑向它的灾难，一个个都是那么强大、那么凶猛、那么无可抵挡。

二百年的积存，可散之于一朝；三千里的搜聚，可焚之于一夕。这种情景，实在是文明命运的缩影。在血火刀兵的历史主题面前，文明几乎没有地位。在大批难民和兵丁之间，书籍的功用常常被这样描写：“藉裂以为枕，爇火以为炊。”也就是说，书只是露宿时的垫枕、做饭时的柴火。要让它们保存于马蹄烽烟之间，几乎没有可能，除非，有几个坚毅文人的人格支撑。

说起来，皇家藏书比较容易，规模也大，但是，这种藏书除了明清时期编辑辞书时有用外，平日无法惠泽文人学士，几乎没有实际功能，又容易毁于改朝换代之际。因此，民间藏书就成了一种重要的文化传承方式。民间藏书，搜集十分艰难，又没有足够力量来抵挡多种灾祸，因此注定是一种悲剧行为。明知悲剧还勇往直前，这便是民间藏书家的人格力量。这种人格力量又不仅仅是他们的，而是一种希冀中华文明长久延续的伟大意愿，通过他们表现出来了。

天一阁，就是这种意愿的物态造型。在现存的古代藏书楼中，论时间之长，它是中国第一，也是亚洲第一。由于意大利有两座文艺复兴时代的藏书楼也保存下来了，比它早一些，因此它居于世界第三。

三

天一阁的创始人范钦，诞生于十六世纪初期。

如果要在世界坐标中做比较，那么，我们不妨知道：范钦出生的前两年，米开朗琪罗刚刚完成了雕塑《大卫》；范钦出生的同一年，达·芬奇完成了油画《蒙娜丽莎》。

范钦的一生，当然不可能像米开朗琪罗和达·芬奇那样踏出新时代的步伐，而只是展现了中国明代优秀文人的典型历程。他在很年轻的时候就通过一系列科举考试而做官，很快尝到了明代朝廷的诡谲风波。他是一个正直、负责、能干的官员，到任何一个地方做官都能打开一个局面，却又总是被牵涉到高层的人事争斗。我曾试图用最简明的语言概述一下他的仕途升沉，最后却只能放弃，因为那一个接一个的政治旋涡太奇怪，又太没有意义了。我感兴趣的只有这样几件事——

他曾经被诬告而“廷杖”入狱。廷杖是一种极度羞辱性的刑罚。在堂堂宫廷的午门之外，在众多官员的参观之下，他被麻布缚曳，脱去裤子，按在地上，满嘴泥土，重打三十六棍。受过这种刑罚，再加上几度受诬、几度昭雪，一个人的“心理筋骨”就会出现另一种模样。后来，他作为一个成功藏书家所表现出来的惊人意志和毅力，都与此有关。

他的仕途，由于奸臣的捉弄和其他原因，一直在频繁而远距离地滑动。在我的印象中，他做官的地方，至少有湖北、江西、广西、福建、云南、陕西等地，当然还要到北京任职，还要到宁波养老。大半个中国，被他摸了个遍。

在风尘仆仆的奔波中，他已开始搜集书籍，尤其是以地方志、政书、实录、历科试士录为主。当时的中国，经历过了文化上登峰造极的宋代，刻书、印书、藏书，在各地已经形成风气，无论是朝廷和地方府衙的藏书，书院、寺院的藏书，还是私人藏书，都相当丰富。这种整体气氛，使范钦有可能成为一个成熟的藏书家，而他的眼光和见识，又使他找到了自己的特殊地位。那就是，不必像别人藏书那样唯宋是瞻、唯古是拜，而是着眼当代，着眼社会资料，着眼散落各地而很快就会遗失的地方性文件。他的这种选择，使他成了中国历史上一名不可替代的藏书家。

一个杰出的藏书家不能只是收藏古代，后代研究者更迫切需要的，是他生存的时代和脚踩的土地，以及他在自己最真切的生态环境里做出的文化选择。

官，还是认认真真地做。朝廷的事，还是小心翼翼地对付。但是，作为一名文官，每到一地他不能不了解这个地方的文物典章、历史沿革、风

土习俗，那就必须找书了。见到当地的官员缙绅，需要询问的事情大多也离不开这些内容。谈完正事，为了互表风雅，更会集中谈书，尤其是当地的文风书讯。平时巡视察访，又未免以斯文之地为重。这一切，大抵是古代文官的寻常生态，不同的是，范钦把书的事情做认真了。

一天公务，也许是审问了一宗大案，也许是厘清了几笔财务，衙堂威仪，朝野礼数，不一而足。而他最感兴趣的，是差役悄悄递上的那个蓝布包袱，是袖中轻轻拈着的那份待购书目。他心里明白，这是公暇琐事、私人爱好，不能妨碍了朝廷正事。但是当他历尽宦海风浪终于退休之后就产生了疑惑：做官和藏书，究竟哪一项更重要？

我们站在几百年后远远看去则已经毫无疑惑：对范钦来说，藏书是他的生平主业，做官则是业余。

甚至可以说，历史要当时的中国出一个杰出的藏书家，于是把他放在一个颠覆九州的官位上来成全他。

范钦给了我们一种启发：一生都在忙碌的所谓公务和事业，很可能不是你对这个世界最主要的贡献；请密切留意你自己也觉得是不务正业却又很感兴趣的那些小事。

四

范钦对书的兴趣，显然已到了痴迷的程度。痴迷，带有一种非功利的盲目性。正是这种可爱的盲目性，使文化在应付实用之外还拥有大批忠诚的守护者，不倦地吟诵着。

痴迷是不讲理由的。中国历史上痴迷书籍的人很多，哪怕忍饥挨冻，也要在雪夜昏暗的灯光下手不释卷。这中间，因为喜欢书中的诗文而痴迷，那还不算真正的痴迷；不问书中的内容而痴迷，那就又上了一个等级。在这个等级上，只要听说是书，只要手指能触摸到薄薄的宣纸，就兴奋莫名、浑身舒畅。

我觉得范钦对书的痴迷，属于后一种。他本人的诗文，我把能找到的都找来读了，甚觉一般，因此不认为他会对书中的诗文有特殊的敏感。他所敏感的，只是书本身。

于是，只有他，而不是才情比他高的文学家，才有这么一股粗拙强硬的劲头，把藏书的事业做得那么大、那么好、那么久。

他在仕途上的历练，尤其是在工部具体负责各种官府、器杖、城隍、坛庙的营造和修理的实践，使他把藏书当作了一项工程，这又是其他藏书家做不到的了。

不讲理由的痴迷，再加上工程师般的精细，这就使范钦成了范钦，天一阁成了天一阁。

五

藏书家遇到的真正麻烦大多是在身后。范钦面临的最大问题是如何把自己的意志行为变成一种不可动摇的家族遗传。不妨说，天一阁真正堪称悲壮的历史，开始于范钦死后。我不知道保住这座楼的使命对范氏家族来说，算是一种光耀门庭的荣幸，还是一场绵延久远的苦役。

范钦在退休归里之后，一方面用比从前更大的劲头搜集书籍，使藏书数量大大增加，一方面则冷静地观察着自己的儿子能不能继承这些藏书。

范钦有两个儿子：范大冲和范大潜。他对这两个儿子都不太满意，但比较之下还是觉得范大冲要好得多。他早就暗下决心，自己死后，什么财产都可以分，唯独这一楼的藏书却万万不可分。书一分，就不成气候，很快就会耗散。但是，所有的亲属都知道，自己毕生最大的财富是书，如果只给一个儿子，另一个儿子会怎么想？

范钦决定由大儿子范大冲单独继承全部藏书，同时把万两白银给予小

儿子范大潜，作为他不分享藏书的代价。没想到，范大潜在父亲范钦去世前三个月先去世了，因此万两白银就由他的妻子陆氏分得。陆氏受人挑拨还想分书，后来还造成了一些麻烦，但是，“书不可分”已成了范钦的不二家法。

范大冲得到一楼藏书，虽然是父亲的毕生心血，江南的一大文书薮，但实际上既不能变卖，又不能开放，完全是把一项沉重的义务扛到了自己肩上。父亲花费了万两白银来保全他承担这项义务的纯粹性，余下的钱财没有了，只能靠自己另行赚取，来苦苦支撑。

一五八五年的秋天，范钦在过完自己八十大寿后的九天离开人世。藏书家在弥留之际一再打量着范大冲的眼睛，觉得自己实在是给儿子留下了一件骇人听闻的苦差事。他不知道儿子能不能坚持到最后，如果能，那么，孙子呢？孙子的后代呢？

他不敢想下去了。

一个再自信的人，也无法对自己的儿孙有过多的奢望。

他知道，自己没有理由让自己的后人一代代都做藏书家，但是如果他们不做，天一阁的命运将会如何？如果他们做了，其实也不是像自己一样的藏书家，而只是一个守楼人。

儿孙，书；书，儿孙……

范钦终于闭上了迷离的眼睛。

六

就这样，一场没完没了的接力赛开始了：多少年后，范大冲也会有遗嘱，范大冲的儿子又会有遗嘱……

家族传代，本身是一个不断分裂、异化、自立的生命过程，让后代接受一个需要终生投入的强硬指令，十分违背生命的自在状态。让几百年之后的后裔不经自身体验就来沿袭几百年前某位祖先的生命冲动，也难免有许多憋气的地方。不难想象，天一阁藏书楼对于许多范氏后代来说几乎成了一个宗教式的朝拜对象，只知要诚惶诚恐地维护和保存，却不知是为什么。

我可以肯定，此间埋藏着许多难以言状的心理悲剧和家族纷争。这个在藏书楼下生活了几百年的家族，非常值得同情。

后代子孙免不了会产生一种好奇，楼上究竟是什么样的呢？到底有哪些书，能不能借来看看？亲戚朋友更会频频相问，作为你们家族世代供奉的这个秘府，能不能让我们看上一眼呢？

范钦和他的继承者们早就预料到这种可能，而且预料藏书楼就会因为这种点滴可能而崩塌，因而已经预防在先。他们给家族制定了一个严格的处罚规则，处罚内容是当时视为最大屈辱的不许参加祭祖大典。因为这种处罚意味着在家族血统关系上亮出了“黄牌”，比杖责鞭笞之类还要严重。

处罚规则标明：子孙无故开门入阁者，罚不与祭三次；私领亲友入阁及擅开书橱者，罚不与祭一年；擅将藏书借出外房及他姓者，罚不与祭三年。因而典押事故者，除追惩外，永行摈逐，不得与祭。

在这里，不得不提到那个我每次想起都感到难过的故事了。据谢枋《春草堂集》记载，范钦去世后两百多年，宁波知府丘铁卿家里发生了一件事情。他的内侄女是一个酷爱诗书的女子，听说天一阁藏书宏富，两百余年不蛀，全靠夹在书页中的芸草。她只想做一枚芸草，夹在书本之间。于是，她天天用丝线绣刺芸草，把自己的名字也改成了“绣芸”。

父母看她如此着迷，就请知府做媒，把她嫁给了范家后人。她原想做了范家的媳妇总可以登上天一阁了，不让看书也要看看芸草。但她哪里想到，范家有规矩，严格禁止妇女登楼。

由此，她悲怨成疾，抑郁而终。临死前，她连一个“书”字也不敢提，只对丈夫说：“连一枚芸草也见不着，活着做甚？你如果心疼我，就把我葬在天一阁附近，我也可瞑目了！”

今天，当我抬起头来仰望天一阁这栋楼的时候，首先想到的是钱绣芸那抑郁的目光。在既缺少人文气息又没有婚姻自由的年代，一个女孩子想借着婚姻来多读一点儿书，其实是在以自己的脆弱生命与自己的文化渴求斡旋。她失败了，却让我非常感动。

七

从范氏家族的立场来看，不准登楼，不准看书，委实也出于无奈。只要开放一条小缝，终会裂成大缝。但是，永远地不准登楼、不准看书，这座藏书楼存在于世的意义又何在呢？这个问题，每每使范氏家族陷入困惑。

范氏家族规定，不管家族繁衍到何等程度，开阁门必得各房一致同意。阁门的钥匙和书橱的钥匙由各房分别掌管，组成一环也不可缺少的连环。如果有一房不到，就无法接触到任何藏书。

就在这时，传来消息，大学者黄宗羲先生想要登楼看书！这对范家各房无疑是一个震撼。

黄宗羲是“吾乡”余姚人，与范氏家族没有任何血缘关系，照理是不能登楼的。但无论如何，他是靠自己的人品、气节、学问而受到全国思想学术界深深钦佩的巨人，范氏家族也早有所闻。尽管当时的信息传播手段非常落后，但由于黄宗羲的行为举止实在是奇崛响亮，一次次在朝野之间造成非凡的轰动效应。他的父亲本是明末东林党重要人物，被魏忠贤宦官集团所杀，后来宦官集团受审，十九岁的黄宗羲在朝廷对质时，竟然义愤填膺地锥刺和痛殴漏网余党，后又追杀凶手，警告阮大铖，一时大快人心。清兵南下时他与两个弟弟在家乡组织数百人的子弟兵“世忠营”英勇抗清，抗清失败后便潜心学术，边著述边讲学，把民族道义、人格力量融化在学问中启世迪人，成为中国古代学术领域中第一流的思想家和历史学家。他在治学过程中已经到绍兴钮氏“世学楼”和祁氏“澹生堂”去读过书，现在终于想来叩天一阁之门了。他深知范氏家族的森严规矩，但他还是来了，时间是康熙十二年，即一六七三年。

出乎意料，范氏家族竟一致同意黄宗羲登楼，而且允许他细细地阅读楼上的全部藏书。黄宗羲长衣布鞋，悄然登楼了。铜锁在一具具打开，一六七三年成为天一阁历史上特别有光彩的一年。

黄宗羲在天一阁翻阅了全部藏书，把其中流通未广者编为书目，并另撰《天一阁藏书记》留世。由此，这座藏书楼便与一位大学者的名字联结起来，广为传播。

从此以后，天一阁有了一条可以向真正的大学者开放的新规矩，但这条规矩的执行还是十分苛严。在此后近两百年的时间内，获准登楼的大学者也仅有十余名，其中有万斯同、全祖望、钱大昕、袁枚、阮元、薛福成等。他们的名字，都上得了中国文化史。

这样一来，天一阁终于显现了本身的存在意义，尽管显现的机会是那样小。

直到乾隆决定编纂《四库全书》，天一阁的命运发生了重大变化。

乾隆谕旨各省采访遗书，要各藏书家，特别是江南的藏书家积极献书。天一阁进呈珍贵古籍六百余种，其中有九十六种被收录在《四库全书》中，有三百七十余种列入存目。乾隆非常感谢天一阁的贡献，多次褒扬奖赐，并授意新建的南北主要藏书楼都仿照天一阁的格局营建。

天一阁因此而大出其名，尽管上献的书籍大多数没有发还，但在国家级的“百科全书”中，在钦定的藏书楼中，都有了它的生命。我曾看到好些著作文章中称乾隆下令天一阁为《四库全书》献书是天一阁的一大浩劫，颇觉言之有过。连堂堂皇家编书都不得不大幅度地动用天一阁的珍藏，家族性的收藏变成了一种行政性的播扬，这证明天一阁获得了大成功，范钦获得了大成功。

八

天一阁终于走到了近代，这座古老的藏书楼开始了自己新的历险。

先是太平军进攻宁波时当地小偷趁乱拆墙偷书，然后当作废纸论斤卖给造纸作坊。曾有一人高价从作坊买去一批，却又遭大火焚毁。

这就成了天一阁此后命运的先兆，它现在遇到的问题已不是让不让某位学者上楼的问题了，竟然是窃贼和偷儿成了它最大的对手。

一九一四年，一个叫薛继渭的偷儿奇迹般地潜入书楼，白天无声无息，晚上动手偷书，每日只以所带枣子充饥，东墙外的河上有小船接运所偷书籍。这一次几乎把天一阁的一半珍贵书籍给偷走了，它们渐渐出现在上海的书铺里。

薛继渭的这次偷窃与太平天国时的那些小偷不同，不仅数量巨大、操作系统，而且最终与上海的书铺挂上了钩。近代都市的书商用这种办法来侵吞一个古老的藏书楼，我总觉得其中蕴含着某种象征意义。

一架架书橱空了，钱绣芸小姐哀怨地仰望终身而未能上的楼板，黄宗羲先生小心翼翼地踩踏过的楼板，现在，只留下偷儿吐出的一大堆枣核在上面。

当时主持商务印书馆的张元济先生听说天一阁遭此浩劫，并得知有些书商正准备把天一阁藏本卖给外国人，便立即拨巨资抢救。他所购得的天一阁藏书，保存于东方图书馆的“涵芬楼”里。涵芬楼因有天一阁藏书的润泽而享誉文化界，当代不少文化大家都在那里汲取过营养。但是，众所周知，它最终竟又全部焚毁于日本侵略军的炸弹之下。

没有焚毁的，是天一阁本身。这幢楼像一位见过世面的老人，再大的灾难也承受得住。但它又不仅仅是承受，而是以满脸的哲思注视着一切后人，姓范的和不是姓范的，看得他们一次次低下头去又仰起头来。

只要自认是中华文化的后裔，总想对这幢老楼做点儿什么，而不忍让它全然沦为废墟。因此，二十世纪三十年代、五十年代、六十年代、八十年代，天一阁被一次次大规模地修缮和完善着。它，已经成为现代文化良知的见证。

登天一阁的楼梯时，我的脚步非常缓慢。我不断地问自己：你来了吗？你是哪一代的中国书生？

山庄背影

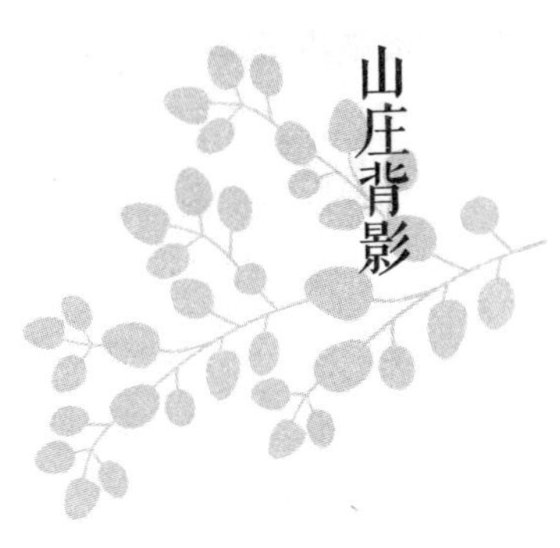

一

我们这些人，对清代总有一种复杂的情感阻隔。记得很小的时候，历史老师讲到“扬州十日”“嘉定三屠”时眼含泪花，这是清代的开始；而讲到“火烧圆明园”“戊戌变法”时又有泪花了，这是清代的尾声。年迈的老师一哭，孩子们也跟着哭。清代历史，是小学中唯一用眼泪浸润的课程。从小种下的怨恨，很难化解得开。

老人的眼泪和孩子们的眼泪拌和在一起，使这种历史情绪有了一种最世俗的力量。我小学的同学全是汉族，没有满族，因此很容易在课堂里获得一种共同语言，好像汉族理所当然是中国的主宰，你满族为什么要来抢夺呢？抢夺去了能够弄好倒也罢了，偏偏越弄越糟，最后几乎让外国人给瓜分了。于是，在闪闪泪光中，我们懂得了什么是汉奸、什么是卖国贼、什么是民族大义、什么是气节。我们似乎也知道了中国之所以落后于世界列强，关键就在于清代，而辛亥革命的启蒙者们重新点燃汉人对清朝的仇恨，提出“驱除鞑虏，恢复中华”的口号，又是多么有必要、多么让人解气。清朝终于被推翻了，但至今在很多中国人心里，它仍然是一种冤孽般的存在。

年长以后，我开始对这种情绪产生警惕。因为无数事实证明：在我们中国，许多情绪化的社会评判规范虽然堂而皇之地传之久远，却包含着极大的不公正。我们缺少人类普遍意义上的价值启蒙，因此这些情绪化的社会评判规范大多是从封建正统观念引申出来的，带有很大盲目性。先是姓氏正统论，刘汉、李唐、赵宋、朱明……在同一姓氏的传代系列中所出现的继承人，哪怕是昏君、懦夫、色鬼、守财奴、精神失常者，都是合法而合理的；而外姓人氏若有觊觎，即便有一千条一万条道理，也站不住脚，真伪、正邪、忠奸全由此划分。由姓氏正统论扩而大之，就是民族正统论。这种观念要比姓氏正统论复杂得多，你看辛亥革命的闯将们与封建主义的姓氏正统论势不两立，却也需要大声宣扬民族正统论，便是例证。

汉族当然非常伟大，没有理由要受到外族的屠杀和欺凌。问题是，不能由此而把汉族等同于中华，把中华历史的正义、光亮、希望全部压在汉族一边。与其他民族一样，汉族也有大量的污浊、昏聩和丑恶，它的统治者曾一再地把整个中国历史推入死胡同。在这种情况下，历史有可能做出超越汉族正统论的选择，而这种选择又未必是倒退。

为此，我要写写承德的避暑山庄。清代的史料成捆成扎，把这些留给历史学家吧，我们，只要轻手轻脚地绕到这个消夏的别墅里去偷看几眼也就够了。

二

承德的避暑山庄是清代皇家园林，又称热河行宫、承德离宫，虽然闻名史册，但久为禁苑，又地处塞外，历来光顾的人不多。我去时，找了山庄背后的一个旅馆住下。那时正是薄暮时分，我独个儿走出住所大门，对

着眼前黑黝黝的山岭发呆。查过地图，这山岭便是避暑山庄北部的最后屏障，就像一张罗圈椅的椅背。在这张罗圈椅上，休息过一个疲惫的王朝。

奇怪的是，整个中华版图都已归属了这个王朝，为什么还要把这张休息的罗圈椅放到长城之外呢？清代的帝王们在这张椅子上面南而坐的时候都在想些什么呢？

月亮升起来了，眼前的山壁显得更加巍然怆然。北京的故宫把几个不同的朝代混杂在一起，谁的形象也看不真切；而在这里，远远地、静静地、纯纯地、悄悄地，躲开了中原王气，藏下了一个不羼杂的清代。它实在对我产生了一种巨大的诱惑，从第二天开始，我便一头埋到了山庄里边。

山庄很大，本来觉得北京的颐和园已经大得令人咋舌了，它竟比颐和园还大整整一倍，据说装下八九个北海公园是没有问题的。我想不出国内还有哪个古典园林能望其项背。山庄里面，除了前半部有层层叠叠的宫殿外，是开阔的湖区、平原区和山区。尤其是山区，几乎占了整个山庄的八成，这让游惯了别的园林的人很不习惯。园林是用来休闲的，何况是皇家园林，大多追求方便平适，有的也会堆几座小山装点一下。哪有像这儿的，硬是圈进莽莽苍苍一大片真正的山岭来消遣？这个格局，包含着一种需要我们抬头仰望、低头思索的审美观念和人生观念。

山庄里有很多楹联和石碑，上面的文字大多由皇帝们亲自撰写。他们当然想不到多少年后会有我们这些陌生人闯入他们的私家园林，来读这些文字。这些文字是他们写给后辈继承人看的。我踏着青苔和蔓草，辨识和解读着一切能找到的文字，连藏在山间树林中的石碑都不放过。一路走去，终于可以有把握地说：山庄的营造，完全出自一代政治家在精神上的强健。

首先是康熙。他是走了一条艰难而又成功的长途才走进山庄的，到这里来喘口气，应该。

他一生的艰难都是自找的。他的父辈本来已经给他打下了一个很完整的江山，他八岁即位，十四岁亲政，年纪轻轻一个孩子，坐享其成就是了，能在如此辽阔的疆土、如此兴盛的运势前做些什么呢？他稚气未脱的眼睛，竟然疑惑地盯上了两个庞然大物：一个是朝廷中最有权势的辅政大臣鳌拜，一个是自恃当初领清兵入关有功、拥兵自重于南方的吴三桂。平心而论，对于这样与自己的祖辈、父辈都有密切关系的重要政治势力，有几人能下得了决心去动手？但康熙却向他们，也向自己挑战了。他，十六岁上干净利落地除了鳌拜集团，二十岁开始向吴三桂开战，花八年时间的征战取得彻底胜利。

他等于把到手的江山重新打理了一遍，使自己从一个继承者变成了创业者。他成熟了，眼前几乎已经找不到什么对手，但他还是经常骑着马，在中国北方的山林草泽间徘徊，这是他祖辈崛起的所在，他在寻找着自己的生命和事业的依托点。

他每次都要经过长城。长城多年失修，已经破败。对着这堵历代帝王切切关心的城墙，他想了很多。他的祖辈是破长城进来的，没有吴三桂也绝对进得了，那么长城究竟有什么用呢？堂堂一个朝廷，难道就靠这些砖块去保卫？但是如果没有长城，我们的防线又在哪里呢？他思考的结果，可以从一六九一年他的一份上谕中看出个大概。

那年五月，古北口总兵官蔡元向朝廷提出，他所管辖的那一带长城"倾塌甚多，请行修筑"，康熙竟然不同意，他的上谕是：

> 秦筑长城以来，汉、唐、宋亦常修理，其时岂无边患？明末我太祖统大兵长驱直入，诸路瓦解，皆莫能当。可见守国之道，唯在修德安民。民心悦则邦本得，而边境自固，所谓"众志成城"者是也。如古北、喜峰口一带，朕皆巡阅，概多损坏，今欲修之，兴工劳役，岂能无害百姓？且长城延袤数千里，养兵几何方能分守？

说得实在是很有道理。

康熙希望能筑起一座无形的长城。对此，他有硬的一手和软的一手。硬的一手是在长城外设立"木兰围场"，每年秋天，由皇帝亲自率领王公

大臣、各级官兵一万余人去进行大规模的“围猎”，实际上是一种声势浩大的军事演习，这既可以使王公大臣们保持住勇猛、强悍的人生风范，又可顺便对北方边境起一个威慑作用。“木兰围场”既然设在长城之外的边远地带，离北京就很有一点儿距离，如此众多的朝廷要员前去秋猎，当然要建造一些大大小小的行宫，而热河行宫就是其中最大的一座。

软的一手是与北方边疆的各少数民族建立起一种常来常往的友好关系，他们的首领不必长途进京也能有与清廷交谊的场所。而且还为他们准备下各自的宗教场所，这也就需要有热河行宫和它周围的寺庙群了。

总之，软硬两手最后都汇集到这一座行宫、这一个山庄里来了，说是避暑，说是休息，意义却又远远不止于此。把复杂的政治目的转化为一片幽静闲适的园林、一圈香火缭绕的寺庙，这不能不说是康熙的大本事。

康熙几乎每年立秋之后都要到“木兰围场”参加一次为期二十天的秋猎，一生共参加了四十八次。每次围猎，情景都极为壮观。先由康熙选定逐年轮换的狩猎区域，然后就搭建一百七十多座大帐篷为“内城”、二百五十多座大帐篷为“外城”，城外再设警卫。第二天拂晓，八旗官兵在皇帝的统一督导下集结围拢。在上万官兵的齐声呐喊下，康熙一马当先，引弓射猎，每有所中便引来一片欢呼。然后，扈从大臣和各级将士也紧随康熙射猎。

康熙身强力壮，骑术高明，围猎时智勇双全，弓箭上的功夫更让王公大臣由衷惊服，因而他本人的猎获就很多。

晚上，营地上篝火处处，肉香飘荡，人笑马嘶，而康熙还必须回到帐篷里批阅每天疾驰送来的奏章文书。

康熙一生打过许多著名的仗，但在晚年，他最得意的还是自己打猎的成绩，因为这纯粹是他个人生命力的验证。一七一九年康熙自“木兰围场”行猎后返回避暑山庄时，曾兴致勃勃地告谕御前侍卫：

> 朕自幼至今用鸟枪弓矢获虎一百三十五，熊二十，豹

二十五，猞猁狲十，麋鹿十四，狼九十六，野猪一百三十二，哨获之鹿数百，其余围场内随便射获诸兽不胜记矣。朕于一日内射兔三百一十八只，若庸常人毕世亦不能及此一日之数也。

这笔流水账，他说得很得意，我们读得也很高兴。身体的强健和精神的强健是连在一起的，须知中国历史上多的是病恹恹的皇帝，他们即便再“内秀”，却何以面对如此庞大的国家？

由于强健，他有足够的精力处理复杂的西藏事务和蒙古事务，解决治理黄河、淮河和疏通漕运等大问题，而且大多很有成效，功泽后世。由于强健，他还愿意勤奋地学习，结果不仅武功一流，“内秀”也十分了得，成为中国历代皇帝中特别有学问，也特别重视学问的一位。

谁能想得到呢，这位清朝帝王竟然比明代历朝皇帝更热爱汉族传统文化。大凡经、史、子、集、诗、书、音律，他都下过一番功夫，其中对朱熹哲学钻研最深。他亲自批点《资治通鉴纲目大全》，还下令访求遗散在民间的善本珍籍加以整理，大规模组织人力编辑出版了卷帙浩繁的《古今图书集成》和字典辞书，文化气魄铺地盖天。直到今天，我们研究中国古代文化还离不开那些重要的工具书。在他倡导的文化气氛下，涌现了一大批优秀的文史专家。在这一点上，很少有哪个年代能与康熙朝相比肩。

以上讲的还只是我们所说的“国学”，可能更让现代读者惊异的是他的“西学”。因为即使到了现代，在我们印象中，国学和西学虽然可以沟通，但在同一个人身上深谙两边的毕竟不多。然而早在三百年前，康熙皇帝竟然在北京故宫和承德避暑山庄认真研究了欧几里得几何学，经常演算习题，又学习了法国数学家巴蒂的《实用和理论几何学》，并比较它与欧几里得几何学的差别。他的老师是当时来中国的一批西方传教士，但后来他的演算比传教士还快。以数学为基础，康熙又进而学习了西方的天文、历法、物理、医学，与中国原有的这方面知识比较，取长补短。在自然科学问题上，中国官僚和外国传教士经常发生矛盾，康熙从不袒护中国官僚，

也不主观臆断，而是靠自己认真学习，几乎每次都做出了公正的裁断。

这一切，居然与他所醉心的“国学”互不排斥，居然与他一天射猎三百一十八只野兔互不排斥，居然与他一连串重大的政治行为、军事行为、经济行为互不排斥！

我并不认为康熙给中国带来了根本性的希望，他的政权也做过不少坏事，如臭名昭著的文字狱之类。我想说的只是，在中国历代帝王中，这位少数民族出身的帝王具有异乎寻常的生命力，他的人格比较健全。

有时，个人的生命力和人格会给历史留下重重的印记。与他相比，明代的许多皇帝都活得太不像样了，鲁迅说他们是“无赖儿郎”，的确有点儿像。尤其让人生气的是明代万历皇帝（神宗）朱翊钧，在位四十八年，亲政三十八年，竟有二十五年时间躲在深宫之内不见外人的面，完全不理国事，连内阁首辅也见不到他，不知在干什么。他聚敛的金银如山似海，但当辽东起事、朝廷束手无策时问他要钱，他死也不肯拿出来，最后拿出一个无济于事的小零头，竟然都是因窖藏太久变黑发霉、腐蚀得不能见天日的银子！这是一个失去了人格支撑的心理变态者，但他又集权于一身，明朝怎能不垮？他死后还有后代继位，但明朝已在他的手里败定了。康熙与他正相反，把生命从深宫里释放出来，在旷野、猎场和各个知识领域挥洒，避暑山庄就是他这种生命方式的一个重要吐纳点。

三

康熙与晚明帝王的对比，避暑山庄与万历深宫的对比，当时的汉族知识分子当然也感受到了，心情比较复杂。

开始，大多数汉族知识分子都坚持抗清复明，甚至在赳赳武夫们纷纷掉头转向之后，一群柔弱的文人还宁死不屈。文人中也有一些著名的变节者，但他们往往也承受着深刻的心理矛盾和精神痛苦。

我想这便是文化的力量。一切军事争逐都是浮面的，而事情到了要摇撼某个文化生态系统的时候才会真正变得严重起来。

一个民族、一个国家、一个人种，其最终意义不是军事的、地域的、政治的，而是文化的。当时江南地区好几次重大的抗清事件，都起于“削发”之事，即汉人历来束发而清人强令削发，甚至到了“留头不留发，留发不留头”的地步。头发的样式看来事小，却关及文化生态。结果，是否“毁我衣冠”的问题成了“夷夏抗争”的最高爆发点。

这中间，最能把事情与整个文化系统联系起来的是文化人，最懂得文明和野蛮的差别，并把“鞑虏”与野蛮连在一起的也是文化人。老百姓的头发终于被削掉了，而不少文人还在拼死坚持。著名大学者刘宗周住在杭州，自清兵进杭州后便绝食，二十天后死亡；他的门生、另一位著名大学者黄宗羲投身于武装抗清行列，失败后回余姚家乡事母、著述；又一位著名大学者顾炎武，武装抗清失败后便开始流浪，谁也找不着他，最后终老陕西……这些宗师如此强硬，他们的门生和崇拜者们当然也多有追随。

但是，事情到了康熙那儿却发生了一些微妙的变化。文人们依然像朱耷笔下的秃鹰，以“天地为之一寒”的冷眼看着朝廷，而朝廷却奇怪地流泻出一种压抑不住的对汉文化的热忱。开始大家以为是一种笼络人心的策略，但从康熙身上看，好像不完全是。

他在讨伐吴三桂的战争还没有结束的时候，就迫不及待地下令各级官员以“崇儒重道”为目的，向朝廷推荐“学问兼优、文辞卓越”的士子，由他亲自主考录用，称作“博学鸿词科”。

这次被保荐、征召的共一百四十三人，后来录取了五人。其中有傅山、李颙等人被推荐了却宁死不应考。傅山被人推荐后又被强抬进北京，他见到“大清门”三字便滚倒在地，两泪直流。如此行动举止，康熙不仅不怪罪，反而免他考试，任命他为“中书舍人”。他回乡后不准别人以“中书舍人”称他，但这个时候说他对康熙本人还有多大仇恨，大概谈不上了。

李颙也是如此，受到推荐后称病拒考，被人抬到省城后竟以绝食相

抗，众人只得作罢。这事发生在康熙十七年，康熙本人二十六岁。没想到二十五年后，五十余岁的康熙西巡时还记得这位强硬的学人，要召见他；李颙没有应召，但心里毕竟已经很过意不去了，派儿子李慎言做代表应召，并送自己的两部著作《四书反身录》和《二曲集》给康熙。这件事带有一定的象征性，表示最有抵触的汉族知识分子也开始与康熙和解了。

与李颙相比，黄宗羲是大人物了。康熙对黄宗羲更是礼仪有加，多次请黄宗羲出山未能如愿，便命令当地巡抚到黄宗羲家里，把黄宗羲写的书认真抄来，送入宫内以供自己拜读。这一来，黄宗羲也不能不有所感动。与李颙一样，自己出面终究不便，由儿子代理，黄宗羲让自己的儿子黄百家进入皇家修史部门，帮助完成康熙交下的修《明史》的任务。你看，即便是原先与清廷不共戴天的黄宗羲、李颙他们，也觉得儿子一辈可以在康熙手下好生过日子了。这不是变节，也不是妥协，而是一种文化生态意义上的开始认同。既然康熙对汉文化认同得那么诚恳，汉族文人为什么就完全不能与他认同呢？

黄宗羲不是让儿子参加康熙下令编写的《明史》吗？编《明史》这事给汉族知识界震动不小。康熙任命了大历史学家徐元文、万斯同、张玉书、王鸿绪等负责此事，要他们根据《明实录》如实编写，说“他书或以文章见长，独修史宜直书实事”。他还多次要大家仔细研究明代晚期破败的教训，引以为戒。汉族知识界要反清复明，而清廷君主竟然亲自领导着汉族的历史学家在冷静研究明代了。这种研究又高于反清复明者的思考水平，那么，对峙也就不能不渐渐化解了。《明史》后来成为整个二十四史中写得较好的一部，这是直到今天还要承认的事实。

当然，也还余留着几个坚持不肯认同的文人。例如，康熙时代浙江有个叫吕留良的学者，在著书和讲学中还一再强调孔子思想的精义是“尊王攘夷”。这个提法，在他死后被湖南一个叫曾静的落第书生看到了，很是激动，赶到浙江找到吕留良的儿子和学生几人，筹划反清。

这时康熙也早已过世，已是雍正年间，这群文人手下无一兵一卒，能干成什么事呢？他们打听到川陕总督岳钟琪是岳飞的后代，想来肯定能继承岳飞遗志来抗击外夷，就派人带给他一封策反的信，眼巴巴地请他起事。

这事说起来已经有点儿近乎笑话。岳飞抗金到那时已隔着整整一个元朝、整整一个明朝，清朝也已过了八九十年，算到岳钟琪身上都是多少代的事啦，居然还想着让他凭着一个“岳”字拍案而起，中国书生的昏愚和天真就在这里。

岳钟琪是清朝大官，做梦也没有想到过要反清，接信后虚假地应付了一下，却理所当然地报告了雍正皇帝。雍正下令逮捕了这个谋反集团，又亲自阅读了书信、著作，觉得其中有好些观点需要自己写文章来与汉族知识分子辩论。他认为有过康熙一代，已有足够的事实证明清代统治者并不差，可为什么还有人要对抗清廷？于是这位皇帝亲自编了一部《大义觉迷录》颁发各地，而且特免肇事者曾静等人的死罪，让他们专到江浙一带去宣讲。

雍正的《大义觉迷录》写得颇为诚恳。他的大意是：不错，我们是夷人，我们是“外国”人，但这是籍贯而已，天命要我们来抚育中原生民，被抚育者为什么还要把华、夷分开来看？你们所尊重的舜是东夷之人、文王是西夷之人，这难道有损于他们的圣德吗？吕留良这样著书立说的人，将前朝康熙皇帝的文治武功、赫赫盛德都加以隐匿和诬蔑，实在是不顾民生国运只泄私愤了。外族入主中原，可能反而勇于为善，如果著书立说的人只认为生在中原的君主不必修德行仁也可享有名分，而外族君主即便励精图治也得不到褒扬，外族君主为善之心也会因之而懈怠，受苦的不还是中原百姓吗？

雍正的这番话带着明显的委屈情绪，而且是给父亲康熙打抱不平，也真有一些动人的地方。但他的整体思维显然比不上康熙，口口声声说自己是“外国人”“夷人”，在一些前提性的概念上把事情搞复杂了。他的儿子乾隆看出了这个毛病，即位后把《大义觉迷录》全部收回，列为禁书，杀了被雍正赦免的曾静等人，开始大兴文字狱。

除了华、夷之分的敏感点外，其他地方雍正倒是比较宽容、有度量，听得进忠臣贤士们的尖锐意见和建议，因此在执政的前期做了不少好事，国运可称昌盛。这样一来，即便存有异念的少数汉族知识分子也不敢有什么想头，到后来也真没有什么想头了。其实本来这样的人已不可多觅，雍正和乾隆都把文章做过了头。真正第一流的大学者，在乾隆时代已经不想做反清复明的事情。

乾隆靠着人才济济的智力优势，靠着康熙、雍正给他奠定的丰厚基业，也靠着他本人的韬略雄才，做起了中国历史上福气最好的大皇帝。承德避暑山庄，他来得最多，总共逗留的时间很长，因此他的踪迹更是随处可见。乾隆也经常参加“木兰秋猎”，亲自射获的猎物也极为可观，但他的主要心思却放在边疆征战上，避暑山庄和周围的外八庙内记载这种征战成果的碑文极多。

这种征战与汉族的利益没有冲突，反而弘扬了中国的国威，连汉族知识界也引以为荣，甚至可以把乾隆看成是华夏圣君了。但我细看碑文之后却产生一个强烈的感觉：有的仗迫不得已，打打也可以，但多数战争的必要性深可怀疑——需要打得这么大吗？需要反复那么多次吗？需要杀得如此残酷吗？

好大喜功的乾隆把他的所谓“十全武功”雕刻在避暑山庄里乐滋滋地自我品尝，这使山庄回荡出一些燥热而又不祥的气氛。在满、汉文化对峙基本上结束之后，这里洋溢着的是中华帝国的自得情绪。

一七九三年九月十四日，一个英国使团来到避暑山庄，乾隆以盛宴欢迎，还在山庄的万树园内以大型歌舞和焰火晚会招待，避暑山庄一片热闹。英方的目的是希望乾隆同意他们派使臣常驻北京，在北京设立洋行，希望中国开放贸易口岸，在广州附近拨一些地方让英商居住，又希望英国货物在广州至澳门的内河流通时能获免税和减税的优惠。本来，这是可以谈判的事，但对于居住在避暑山庄、一生喜欢用武力炫耀华夏威仪的乾隆来说，却不存在任何谈判的可能。

他给英国国王写了信，信的标题是"赐英吉利国王敕书"。信内对一切要求全部拒绝，说："天朝尺土俱归版籍，疆址森然，即使岛屿沙洲，亦必划界分疆，各有专属"，"从无外人等在北京城开设货行之事"，"此与天朝体制不合，断不可行"。至今有人认为这几句话充满了爱国主义的凛然大义，与以后清廷签订的卖国条约不可同日而语。对此我实在不敢苟同。

本来康熙早在一六八四年就已开放海禁，在广东、福建、浙江、江苏分设四个海关欢迎外商来贸易。过了七十多年，乾隆反而关闭其他海关只许外商在广州贸易。外商在广州也有许多可笑的限制，例如，不准学说中国话、买中国书，不许坐轿，更不许把妇女带来，等等。我们闭目就能想象清廷对外国人的这些限制是出于何种心理规定出来的。

康熙向传教士学西方自然科学，关系不错，而乾隆却把天主教给禁了。

乾隆在避暑山庄训斥外国帝王的朗声言辞，在历史老人听来，不太顺耳了。这座园林已掺杂进某种凶兆。

四

我在山庄松云峡乾隆诗碑的西侧，读到了他儿子嘉庆写的一首诗。嘉庆即位后经过这里，看到父亲那些得意扬扬的诗作后不禁长叹一声：父亲的诗真是深奥，而我这个做儿子的却实在觉得肩上的担子太重了！（"瞻题蕴精奥，守位重仔肩。"）

嘉庆一生都在面对内忧外患，最后不明不白地死在避暑山庄。

道光皇帝继嘉庆之位时已近四十岁，没有什么才能，只知艰苦朴素，穿的裤子还打过补丁。这对一国元首来说可不是什么佳话。朝中大臣竞相模仿，穿了破旧衣服上朝，一眼看去，这个朝廷已经没有多少气数了。

父亲死在避暑山庄，畏怯的道光也就不愿意去那里了，让它空关了几十年。他有时想想也该像祖宗一样去打一次猎，打听能不能不经过避暑山

庄就可以到“木兰围场”，回答说没有别的道路，他也就不去打猎了。像他这么个可怜巴巴的皇帝，似乎本来就与山庄和打猎没有缘分；鸦片战争已经爆发，他忧愁的目光只能一直注视着南方。

避暑山庄一直关到一八六〇年九月，突然接到命令，咸丰皇帝要来，赶快打扫。咸丰这次来时带的银两特别多，原来是来逃难的，英法联军正威胁着北京。咸丰这一来就不走了，东走走西看看，庆幸祖辈留下这么个好地方让他躲避。他在这里又批准了好几份丧权辱国的条约，但签约后还是不走，直到一八六一年八月二十二日死在这儿，差不多住了近一年。

咸丰一死，避暑山庄热闹了好些天，各种政治势力围着遗体进行着明明暗暗的较量。一场被历史学家称为“辛酉政变”的行动方案在山庄的几间屋子里制订。然后，咸丰的灵柩向北京起运了，刚继位的小皇帝也出发了，浩浩荡荡。避暑山庄的大门，又一次紧紧地关住了。而在这支浩浩荡荡的队伍中间，很快站出来一个二十七岁的青年女子，她将统治中国数十年。

她就是慈禧，离开了山庄后再也没有回来。不久她又下了一道命令，说热河避暑山庄已经几十年不用，殿亭各宫多已倾圮，只是咸丰皇帝去时稍稍修治了一下，现在咸丰已逝，众人已走，“所有热河一切工程，着即停止”。

这个命令，与康熙不修长城的谕旨前后辉映。康熙的“长城”也终于倾塌了，荒草凄迷，暮鸦回翔，旧墙斑驳，霉苔处处，而大门却紧紧地关着。

关住了那些宫殿房舍倒也罢了，还关住了那么些苍郁的山、那么些晶亮的水。在康熙看来，这儿就是他心目中的清王朝，但清王朝把它丢弃了。被丢弃了的它可怜，丢弃了它的清王朝更可怜，连一把罗圈椅也坐不到了，恓恓惶惶，丧魂落魄。

后来慈禧在北京重修了一个颐和园，与避暑山庄“对峙”。塞外朔北的园林不会再有对峙的能力和兴趣，它似乎已属于另外一个时代。热河的雄风早已吹散，清朝从此阴气重重、劣迹斑斑。

当新的一个世纪来到的时候，一大群汉族知识分子向这个政权发出了毁灭性声讨。避暑山庄，在这个时候是一个邪恶的象征，老老实实躲在远处，尽量不要叫人发现。

五

清朝灭亡后，社会震荡，世事忙乱。直到一九二七年六月二日，大学者王国维先生在颐和园投水而死，才让全国的有心人肃然沉思。

王国维先生的死因众说纷纭，我们且不管它，只知道这位汉族文化大师拖着清代的一条辫子，自尽在清代的皇家园林里，遗嘱为“五十之年，只欠一死；经此世变，义无再辱”。

他不会不知道明末清初为汉族人是束发还是留辫之争曾发生过惊人的血案，他不会不知道刘宗周、黄宗羲、顾炎武这些大学者的慷慨行迹，他更不会不知道按照世界历史的进程，社会巨变乃属必然。但是，他还是死了。

我赞成陈寅恪先生的说法，王国维先生并不是死于政治斗争、人事纠葛，而是死于一种文化：

> 凡一种文化值衰落之时，为此文化所化之人，必感苦痛，其表现此文化之程量愈宏，则其所受之苦痛亦愈甚；迨既达极深之度，殆非出于自杀无以求一己之心安而义尽也。
>
> （《王观堂先生挽词并序》）

王国维先生实在无法把文化与清廷分割开来。在他的书架里，《古今图书集成》、《康熙字典》、《四库全书》、《红楼梦》、《桃花扇》、《长生殿》、乾嘉学派、纳兰性德都历历在目，每一本、每一页都无法分割。在他看来，

在他身边陨灭的，不仅仅是一个政治意义上，而且更是一个文化意义上的古典时代。

他，只想留在古典时代。

我们记得，在康熙手下，汉族高层知识分子经过剧烈的心理挣扎已开始与朝廷建立文化认同，没有想到的是，当康熙的事业破败之后，文化认同还未消散。为此，宏才博学的王国维先生要以生命来祭奠它。他没有从心理挣扎中找到希望，死得可惜又死得必然。

知识分子总是不同寻常，他们总要在政治、军事的折腾之后表现出长久的文化韧性。文化变成了他们的生命，只有靠生命来拥抱文化了，别无他途。明末以后是这样，清末以后也是这样。

文化的极度脆弱和极度强大，都在王国维先生纵身投水的扑通声中呈现无遗。

王国维先生到颐和园这也还是第一次，是从一个同事处借了五元钱才去的。颐和园门票六角，死后口袋中尚余四元四角。他去不了承德，也推不开山庄紧闭的大门。

今天，我面对着避暑山庄的清澈湖水，却不能不想起王国维先生的面容和身影。我轻轻地叹息一声：一个风云数百年的朝代，总是以一群强者英武的雄姿开头，而打下最后一个句点的，却常常是一些文质彬彬的凄怨灵魂。

秋雨注：这篇文章发表于一九九三年，后来被中国评论界看成是全部“清宫电视剧”的肇始之文。“清宫电视剧”拍得不错，但整体历史观念与我有很大差别。我对清代宫廷的看法，可参见本书另一篇《宁古塔》。

远方的海

一

此刻我正在西太平洋的一条小船上，浑身早已被海浪浇得透湿。一次次让海风吹干了，接着又是劈头盖脑的浪，满嘴咸苦，眼睛渍得生疼。

我一手扳着船帮，一手抓着缆绳，只咬着牙命令自己，万不可哆嗦。只要一哆嗦，绷在身上的最后一道心理防卫就会懈弛，那么，千百顷的海浪海风会从汗毛孔里涌进，整个生命立即散架。

不敢细想现在所处的真实位置，只当作是在自己熟悉的海域。但偶尔心底又会掠过一阵惊悚，却又不愿承认：这是太平洋中最深的马里亚纳海沟西南部，海底深度超过珠穆朗玛峰的高度。按世界地理，是在“狭义大洋洲”的中部，属密克罗尼西亚（Micronesia）。最近的岛屿，叫雅浦（Yap），那也是我们晚间的栖宿地。

二

最深的海，海面的状况有点特别。不像海明威所写的加勒比海，不像

海涅所写的北海，也不像塞万提斯所写的地中海。海水的颜色，并非一般想象的深蓝色，而是黑褐色，里边还略泛一点紫光。那些海浪不像是液体，而有凝固感。似乎刚刚由固体催动，或恰恰就要在下一刻凝固。

不远处也有一条小船，看它也就知道了自己。一会儿，那小船似乎是群山顶上的圣物，光衬托着它，云渲染着它，我们须虔诚仰视才能一睹它的崇高。但它突然不见了，不仅是它，连群山也不见了，正吃惊，发现不远处有一个巨大深渊，它正陷落在渊底，那么卑微和渺小，似乎转眼就要被全然吞没。还没有回过神来，一排群山又耸立在半天了，那群山顶上，又有它在天光云影间闪耀。

如此极上极下，极高极低，却完全没有喧嚣，安静得让人窒息，转换得无比玄奥。

很难在小船上坐住，但必须坐住，而且要坐得又挺又直。那就只能用双手的手指，扣住船帮和缆绳，像要扣入它们的深处，把它们扣穿。我在前面刚刚说过，在海船中万不可哆嗦，现在要进一步补充，在最大的浪涛袭来时，连稍稍躲闪一下也不可以。一躲闪，人就成了活体，成了软体，必然会挣扎，会喊叫，而挣扎和喊叫在这里，就等于灭亡。

要做到又挺又直，也不可以有一点儿走神，必须全神贯注地拼将全部肢体，变成千古岩雕。面对四面八方的狂暴，任何别的身段、姿态和计策都毫无用处，只能是千古岩雕。哪怕是裂了、断了，也是千古岩雕。

我是同船几个人中的大哥，用身体死死地压着船尾。他们回头看我一眼都惊叫了：怎么整个儿都成了黑色？

被海水一次次浇泼，会让衣服的颜色变深，这是可以解释的，但整个人怎么会变黑？

我想，那也许是在生命的边涯上，我发出了加重自己身体分量的火急警报，于是，生命底层的玄铁之气、墨玉之气全然调动并霎时释出。古代将士，也有一遇强敌便通体迸发黑气的情景。

不管怎么说，此刻，岩雕已变成铁铸，真的把小船压住在狂涛之间。

三

见到了一群海鸟。

这很荒唐。它们飞到无边沧海的腹地，究竟来干什么？又怎么回去？最近的岛屿也已经很远，它们飞得到那里吗？

据说，它们是要叼食浮游到海面的小鱼。但这种解释非常可疑，因为我看了那么久，没见到一只海鸟叼起过一条小鱼，而它们在狂风中贴浪盘旋的体力消耗，又是那么巨大。即使叼到了，吞噬了，体能又怎么平衡？

它们，到底为了什么？

一种牺牲的祭仪？一种求灭的狂欢？或者，我心底一笑：难道，这是一群远行到边极而自沉的“屈原”？

突然想到儿时读过的散文《海燕》，高尔基写的。文章中的海燕成了一种革命者的替身，居然边飞翔边呼唤，“让暴风雨来得更猛烈些吧！”我海旅既深，早已怀疑，高尔基可能从来没有坐着小船来到深海远处。他的“暴风雨”，只是一个陆地概念和岸边概念。在这里，全部自然力量浑然一体，笼罩四周，哪里分得出是风还是雨，是暴还是不暴，是猛烈还是不猛烈？

在真正的“大现场”，一切形容词、抒情腔都显得微弱可笑。这里的海鸟，不能帮助任何人写散文，不能帮助任何人画画，也不能帮助任何人创作交响乐。我们也许永远也猜不透它们翅膀下所夹带的秘密。人类常常产生“高于自然”的艺术梦想，在这里必须放弃。

四

我们的船夫，是岛上的原住民。他的那个岛，比雅浦岛小得多。

他能讲简单的英语，这与历史有关。近几百年，最先到达这些太平洋小岛的是西班牙人，这是欧洲人在“地理大发现”时代的半道歇脚点。德国是第二拨，想来远远地拾捡殖民主义的后期余晖。再后来是太平洋战争时期的日本和美国了，这儿成了辽阔战场的屯兵处。分出胜负后，美国在这里留下了一些军人，还留下了教会和学校。

“每一拨外来人都给岛屿带来过一点新东西。这个走了，那个又来了。最后来的是你们，中国人。”船夫笑着说。

船夫又突然腼腆地说，据岛上老人传言，自己的祖辈，也来自中国。

是吗？我看着他的黑头发、黑眼珠，心想，如果是，也应该早已几度混血。来的时候是什么年代？几千年前？几百年前？

我在研究河姆渡人和良渚人的最终去向时，曾在论文中一再表述，不排斥因巨大海患而远航外海的可能。但那时，用的只能是独木舟。独木舟在大海中找到岛屿的概率极小，但极小的概率也可能遗留一种荒岛血缘，断断续续延绵千年。

这么一想，突然产生关切，便问船夫，平日何以为食，鱼吗？

船夫的回答令人吃惊，岛上居民很少吃鱼。主食是芋头，和一种被称为“面包树”的果实。

为什么不吃鱼？回答是，出海打鱼要有渔船，一般岛民没有。他们还只分散居住在林子中的简陋窝棚里，日子非常原始，非常贫困。

少数岛民，有独木舟。

独木舟？我又想起了不知去向的河姆渡和良渚。

“独木舟能远行吗？”我们问。

“我不行。我爸爸也不行。我爷爷也不行。我伯伯也不行。亲族里只有一个叔叔，能凭着头顶的天象，从这里划独木舟到夏威夷。只有他，其他人都不行了。”船夫深深叹了一口气，像是在哀叹沧海豪气的沦落。

“一个人划独木舟，能到夏威夷？”这太让人惊讶了。那是多少日子，多少海路，多少风浪，多少险情啊。

“能。”船夫很有把握。

“那也能到中国吧？”

“能。”他仍然很有把握。

五

那海，还是把我妻子击倒了。

她在狂颠的小船上倒还从容，那天晚上栖宿在岛上，就犯了病。肠胃功能紊乱，狂吐不止，浑身瘫软，不得动弹。

栖宿的房舍，是以前美国海军工程兵建造的，很朴素，还干净。妻子病倒后，下起了大雨。但听到的不是雨声，而是木质百叶窗在咯吱吱地摇撼，好像整个屋子就要在下一刻粉碎。外面的原始林木又都在一起呼啸，让人浑身发毛。什么“瓢泼大雨”“倾盆大雨”等说法，在这里都不成立。若说是“瓢”，那“瓢”就是天；若说是“盆”，那“盆”就是地。天和地在雨中融成了一体，恣肆狂放。

一位走遍太平洋南部和西部几乎所有大岛的历险家告诉我，这儿的雨，减去九成，只留一成，倾泻在任何城市，都会是淹腰大灾。他还说，世间台风，都从这儿起源。如此轰隆轰隆的狂暴雨势，正是在合成着席卷几千公里的台风呢！

这一想，思绪也就飞出去了几千公里，中间是无垠的沧海巨涛。家，那个我们常年居住的屋子，多么遥远，遥远到了无法度量。在这个草莽小岛上，似乎一切都随时可以毁灭，毁灭得如蚁蝼，如碎草，如微尘。我的羸弱的妻子，就在我身旁。

她闭着眼，已经很久颗粒未进，没有力气说话，软软地躺着。小岛不会有医生，即使有，也叫不到。彻底无助的两条生命，躲在一个屋顶下，屋顶随时可以掀掉，屋顶外面的一切，完全不可想象。这，就是古往今来

的夫妻。这，就是真实无虚的家。

我和妻子对家的感受，历来与故乡、老树、熟路关系不大。每次历险考察，万里大漠间一夜夜既不同又相同的家。漂移中的家最能展示家的本质，危难中漂移最能让这种本质刻骨铭心。

总是极其僻远，总是非常陌生，总是天气恶劣，总是无法开门，总是寸步难行，总是疲惫万分，总是无医无药，总是求告无门。于是，拥有了一个最纯净的家，纯净得无限衰弱，又无限强大。

六

大自然的咆哮声完全压过了轻轻的敲门声，然而，不知在哪个间隙，还是听到了。而且，还听出了呼叫我们的声音，是汉语。

赶快开门。一惊，原来是那位走遍了太平洋南部和西部几乎所有大岛的海洋历险家。他叫杨纲，很多年前是北京一名年轻的外交官，负责过南太平洋国家的交往。多次往返，就沉浸在那里了，又慢慢扩展到西太平洋。因喜爱而探寻，因探寻而迷恋，他也就辞去公职，成了一名纵横于大洋洲的流动岛民。

不管走得多远，心里却明白，一个中国人在病倒的时候最需要什么。他站在门前，端着一个小小的平底铁锅，已经熬了一锅薄薄的大米粥，还撒了一些切碎的青菜在大米粥里。

我深深谢过，关上门，把小铁锅端到妻子床前。妻子才啜两口，便抬头看我一眼，眼睛已经亮了。过一会儿，同行的林琳小姐又送来几颗自己随身带的“藿香正气丸”。妻子吃了就睡，第二天醒来，居然容光焕发。

青菜大米粥，加上藿香正气丸，入口便回神，这就是中国人。

这就牵涉到了另一种“家”，比在风雨小屋里相依为命的“家”要大得多。但这个“家”更是流荡的，可以流荡到地球上任何地方。中国有一个成语叫“四海为家”，听起来气象万千，可惜这“四海”两字，往往只是虚词。这些年才慢慢发现，把这两个字走实的中国人，并不太少。他们心中的那个“家”，与国内很多人老挂在口边的所谓“常回家看看”的那个“家”，全然不同。

对我和妻子来说，我们的家，是一个漫无边际的大海，又是一个抗击风浪的小岛。“家”的哲学意义，是对它的寻常意义的突破。因此，这次居然走得那么远。是的，越远，越要来。

七

这个岛上，多年来已经住着一个中国人，他叫陈明灿。作为唯一的中国人住在这么一个孤岛上，种种不方便可想而知，但他一直没有要离开的意思。我想只有一个理由，那就是他实在太爱海、太爱岛了。他也是那种在本性上“四海为家”的人，没有海，就没有他的家。

老家，在广东河源。他曾漂流到太平洋上另一个岛屿帕劳生活了十年，后来又来到了这里。他现在无疑是岛上的“要人”了，开了一个小小的农场，陆续雇来了五个中国职工。酋长有事，也要找他商量。

他居住的地方，是一间可以遮蔽风雨的简单铁皮棚屋，养着几只家禽，放着一些中国食物。他装了一根天线，能接收到香港凤凰卫视，因此见到我便一顿，立即认出来了。在太平洋小岛上听一位黑黝黝的陌生男子叫一声“秋雨老师”，我未免一惊，又心里一热。

在岛上还遇到了一对中国的“潜水夫妻”，那就比陈明灿先生更爱海了。全世界不管什么地方只要有良好的潜水点，他们一听到就赶去，像是必须完成的功课，不许缺漏。去年在非洲塞舌尔的海滩，他们一听说这里有上好的珊瑚礁，就急忙赶过来了。丈夫叫李明学，辽宁铁岭人。我一听铁岭，就聊了几句熟人赵本山。妻子是沈阳人，叫张欣，我一听这个名字，

又聊了几句熟人潘石屹，他太太也是这个名字。

李明学、张欣夫妇原本都有很好的专业，在上海工作。但是他们在读了不少有关“终极关怀”的古今文本之后，开始怀疑自己上班、下班的日常生态，强烈向往起自由、自在、开阔、无羁的生活，于是走向了大海。在大海间，必须天天挑战自己的生命，于是他们又迷上了挑战。

“我先在海岸边看他潜水，自己不敢潜。后来觉得应该到水下去陪他。从马尔代夫开始学，终于，等到用完了二十个气瓶，我也潜得很自如了。”张欣说。

“这么多年总是一起潜水，必须是夫妻。”张欣突然说得很动情，“潜水总会遇到意外，例如，一个人气瓶的气不够了，潜伴就要立即用自己的气瓶去援助。如果不是夫妇，首先会考虑自身安全。我丈夫喜欢在水下拍摄各种鲨鱼，这也有很大危险，我必须长时间守在他身边，四处张望着。只有夫妻，才耐得下这个心。”

“世上的潜水夫妻，天天生死相依，一般都没有孩子，也没有房子。脑子中只想着远方一个个必须去的潜水处。欧洲有好几个，更美的是南美洲。阿根廷、巴西、玻利维亚、厄瓜多尔、哥伦比亚，都有潜水者心中的圣地。对中国潜水者来说，近一点的是东南亚，马来西亚、印尼、菲律宾、泰国，都有。澳大利亚也有很好的潜水处。我们中国海南岛的三亚也能潜，差一点。”

她用十分亲切的语调讲述着全世界的潜水地图，就像讲自己的家，讲自己庞大的亲族。

八

两个月前，这个海岛上来了另一对夫妻，住了一个月就走了，与我们失之交臂。他们对海的痴迷，我听起来有点惊心动魄。

丈夫是比利时人，叫卢克（Luc），妻子是美籍华人，叫贾凯依（Jackie）。

他们居然在不断航行的海船上住了整整二十五年！

靠岸后当然也上岸，做点谋生的事，但晚上必定回到船上。从一个海岸到另外一个海岸，每次航行一般不超过半个月，为的是补充淡水和食物。在航行途中，晚上两人必须轮流值班，怕气象突变，怕大船碰撞，怕各种意外。

由于走遍世界，他们船上的设备也在年年更新，卫星导航、电脑、冰箱，都有了。但在茫茫大海中，在难以想象的狂风巨浪间，他们二十五年的航行，与那个凭着天象划独木舟的土著大叔，没有太多区别。

渺小的人，一个男人和一个女人，走了一条坚韧的路，而且是水路，海路，一条永远不可知的路，当然也是一条惊人的生命之路，忠贞的爱情之路，人类的自雄之路。

我们能设想这二十五年间，日日夜夜在狭小的船上发生的一切吗？我觉得，人类学、伦理学、文学、美学，都已经被这样的夫妻在晨曦和黄昏间，轻轻改写。

我看到了贾凯依的照片，果然是一个中国人，相貌比年龄更为苍老。那是狞厉的空间和时间，在一个中国女性身上留下的隆重印痕。

很多航海者告诉我，夫妻航海，年年月月不分离，听起来非常浪漫，其实很难坚持，首先离开的必定是妻子，因为任何女性都受不了这种生活。因此，这对能在大海上坚持二十五年的夫妻，关键性的奇迹，在于这位中国女性。

看着照片，我想起一路上所见的那一批批爱海、爱岛爱到了不可理喻的中国人。因此我必须说，中国文化固然长期观海、疑海、恐海、禁海，而对无数活生生的中国人来说，则未必。他们可以入海、亲海、依海，离不开海。文化和生命，毕竟有很大不同。

其实，从河姆渡、良渚开始，或者更早，已有无数从中国出发的独木舟，在海上痴迷。可惜，刻板的汉字，与大海不亲。伟大的航海家郑和葬身在哪个海域、哪个海岸？居然也没有清晰记载。中国的一半历史，在海

浪间沉没了。慵懒的巷陌学者，只知检索着尘土间的书本。那些书本上，从未有过真实的大海，也没有与大海紧紧相融的中国人的生命。

幸好到了一个可以走出文字、走出小家的时代。终于有一批中国人惊动海天，也唤醒了中国文化中长久被埋没的那种生命。

在密克罗尼西亚的日日夜夜，妻子几次看着我说："早该有一条船……"

我知道她这句话后面无穷无尽的含义。

我说："必须是海船。"

她一笑，说："当然。"

附　录

余秋雨著作正版选目

（共二十七种）

第一系列　宏观文化

1.《**中国文脉**》

一部最简要，最宏观的中国文学史，出版后应邀在联合国总部大厦开讲，并在纽约大学讲授，均获高度评价。

2.《**山河之书**》

相当于中国文脉的空间版本。作者在二十余年亲自踏访文化故地的历程中所写成的几部书籍，总发行量在一千万册以上，畅销全球华文世界，并相继点燃了晋商文化热、清宫文化热、书院文化热、敦煌文化热、都江堰文化热、天一阁文化热，并创造了“文化大散文”的一代文体。本书是对那些书籍的精选、提升和增补。

3.《**千年一叹**》

作者在完成对中华文明的时间梳理和空间梳理后，又投入了对世界上其他古文明遗址的对比性考察，此书为考察日记。由于整个过程需要冒着生命危险贴地穿越世界上最恐怖的地区，在海内外引起极大关注，全世界有十一家报纸同步刊载这份日记。直到今天，作者仍是全球知名人文学者中完成这一考察的“第一和唯一”。本书最后在尼泊尔山谷对各大文明的

总结思考，非亲临者不可为。

4.《行者无疆》

如果说，《千年一叹》让世界上各种已经湮灭的古文明对比出了中华文明的生命力优势，那么，本书则让欧洲文明对比出了中华文明的一系列弱点。作者为写此书，考察了欧洲九十六座城市。据有关部门的统计，本书已成为近十年来中国旅行者游历欧洲时携带最多的一本书。

5.《文化之贞》

由古代延伸到现代，本书描述了一批在重重困厄中仍然保持文化忠贞的现代文化人，正是他们，延续了现代中国文化。例如巴金、黄佐临、谢晋、章培恒、白先勇、林怀民、余光中等。本书第二部分，则收集了作者在一些重大国际场合发表的文化演讲，还包括了对文革灾难所体现的“文化之痛”的系统分析。

6.《君子之道》

一切重大文化的核心机密，是集体人格。本书作者认为，中华文化在集体人格上的理想，是君子之道。本书缕析了儒、道两家在君子之道上的九项要点和四大难题，作为打开中华文化核心机密的钥匙。其中部分内容，曾在美国华盛顿国会图书馆演讲。

第二系列　文学作品

7.《冰河》

这是一部古典象征主义小说，被评论界誉为“后现代主义的东方美学精灵”“极为国际又极为中国”。作者自述的创作哲学是“向生命哲学馈赠通俗情节的外衣，为重构历史营造亲近历史的温馨”。

这项创作，又是作者与妻子马兰几度合作的戏剧行为。那些演出，每次都在国内外产生轰动式的热烈反响。因此，本书后半部分是其中的一个演出剧本，可让读者在前后对照中了解不同文学体裁的特殊秉性。

8.《空岛》

本书包括两部小说，一部是历史悬疑推理小说《空岛》，一部是人生哲理小说《信客》。

《空岛》以十六世纪到十九世纪中国最大的海盗、最大的贪官、最大的文化工程为情节线索，描写了数百年高层利益争夺阴谋中一个传奇家庭的悲剧，最后通达佛理感悟。

《信客》以二十世纪前期中国一种特殊职业的兴衰为话题，呈现了中国江南农村在走向现代化过程中所承受的迷惘、错乱、委屈。其中，那种处于边际长途中的孤独和善良，让人感动。

9.《吾家小史》

这是对“记忆文学”理念的贴身实验。作者所倡导的“记忆文学”，与一般的回忆录不同，主张跳过通行的历史框架和历史定论，只依凭着感性直觉，挖掘自身记忆，寻访长辈亲友，并以质朴叙述通达人性的艰辛、人生的悖论。因此，“记忆文学”是文学通过感性记忆与历史“较劲”。这本书的写作，从文革灾难中为受难的父亲写“交代”时开始，然后又调查、考证了三十年。作者说：“我写过中国，写过世界，最后写到自家，终于在泪眼凄迷中看透了文化。”

10.《沿途修行》

一部有关精神修炼的散文作品。作者认为，现实人生的大苦大难，是精神修炼的最佳场所，在深刻程度和震撼程度上都超过蒲团焚香。作者还认为，表述心灵感悟，最佳的文体不应该是端然肃然的长论，而应该是伸

缩自如的散文。散文，是心灵最自然的作品。

第三系列　学术研究

11.《北大授课》

本书是作者为北京大学各系科学生授课的课堂记录，副题为“中华文化的四十八课堂”。与一般学术著作不同的是，它由师生共同完成。课堂上北大学生的活跃、机敏、博识、快乐，体现了当代年轻人对中国古代文化的认可程度，颇具学术测试价值。作者在课堂上的作用，是以文化哲学作整体引导。此书初版至今，已几度再版，在海峡两岸受到的欢迎程度，远超预计。

12.《极品美学》

作者早年曾受康德、黑格尔美学的深刻影响，但后来渐渐对他们过于庞大而抽象的构架产生疑惑，转而倾心于另一位德国美学家莱辛的“极品解析”方式，并认为这种方式更接近于中国传统美学。本书选取了很难被其他民族真正掌握的三个极品美学标本书法、昆曲、普洱茶，进行专业化解析，从内容到形式都体现了中国美学的独特魂魄。

13.《世界戏剧学》

本书是一个非常特别的文化奇迹。作者在“文革”血泪中秉持生命底层的文化良知，冒着巨大风险，潜入上海戏剧学院图书馆的外文书库，悄悄地构建起了“世界戏剧学”的庞大体制。本书在灾难过后及时出版，获得“全国优秀教材一等奖”等多项大奖，受到海内外学术界同行的一致好评。几十年过去，至今仍是这一学科唯一的权威教材。

14.《中国戏剧史》

著名文学家、戏剧家白先勇先生评价此书是“第一部从文化人类学高度写出的中国戏剧史，在学术上非常重要。”三十年前，在海峡两岸还处于隔绝状态的时候，本书成了台湾书商首部盗印的大陆学术著作。

15.《艺术创造学》

本书的引论《伟大作品的隐秘结构》，多年前曾由作者在中央电视台演讲，播出后在文化界引起巨大反响，被评为“中国几十年来最重大的文艺理论创见”。全书的学术结构，由作者自己建立，把艺术的主旨，全部归之于创造。这就纠正了社会上把艺术的重心错置于“遗产保护”和“传统继承”的保守主义潮流。本书所论，涵盖古今中外，却又主要借重于创造力最强的法国；在例证上，则取材于创造态势最为综合的欧美电影。本书曾被评为中国改革开放关键时期在人文学科上最有代表性的几部突破性著作之一，也创造了高层学术著作获得高度畅销的纪录。

16.《观众心理学》

本书以接受美学为起点，首度在中国建立了实践型心理美学。因老一辈美学家蒋孔阳、伍蠡甫等教授的强力推荐，获上海市哲学社会科学著作奖。与《艺术创造学》一样，本书也因艺术实例丰富而成为很多艺术创造者的案头书、手边书。

第四系列　经典译写

17.《重大碑书》

碑文、书法同出于一人之手，这在现代已成为罕事。多年来，作者应邀撰文并书写了《炎帝之碑》《法门寺碑》《采石矶碑》《钟山之碑》《大圣塔碑》《金钟楼碑》等，均一一凿石镌刻，成为这些重大文化遗迹的点睛之笔。碑文采用古典文体，又以现代观念贯穿，书法采用行书，又随内容变化。此外，本书还收录了两份重要的现代墓志铭。

18.《**遗迹题额**》

题额，就是题写遗迹之名，或一、二句点化之词。本书所收题额，包括仰韶遗址、秦长城、都江堰、萧何曹参墓园、云冈石窟、魏晋名士行迹、千佛崖、金佛山、峨眉讲堂、太极故地、乌江大桥、昆仑第一城等等，均已付之石刻。作者把这些题额收入本书时，还略述了每个遗址的历史意义，连在一起读，也可以看作是一种山水间的文化导览。

19.《**庄子译写**》

这是对庄子代表作《逍遥游》的今译，以及对原文的书写。今译严格忠于原文，却又衍化为流畅而简洁的现代散文，借以展示两千多年间文心相通。书写原文的书法作品，已镌刻于中国道教圣地江苏茅山。

20.《**屈原译写**》

作者对先秦文学评价最高的，一为庄子，二为屈原。屈原《离骚》的今译，近代以来有不少人做过，有的还试着用现代诗体来译，结果都很坎坷。本书的今译在严密考订的基础上，洗淡学术痕迹，用通透的现代散文留住了原作的跨时空诗情。作者在北大授课时曾亲自朗诵这一今译，深受当代青年学生的喜爱。作者对这一今译的自我期许是：“为《离骚》留一个尽可能优美的当代文本。”《离骚》原文多达二千四百余字，历来书法家很少有体力能够一鼓作气地完整书写。本书以行书通贯全文而气韵不散，诚为难得。

21.《**苏轼译写**》

这是作者对苏轼《赤壁赋》(前、后)的今译和书写。由于苏轼原文的精致波俏，今译也就更像两则超时空的哲理散文。此外，本书又收入两份抄录苏轼名词的书法。

22.《心经译写》

今译《心经》，颇为不易；要让大量普通读者都能畅然读懂，更是艰难。此处今译，是译而不释，只把深奥的佛理渗透在浅显的现代词语中，简洁无缠。释义，可参阅所附《写经修行》一文。作者曾无数次恭录《心经》，并被各地选刻，本书选取了普陀山刻本、宝华山刻本和雅昌刻本三种。其中，作者对宝华山刻本较为满意。普陀山和宝华山都是著名佛教圣地，有缘把手抄的《心经》镌刻于这样的圣地，是一件大事。

23.《捧墨赠友》

此书所收的书法作品，分为三个部分。第一部分是平日为朋友的居室壁挂所写的各种字幅，其中包括条幅、中堂、匾额、联楹。就书法艺术而言，应比写碑和抄经更为自由。第二部分是“行世十诫”，全属人生自诫，每诫二字，用行楷大写，并以小文阐释。第三部分是作者平时填写的诗词稿本。

第五系列　各种选集

（说明：余秋雨著作的各种选集在市面上不胜枚举，多数是盗版，极少数由作者认可。对于盗版，作家出版社曾特地印行了《盗版举例》一书，其实只是冰山一角。下面略举作者认可的几个主要选本。）

24.《文化苦旅》

本书问世二十余年，各种版本在全球的发行量难以计数，如果包括层出不穷的盗版，至少在千万册以上，无疑是印刷量最大的现代汉语散文著作。此次作者倚重这个书名，精选以上各集散文，将“苦旅”一词伸发为中国之旅、世界之旅和人生之旅，因此显得更其完整。

25.《中华读本》

这是一部七卷本选集，系统地解析了中华文化在时间、空间、人格、审美上的奥秘，开拓了“阅读中华”的高层门径。本书的引论《中华文化为何长寿》，作者曾在纽约联合国总部大厦演讲，引起巨大反响。

26.《余秋雨散文》

一个最精简的选本。

27.《余秋雨墨迹》（上、下）

书法和今译的选集。

此外，被作者认可的中文版选本还有三十余种，如：《余秋雨台湾演讲》《倾听秋雨》《选读余秋雨》《晨雨初听》《掩卷沉思》《秋雨散文》《中国之旅》《欧洲之旅》《非亚之旅》《心中之旅》《古圣》《大唐》《诗人》《郁闷》《回望两河》《游走废墟》《舞台哲理》《南冥秋水》《山居笔记》《霜冷长河》《文明的碎片》《余秋雨作品大学生赏析》《余秋雨作品中学生赏析》《吴越之间》《北方的遗迹》《从敦煌到平遥》《从都江堰到岳麓山》《王朝背影》《信客》《余秋雨历史散文》《余秋雨文选》《余秋雨语录》《余秋雨人生哲言》《人生风景》《余秋雨读本》《余秋雨简明读本》《从白莲洞到上海》《笛声何处》《秋千架》《遥远的绝响》《摩挲大地》《寻觅中华》《出走十五年》《借我一生》等。

（陈羽整理）

余秋雨文化大事记

1946 年 8 月 23 日出生于浙江省余姚县桥头镇（今居慈溪），在家乡读完小学。

1957 年—1963 年，先后就读于上海新会中学、晋元中学、培进中学至高中毕业。其间，曾获上海市作文比赛首奖、上海市数学竞赛大奖。

1963 年考入当年最难考的上海戏剧学院戏剧文学系，但入学后以下乡参加农业劳动为主。

1966 年夏天遇到“文革”灾难，家破人亡。父亲余学文先生因被检举有“错误言论”而关押十年，全家八口人经济来源断绝；唯一能接济的叔叔余志士先生又被造反派暴徒迫害致死。1968 年被发配到 27 军军垦农场服劳役，每天从天不亮劳动到天全黑，极端艰苦。

1971 年 9.13 事件后，周恩来总理为抢救教育而布置复课、编教材。从农场回上海后被分配到各校联合教材编写组，但自己择定的主要任务，是冒险潜入外文书库独自编写《世界戏剧学》。

1976 年初，编写教材被批判为“右倾翻案”，便逃到浙江省奉化县大桥镇半山一座封闭的老藏书楼研读中国古代文献，直至此年 10 月“文革”结束，下山返回上海。

1977 年—1985 年投入重建当代文化的学术大潮，陆续出版了《世界戏剧学》、《中国戏剧史》、《观众心理学》、《艺术创造学》、*Some Observations on the Aesthetics of Primitive Theatre* 等一系列学术著作，先后获全国优秀教材一等奖、上海哲学社会科学著作奖、全国戏剧理论著作奖。其中，独自在灾难时期开始编写的《世界戏剧学》，出版至今三十余年仍是全国在这一学科的唯一权威教材，直到 2014 年一年内还被三家不同的出版社再版。

1985年2月由上海各大学的学术前辈王元化、蒋孔阳、伍蠡甫等资深教授联名推荐，在没有担任过副教授的情况下直接晋升为正教授，是当时全国最年轻的文科正教授。

1986年3月，因国家文化部在上海戏剧学院举行的三次民意测验中均名列第一，被任命为上海戏剧学院副院长、院长，为当时全国最年轻的高校校长。主持工作一年后，即被文化部教育司表彰为“全国最有现代管理能力的院长”之一。与此同时，又出任上海市咨询策划顾问、上海市写作学会会长、上海市中文专业教授评审组组长兼艺术专业教授评审组组长。被授予“国家级突出贡献专家”“上海十大高教精英”等荣誉称号。

1989年—1991年，几度婉拒了升任省部级领导职位的征询，并开始向国家文化部递交辞去院长职务的报告。辞职报告先后共递交了23次，终于在1991年7月获准辞去一切行政职务，包括多种荣誉职务和挂名职务。辞职后，孤身一人从西北高原开始，系统考察中国文化的全部重要遗址。当时确定的考察主题是“穿越百年血泪，寻找千年辉煌”。在考察沿途所写的“文化大散文”《文化苦旅》《山居笔记》等快速风靡全球华文读书界，被称为“印刷量最大的现代华文文学书籍”。他也由此成为国际间最具影响力的华文作家之一。

1991年5月，发表《风雨天一阁》，在全国开启对历代图书收藏壮举的广泛关注。

1992年2月开始，先后被多所著名大学聘为荣誉教授或兼职教授，例如复旦大学、交通大学、同济大学、上海大学、中国科技大学、西安交通大学等。

1993年1月，发表《一个王朝的背影》，首次肯定少数民族王朝入主中原的特殊生命力，重新评价康熙皇帝，开启此后多年“清宫戏”的拍摄热潮。

1993年3月，发表《流放者的土地》，首次揭露清朝统治集团迫害和流放知识分子的凶残面目，并介绍不屈的“流放文化”。

1993年7月，发表《苏东坡突围》，刻画了中国文化史上最可爱、最可亲的人格典范，揭示中国知识分子所必然面临的一层层来自朝廷和同行的酷烈包围圈，以及“突围”的艰难。此文被两岸三地的报刊广为转载。

1993年9月，发表《千年庭院》，首次用散文方式梳理了中国古代最优秀的教学方式——书院文化。

1993年11月，发表《抱愧山西》，首次向海内外系统描述了中国古代最成功的商业奇迹——晋商文化，为当时正在崛起的经济热潮寻得了一个古代范本。此文发表后一时读者无数，连很多高官也争相传诵。

1994年3月，发表《天涯故事》，首次系统地论述沉埋已久的海南岛文化简史，并把海南岛文化归纳为“生态文明”和“家园文明”，主张以吸引旅游为其发展前景。

1994年5月—7月，发表长篇作品《十万进士》(上、下)，首次清理千年科举制度对中国文化的正面意义和负面意义。

1994年9月，发表《遥远的绝响》，描述魏晋名士对中国文化的震撼性记忆。由于文章格调高尚凄美，一时轰动文坛。

1994年11月，发表《历史的暗角》，首次清理“小人”在中国文化中的隐形破坏作用，以及古今君子对这个庞大群体的无奈。发表后在两岸三地引起巨大反响，被公认为“研究中国负面人格的开山之作”。

1995年4月，应邀为四川都江堰题词“拜水都江堰，问道青城山”，镌刻于该地两处。

1996年7月，多家媒体经调查共同确认余秋雨为“全国被盗版最严重的写作人”，他的著作的盗版量大约是正版的18倍。由此被邀请成为“北京反盗版联盟”的唯一个人会员，并被聘为“全国扫黄打非督导员(督察证为B027号)”。

1998年6月，新加坡召集规模盛大的“跨世纪文化对话”而震动全球华文世界。对话主角是四个华裔学者，除首席余秋雨教授外，还有哈佛大学的杜维明教授、威斯康辛大学的高希均教授和新加坡艺术家陈瑞献先

生。余秋雨的演讲题目是《第四座桥》。

1999 年 2 月，为妻子马兰创作的剧本《秋千架》隆重上演，极为轰动，打破了北京长安大戏院的票房纪录，许多研究生因无票在台侧站立观看，堵成人墙。在台湾更是风靡一时，当时正逢大选，剧场外有二十万人为选举造势，观众很难通行，但还是场场爆满。

从 1999 年开始，引领和主持香港凤凰卫视对人类各大文明遗址的历史性考察，成为目前世界上唯一贴地穿越数万公里危险地区的人文教授，也是 9·11 事件之前最早向文明世界报告恐怖主义控制地区实际状况的学者。由此被日本《朝日新闻》选为"跨世纪十大国际人物"。

2002 年 4 月，应邀为李白逝世地撰写《采石矶碑》(含书法)，镌刻于安徽马鞍山三台阁。

从 2000 年开始，由于环球考察在海内外所造成的巨大影响，国内一些媒体为了追求"逆反刺激"的市场效应而发起诽谤。先由北京大学一个学生误信了一个上海极左派文人的传言进行颠倒批判，即把在"文革"灾难中冒险潜入外文书库独自编写《世界戏剧学》的勇敢行动诬陷为"文革写作"，却又绝口不提所写内容，并误植了笔名"石一歌"。由此，形成十余年的诽谤大潮，并随之出现了一批"啃余族"，主要由文革残余势力组成。据杨长勋教授统计，全国各地媒体发表的诽谤文章多达一千八百多篇。余秋雨先生对所有的诽谤没有作任何反驳和回击，他说："马行千里，不洗尘沙。"

2003 年 7 月，由于多年来在中央电视台的文化栏目中主持"综合文史素质测试"而成为全国观众的最高收视热点，上海一个当年的造反派首领就趁势做逆反文章，声称《文化苦旅》中有很多"文史差错"，全国有 156 家报刊转载。10 月 19 日，我国当代著名文史权威章培恒教授发文指出，经他审读，那个人的文章完全是"攻击"和"诬陷"，而那个人自己的"文史知识"连一个高中生也不如。对此，156 家报刊都未予报道。

2004 年 2 月，由于有关"石一歌"的诽谤浪潮已经延续四年仍未消停迹象，余秋雨就采取了“悬赏”的办法。宣布“只要证明本人曾用这个笔名写过一篇、一段、一节、一行、一句这种文章，立即支付自己的全年薪金”，还公布了执行律师的姓名。十二年后，余秋雨宣布悬赏期结束，以一篇《“石一歌”事件》作出总结。

2004年3月，参加联合国开发计划署《人类发展报告》的设计、研讨和审核。2004年年底，被联合国教科文组织、北京大学、中华英才杂志等单位选为“中国十大文化精英”“中国文化传播坐标人物”。

2005年4月，应邀赴美国巡回演讲：

1）4月9日讲《中国文化的困境和出路》（在纽约大学亨特学院）；

2）4月10日讲《中国知识分子的问题所在》（在北美华文作家协会）；

3）4月12日上午讲《空间意义上的中华文化》（在马里兰大学）；

4）4月12日下午讲《君子的脚步》（在华盛顿国会图书馆）；

5）4月13日讲《时间意义上中华文化》（在耶鲁大学）；

6）4月15日讲《中国文化所追求的集体人格》（在哈佛大学）；

7）4月17日讲《中华文化的三大优势和四大泥潭》（在休斯顿美南华文写作协会）。

2005年7月20日在联合国“世界文明大会”上发表主题演讲《利玛窦的结论》，论述中华文明自古以来的非侵略本性，引起极大轰动。演说的论据，后来一再被各国政界、学界引用。收入书籍时演讲题改为《中华文化的非侵略本性》。

2005年11月，应邀撰写《法门寺碑》（含书法），镌刻于陕西法门寺大雄宝殿前的映壁。

2006年4月，应邀撰写《炎帝之碑》（含书法），镌刻于株洲炎帝陵纪念塔。

2005年—2008年，被香港浸会大学聘请为“健全人格教育奠基教授”，每年在香港工作时间不低于半年。

2006年，在香港凤凰卫视开办日播栏目《秋雨时分》，以一整年时间

畅谈中华文化的优势和弱势，播出后在海内外反响巨大，部分纪录稿收入《境外演讲》一书中。

2007 年 1 月，发表《问卜中华》，详尽叙述了甲骨文的出土在中华文明濒临湮灭的二十世纪初年所带来的神奇力量，同时论述了商代的历史面貌。

2007 年 3 月，发表《古道西风》，系统叙述了中华文化的两大始祖老子和孔子的精神风采。

2007 年 5 月，发表《稷下学宫》，对比古希腊的雅典学院，首度将两千年前东西方两大学术中心进行对比。

2007 年 7 月，发表《黑色的光亮》，以充满感情的笔触表现了被中国文化史长期冷落的平民思想家墨子的人格光辉。

2007 年 8 月，应邀为七十年前解救大批犹太难民的中国外交官何凤山博士撰写碑文（含书法），镌刻于湖南益阳何凤山纪念墓地。

2007 年 9 月，发表《诗人是什么》，论述“中国第一诗人”屈原为华夏文明注入的诗化魂魄，分析了他获得全民每年纪念的原因，并解释了一些历史误会。

2007 年 11 月，发表《历史的母本》，以最高坐标评价了司马迁为整个中华民族带来的历史理性和历史品格。

2008 年 5 月 12 日，中国发生“汶川大地震”，第一时间赶到灾区参加救援。见到遇难学生留在废墟间的破残课本，决定以夫妻两人三年薪水的总和默默捐建三个学生图书馆，却被人在网络上炒作成“诈捐”，在全国范围喧闹了两个月之久。后由灾区教育局一再说明捐建实情，又由王蒙、冯骥才、张贤亮、贾平凹、刘诗昆、白先勇、余光中等名家纷纷为三个学生图书馆题词，风波才得以平息。

2008 年 9 月，上海市教育委员会颁授成立“余秋雨大师工作室”（此前上海教育系统仅有一所“周小燕大师工作室”）。上海市静安区政府决定为“余秋雨大师工作室”赠建办公小楼。

2008 年 12 月，为妻子马兰创作的中国音乐剧剧本《长河》在上海大剧院隆重上演成为上海的一大文化盛事。演出受到海内外艺术精英的极高评价，余秋雨的剧本更被评为“一代罕世之作”。

2009年5月，应邀为山西大同云冈石窟题词“中国由此迈向大唐”，镌刻于石窟西端。

2010年1月，《扬子晚报》在全国青少年读者中问卷调查“你最喜爱的中国当代作家”，余秋雨名列第一。“冠军奖座”是钱为教授雕塑的余秋雨铜像。

2010年3月27日获澳门科技大学所颁“荣誉文学博士”称号。同时获颁荣誉博士称号的有袁隆平、钟南山、欧阳自远、孙家栋等著名专家。

2010年4月30日，接受澳门科技大学任命，出任该校人文艺术学院院长。宣布在任期间每年年薪五十万元港元全数捐献，作为设计专业和传播专业研究生的奖学金。

2010年5月21日，联合国发布自成立以来第一份以文化为主题的“世界报告”，发布仪式的主要环节，是联合国教科文组织总干事博科娃女士与余秋雨先生进行一场对话。余秋雨发言的标题为《驳亨廷顿“文明冲突论”》。

2011年10月10日，写作《一个转折点》一文，以亲身经历为“文革”十年划分出四个时期，在同类研究中是一个首创。不久，又发表演讲稿《文化之痛》一文，揭示“文革”浩劫的文化本质，严厉批判目前社会上为“文革”翻案的逆流。

2012年1月—9月，最终完成以莱辛式的“极品解析”方法来论述中国美学的著作《极品美学》。

2012年10月12日，中国艺术研究院成立“秋雨书院”。北京众多著名学者、高官、企业家出席成立大会，并热情致词。该书院是一个培养博士生的高层教学机构，现培养两个专业的博士研究生：一，中国文化史专业；二，中国艺术史专业。

2013年10月18日下午，再度应邀赴美国纽约联合国总部大厦演讲《中华文化为何长寿》。当天联合国网站将此演讲列为国际第一要闻。

2013 年 10 月 20 日，在纽约大学演讲《中国文脉简述》。

2013 年 12 月，完成庄子《逍遥游》的巨幅行草书写，并将《逍遥游》译成可诵可吟的现代散文。

2014 年 1 月，完成屈原《离骚》的巨幅行书书写，并将《离骚》译成可诵可吟的现代散文。

2014 年 1 月 25 日—31 日，完成《祭笔》。此文概括了作者自己握笔写作的全部人生历程，记述了“文革”时期和“苦旅”时期的艰辛笔墨，更是以沉痛的心情回顾了从二十世纪九十年代以来难以想象的文化遭遇。

2014 年 3 月，发表以现代思维解析《般若波罗蜜多心经》的文章《解经修行》，并表明这是一项重大学术规划的开端。那就是，在已经完成了的“时间意义上的中国、空间意义上的中国、人格意义上的中国、审美意义上的中国”四大研究专题共二十余卷著作之后，继续完成“修行意义上的中国”这最后一个专题。该书名为《泥步修行》，由“问道”“破惑”“安顿”三部分组成。

2014 年 4 月《余秋雨学术六卷》出版发行。

2014 年 5 月，古典象征主义小说《冰河》(含剧本)出版发行。

2014 年 8 月，系统论述中华文化人格范型的《君子之道》出版发行，立即受到海峡两岸读书界的热烈欢迎。台湾在第一时间再版。

2014 年 10 月《秋雨合集》二十二卷出版发行。

2014 年 10 月 28 日，出任上海图书馆理事长。

2015 年 3 月，再度应邀在台湾大学和台湾各大城市进行“环岛巡回演讲”，自台北市、新北市、台中市到高雄市。双目失明的星云大师闻讯后从澳大利亚赶回台湾，亲率僧侣团队到高雄车站长时间等待和迎接。这是余秋雨自 1991 年首度访问台湾后第四次大规模的环岛演讲。本次演讲的主题是《中华文化和君子之道》。

2015 年 4 月，悬疑推理小说《空岛》和人生哲理小说《信客》出版发行。

2015年9月，应邀为佛教胜地普陀山书写《心经》，镌刻于该岛迴澜亭。

2016年3月，应邀为佛教胜地宝华山书写《心经》，镌刻于该山平台。

2016年7月，中华书局编辑出版《中华文化读本》七卷，均选自余秋雨著作。

2016年11月，被选为世界余氏宗亲会名誉会长。

2017年5月25日—6月5日，中国美术馆举办“余秋雨翰墨展”（中国艺术研究院主办），参观者人山人海，成为中国美术馆建馆半个多世纪以来最为轰动的展出之一。中国文联主席兼中国作协主席铁凝说：“这个展览气势恢宏，彰显了秋雨先生令人慨叹的文化成就，使我对先生的为人和为文有了新的感受。”原中国书法家协会主席张海说：“即使秋雨先生没有写过那么多著作，光看书法，也是真正专业的大书法家。”国务院参事室主任王仲伟说：“余先生的书法作品，应该纳入国家收藏。”据统计，世界各地通过网络共享这次翰墨展的华侨人数，多达数百万。

2017年6月，《泥步修行》出版发行。

2017年9月，记忆文学集《门孔》出版发行。此书被评为《中国文脉》的现代版，其中有的文章已成为近年来网上最轰动的篇目。作者以自己的亲身交往描写了巴金、黄佐临、谢晋、章培恒、陆谷孙、星云大师、林怀民、白先勇、余光中等一代文化巨匠，同时也写了自己与妻子马兰的情感历程。作者对《门孔》这一片名的阐释是：“守护门庭，窥探神圣。”

2017年11月，《境外演讲》出版发行。此书收集了作者在联合国的三大演讲，又汇集了在美国各地和我国港澳地区巡回演讲和电视讲座的部分纪录。这些演讲，系统而清晰地阐述了中华文化的优势和弱势，以及当前所面临的问题，发表后都产生过重大反响。此书被专家学者评为“打开中华文化之门的最佳钥匙”。

（周行、刘超英整理，经大师工作室校核。）